Auszeit

Claudia Breitsprecher

Auszeit

Roman

Krug & Schadenberg

Für Anja

»Das Glück
kommt in der Beobachtung.
Dazu müssen wir sehen können.
Und zum Sehen braucht es Licht.
Außen und innen.«

Miriam Meckel

1

Wie es aussieht, ist mir niemand gefolgt. Ich parke den Wagen direkt vor dem Haus und sehe ein letztes Mal in den Rückspiegel, um ganz sicherzugehen, dann hole ich die Schlüssel aus dem Rucksack; Eingangstür, Briefkasten, Keller. Ein Sicherheitsschloss gibt es nicht, aber Frauke hat gesagt, das sei auch nicht nötig. Ich muss ihr glauben, auch wenn mir nicht ganz wohl dabei ist.

Es ist bereits Mittag. Ich steige aus dem Wagen und nehme mir Zeit, das Grundstück zu mustern, das in den kommenden Wochen meine Zuflucht sein soll. Die Fassade des Hauses reflektiert das Licht der Frühjahrssonne, der Rasen wirkt verwildert, die Blüten der Obstbäume sind auf die Erde geschneit. Ein Rotkehlchen blickt von der Dachrinne herunter. Sein Gesang ertönt im Wechsel mit einem Hämmern, das aus dem Schuppen der Nachbarn zu kommen scheint. Die Gartenpforte quietscht metallisch, als ich sie öffne. Nirgends ist jemand zu sehen.

Ich bin es nicht gewohnt, allein zu sein, ohne Menschen in den Bankreihen um mich herum, ohne Stimmen auf dem Anrufbeantworter und Nachrichten per Mail, ohne Interviews, Streit und Stellungnahmen. Die Sehnsucht nach Ruhe nimmt mich an die Hand und führt mich in die Abgeschiedenheit. Es ist unwirklich. Es ist beängstigend. Und doch ist es der Himmel auf Erden in diesem Moment.

Mein erster Besuch im Dorf liegt vierzehn Jahre zurück. An einem schwülen Nachmittag im August saß ich mit Frauke und Carsten im Schatten des Apfelbaumes. Während er die Klausuren seines Leistungskurses korrigierte, malte Frauke mir das Leben als Bundestagsabgeordnete in den buntesten Farben aus, um mich dafür zu begeistern. Groß und vollbusig saß sie mir am Tisch gegenüber, das graumelierte Haar fiel offen auf ihre Schultern, und zahlreiche Buttons auf der Leinenbluse schmückten ihre Brust wie Orden die eines Generals. Wir aßen Kirschkuchen und tranken Eiskaffee. Sie sprach von meiner Dissertation, die ich gerade veröffentlicht hatte, von meinen Erfahrungen mit dem Arbeits- und Sozialrecht und davon, wie dringend die Partei mich brauche. Wir redeten über Gleichstellungspolitik, die unser beider Steckenpferd war. Sie teilte meine Ansichten, wollte mich an ihrer Seite sehen und tat dafür, was sie am besten konnte: sie argumentierte, debattierte, lockte mich. Fasziniert bemerkte ich den Kampfgeist im Blick ihrer haselnussbraunen Augen, die vor Aufregung geröteten Wangen und den Nachdruck in den Gesten ihrer Hände.

Was sie sagte, klang reizvoll. Ein Bundestagsmandat bot die Chance, mitzuwirken an Veränderungen, die das ganze Land betrafen. Es war eine Möglichkeit, die Zukunft zu beeinflussen. Ideen zu entwickeln. Meinen nimmermüden Kopf durchzusetzen gegen die anderen Fraktionen und gegen den Alarm, den mein Herz zu schlagen begann, denn ich fühlte mich wohl im Ruhrgebiet. Die Arbeit im Rat der Stadt Herne war eine perfekte Ergänzung zu meinem Beruf als Anwältin. Vormittags vertrat ich Verkäuferinnen bei Kündigungsschutzklagen, nachmittags beriet ich in der Kanzlei arme Teufel, denen das Sozialamt das Bekleidungsgeld gekürzt hatte, und abends verteidigte ich die Haltung der Partei in irgendeinem Ausschuss, dessen Mitglieder nach dem Ende einer jeden Sitzung gemeinsam im Ratskeller ein Bier trinken gingen. Mein Leben war ausgefüllt, ich war zufrieden. Aber Fraukes Worte fütterten meinen Ehrgeiz, der auf den Geschmack gekommen war. Gesetze nicht nur auslegen, sondern erarbeiten. Reformieren.

Gestalten. Als die Sonne sich in die Kronen der Bäume senkte, hatte sie mich überzeugt. Ich fühlte mich bereit für diesen neuen Schritt, kandidierte für einen aussichtsreichen Listenplatz und eroberte ihn. Die Wahlen kamen, die Stimmen wurden ausgezählt. Und plötzlich war ich Dr. Martina Wernicke, MdB.

Wer Wind sät, wird Sturm ernten. Zwölf unermüdliche Jahre im Parlament, unzählige Abstimmungen, Reden und Koalitionsabsprachen, Anträge, Eingaben und Zwischenrufe, Delegiertenkonferenzen und Bürgersprechstunden, Tage an Wahlkampfständen und Nächte in Fraktionsklausuren haben mich ausgelaugt. Doch ich konnte nicht mehr aufhören, und auch Frauke ist noch immer dabei. Im Reichstag sitzen wir nebeneinander, flüstern uns Kommentare zu den Argumenten der Konservativen ins Ohr, mal erbost, mal belustigt und oft mit einer Prise Ironie. Aber während sie das Spiel auf der politischen Bühne noch immer genießt, kann ich die Unzufriedenheit, die sich in mir ausgebreitet hat, nicht länger ignorieren. Die Partei ist mir nicht mehr geheuer. Die Nadelstreifen haben die Stricknadeln vergessen gemacht. Farbenspiele haben die Vernunft übermalt. Die Analysten rechnen uns zum bürgerlichen Lager. Wir widersprechen nicht. Wir sind alt geworden, aber unser Auftreten muss jung sein und flott und immer mit Blick auf die Außenwirkung. Das perfide System der Politik hat uns gefressen. Unsere Umfragewerte steigen auf wie unsere grünen Luftballons. Sie sind zu sehen auf jeder Demonstration. Wir sind präsent und drei Tage wach vor der Wahl. Ich kann gar nicht mehr schlafen.

Vielleicht hätte ich widerstehen sollen an jenem längst vergangenen Nachmittag. Ein entschiedenes Nein und ich wäre in meiner Kanzlei geblieben, in meiner Kommune, in meiner erfüllten Beschaulichkeit. Ich hätte nicht zweifeln müssen am Sinn meiner Arbeit. Ich wäre nicht müde. Und niemand hätte versucht, mich umzubringen. Ein paar Sekunden haben gereicht, mich aus dem gewohnten Trott zu reißen. Beinahe aus dem Leben.

Von Gartenarbeit verstehe ich nichts, aber ich habe versprochen, mich nützlich zu machen. Es kann ja nicht so schwierig sein; ein bisschen jäten hier, ein bisschen gießen dort, umgraben, auflockern, düngen. Erdig verkrustete Hände und schnelle Resultate in Form von frischem Grün. Kein Taktieren und keine Aufgeblasenheit. Die Pflanzen polemisieren nicht, der Rasen hat nicht das geringste Interesse daran, mich zu Fall zu bringen, und Petersilie spinnt keine Intrigen.

Ich schließe die Haustür auf, gehe zum Auto zurück und hole mein Gepäck aus dem Kofferraum. Freizeitkleidung habe ich mitgenommen und eine Kiste randvoll mit Büchern, die seit einer Ewigkeit darauf warten, von mir gelesen zu werden. Das Handy habe ich ausgeschaltet und die Termine im Kalender gestrichen. Ich muss mein Essen nicht schlingen und die Post nicht im Flugzeug durchsehen, auf dem Weg zu irgendeiner Sitzung, von der ich bereits am Morgen weiß, dass sie bis in die Nacht hinein andauern wird.

Das Hämmern hört auf. Ein Mann tritt aus dem Schuppen nebenan und schlendert auf sein marodes Haus zu. Es ist ein langer dünner Kerl mit streichholzkurzem Haar. Er trägt Armeehosen in Tarnfarben, darüber ein ärmelloses T-Shirt, auf dem etwas aufgedruckt ist. Ich bemerke einen dunklen Fleck auf seinem Unterarm, vermutlich ein Tattoo, dessen Motiv ich auf die Entfernung nicht erkennen kann. Er späht zu mir herüber und zündet sich eine Zigarette an. Als ich den Kofferraum schließe, winkt er mir zu. Ich nicke zurück, so verhalten, dass er es sicher nicht sehen kann, dann eile ich ins Haus, schlage die Tür zu und lehne mich mit dem Rücken dagegen. Mein Herz schlägt hart gegen meinen Brustkorb. Schweiß tritt mir auf die Stirn.

Ich reibe mir mit beiden Händen durchs Gesicht und versuche mich zu erinnern. Frauke hat mir erzählt, dass die alte Bäuerin nicht mehr neben ihr wohnt. Sie sei gebrechlich geworden und habe in ein Pflegeheim umziehen müssen. Ihr altes Zuhause habe sie samt Grundstück und Schuppen einem Großneffen zur Hochzeit geschenkt. Das ist bestimmt schon zwei Jahre her, aber ich habe das junge Paar noch nicht kennengelernt. Trotzdem gibt es keinen Grund für die Panik, die mich erfasst. Ein neuer Nachbar, der freundlich grüßt. Aber mir zittern die Knie.

Ich bin aufs Land gefahren, um unsichtbar zu sein. Wochenlang hat man mir aufgelauert: im Krankenhaus, in der Reha-Klinik und schließlich auch noch unter dem Fenster meiner Wohnung in der Auguststraße. Die Öffentlichkeit habe ein Recht zu erfahren, wie es mir ginge, sagten die Reporter und die Fotografinnen, aber jedes Blitzlicht, das mich traf, glich einem weiteren Angriff. Ich habe die Berichte gesehen. Hinterher. In allen Gazetten sind die Artikel zu lesen gewesen. Mit der Zeit sind sie von der ersten Seite über den Mittelteil in die Spalte mit den Randnotizen gerutscht, doch seit dem Attentat rissen die Meldungen nicht ab.

Abgeordnete niedergestochen. Martina Wernicke notoperiert.

Wernicke ins künstliche Koma versetzt.

Wernicke aus dem Krankenhaus entlassen. Reha soll letzte Wunden heilen.

Martina Wernicke wieder zu Hause. Wann kehrt sie in den Bundestag zurück?

Im Haus ist es kühler als draußen, die Luft riecht verbraucht. Ich stelle die Bücherkiste auf dem Tisch im Wohnzimmer ab, auf dem ein Schreibblock liegt. Das oberste Blatt zeigt Notizen in Carstens Handschrift. Bis vor kurzem ist er im Dorf gewesen, um an seinem Buch zu schreiben, jetzt haben ihn weitere Recherchen nach Italien geführt. Wie es scheint, genießt er den Ruhestand. Seit dem letzten Sommer füllt er seine Tage mit wissenschaftlichen Abhandlungen über das frühe Rom und sein Staatswesen aus. Auf diese Weise begleiten Latein und Geschichte ihn noch immer, aber er hat die Hektik des Schulalltags gegen die Muße des Forschens eingetauscht, die gut zu ihm passt. An den Wänden türmen Regale sein Wissen in Lexika auf, während Frauke ihre Papiere im Arbeitszimmer stapelt, das auf der anderen Seite des Korridors neben der Küche liegt.

Die beiden sind wie Tag und Nacht. Carstens stille Zufriedenheit ist der Gegenpol zu Fraukes streitbarem Wesen, das sich stets zu exponieren sucht. Er ist ein geduldiger Mann, der ihrer Energie mit stoischer Ruhe begegnet. Die Tageszeitung liest er so ausführlich, wie er die Briefe der gemeinsamen Söhne beantwortet. Von den Gesellschaften seiner Frau hält er sich fern, sobald sie hektisch werden und laut und ihr erst richtig Spaß zu machen beginnen. Er lässt seinen Tee noch ziehen, wenn sie die zweite Tasse schon getrunken hat. Sie hat die Karten für die Oper längst gekauft, wenn er noch über dem Spielplan brütet. Und wenn es gilt, etwas zu entscheiden, sieht er sie an mit gespanntem Blick und wartet. Frauke kennt das Zögern nicht. Sie ist wie geschaffen für die Politik, war ein Alphatier schon in Zeiten, als es das Wort noch nicht gab. Auf ihrer Homepage lässt sie wissen, sie sei so alt wie die Bundesrepublik, und das sagt mehr aus, als ein Geburtsdatum es könnte.

Ich gehe in die Küche und drehe den Wasserhahn auf. Nachdem ein paar Liter abgestandener Brühe durch die Rohre geflossen sind, nehme ich ein Glas aus dem Schrank, fülle es bis zum Rand und gucke zu den Nachbarn hinüber. Der junge Mann ist fort, aber nun hockt eine Frau hinter der niedrigen Hecke zwischen den Beeten. Ich sehe nicht mehr von ihr als den Umriss ihres Kopfes und langes rotes Haar, das zu einem Pferdeschwanz gefasst auf ihren Rücken fällt. Als sie sich aufrichtet, kann ich erkennen, dass sie schwanger ist. Achter Monat, schätze ich und trinke das Glas leer. Dann gehe ich nach oben, um meine Tasche auszupacken.

Das Gästezimmer ist mir vertraut. Einmal mehr betrachte ich die gerahmten Fotografien afrikanischer Landschaften an den Wänden, das Kiefernbett mit der Patchworkdecke darüber und den Ohrensessel mit dem runden Tisch davor, ein gemütlicher Platz dicht beim Fenster. Von dort aus habe ich eine gute Sicht nach Westen bis zum Dorfkern hin, auf die Kirchturmspitze und auf den Fahnenmast bei der Freiwilligen Feuerwehr. Wenn ich die Nachbarn allerdings im Auge behalten will, muss ich in das Schlafzimmer gehen, das Frauke und Carsten teilen. Sein Fenster liegt zur anderen Seite, nach Osten. Eine Dachluke im Bad gibt den Blick auf die Straße im Norden frei und auf das Maisfeld dahinter, genau wie die Eingangstür und das kleinere Küchenfenster unten. Den hinteren Teil des Gartens im Süden kann ich vom Wintergarten oder von Fraukes Arbeitszimmer aus beobachten. Das größere Küchenfenster zeigt wieder zu den Nachbarn.

West. Ost. Nord. Süd. Das Haus ist wie eine Burg. Wann immer sich jemand nähert, ich kann es verfolgen. Es gibt ein Telefon im Wohnzimmer und ein Handy in meiner Hosentasche. Ich kann Hilfe holen, wenn es nötig werden sollte. Ich bin sicher.

Ganz sicher. Oder nicht?

Die Nächte in der Auguststraße waren laut, seit ich aus der Reha-Klinik zurückgekommen bin. Jedes Hupen eines Autos ließ mich zusammenfahren. Ein Lachen zu später Stunde und ich horchte auf. Da liefen Menschen in kleinen Gruppen über den Bürgersteig, Gäste aus einem der zahlreichen Restaurants, die sich im Karree befinden. Sie waren gut gelaunt und mit sich selbst beschäftigt, aber ich ballte die Hände zu Fäusten und krampfte die Zehen zusammen am Tisch, auf dem Sofa, im Bett.

Manchmal schaltete ich den Fernseher ein, um mich abzulenken. Oft gab es Krimis zu sehen. Kommissare berieten sich in der Pathologie mit Ärztinnen, die blutverschmierte Kittel trugen, während blassblaue Leichen aufgeschnitten auf Metallbänken lagen. Ich habe Blut noch nie sehen können, mein eigenes nicht und kein fremdes. Noch immer habe ich es nicht über mich gebracht, die Narben auf der rechten Seite meines Bauches zu betrachten. Auch den OP-Bericht habe ich nicht gelesen. Und ich ertrug auch diese Leichen nicht. Fernsehen war keine Lösung. Die Brutalität des Gezeigten war mir zuwider, und das Lauern der Täter, das Blitzen eines Messers oder die Leichenstarre der Ermordeten erinnerten mich nur noch deutlicher daran, welchem Schicksal ich gerade so entkommen war.

Bei Tag war es anders. Sobald die Reporterinnen und Fotografen mich einmal nicht beobachteten, stand ich zu Hause am offenen Fenster und verfolgte das Aufbrechen der Knospen an den Bäumen und das Wechselspiel der Wolken vor der Nachmittagssonne. Kinder tobten auf dem Spielplatz auf der anderen Straßenseite, schwangen sich nacheinander auf der Schaukel hoch und höher. Ich konnte das Kribbeln im Bauch spüren, dem sich ein jedes von ihnen hingab, wenn es im Abschwung den Kopf in den Nacken legte. Verwundert bemerkte ich, dass es möglich war, gleichzeitig erschrocken und dankbar zu sein.

Fast wäre mir das Leben aus den Händen gerutscht. Gerade noch habe ich es festgehalten, und so lege ich meine Finger darum und betrachte es. Wie farbig kann es schillern, wenn die Zeit nicht ausgefüllt ist mit Drucksachennummern und Plenarsaalscharmützeln. Ich esse langsamer als sonst und kaue gründlich, schmecke jedem einzelnen Bissen nach. Wie köstlich kann sein, was meine Sinne aufzunehmen vermögen, wenn ich sie lasse. Wie kostbar.

Eleni hat versucht, mich daran zu erinnern. Unsere gemeinsamen Stunden waren selten geworden im letzten Jahr. Den Strapazen des Europawahlkampfes folgten die rastlosen Wochen vor der Bundestagswahl praktisch übergangslos. Ich verbrachte mehr Zeit in meinem Wahlkreis im Westfälischen als in Berlin. Wir telefonierten oft, aber niemals lange. Sie vermisse mich, sagte sie am Ende eines jeden Gespräches und sandte einen Kuss durch die Leitung. Sie war gierig nach mir, wenn ich nach Hause kam. Ich war erschöpft. Und es gab immer etwas Wichtigeres – die Präsentation der Wahlplakate, den Stand der Meinungsumfragen, die Absprachen mit Frauke und die Streitigkeiten mit Hendrik George, einem übereifrigen Emporkömmling, der zum ersten Mal für ein Mandat kandidierte. Ich vertröstete Eleni ein ums andere Mal, saß noch an meinem fünfzigsten Geburtstag stundenlang in der Bundesgeschäftsstelle, während sie zu Hause auf mich wartete. Später, Liebes. Bald.

Verlassen zu werden ist grauenvoll. Selbst schuld daran zu sein ist nicht zu ertragen. Eleni ist fort. Nicht einmal ihre Möbel hat sie selbst abgeholt. Ich stand im Türrahmen ihres leeren Zimmers und starrte auf die hellen Flecken an der Wand, die ihre Bilder hinterlassen hatten. Ich bückte mich nach einem dunklen Haar auf dem Parkett und ließ es durch meine Finger gleiten. Sie hat gewartet bis nach der Wahl. Ich stellte die Uhr auf Winterzeit um, saß in der Novemberdämmerung auf meinem Bett und schaltete kein Licht ein. *Wer nicht hören will, muss fühlen.* Bronchitis und Antibiotika. Eine glutheiße Stirn, durchnässte Papiertaschentücher und Gemüsesuppe mit Buchstabennudeln, mit denen ich ihren Namen auf den Tellerrand schrieb. Aber kaum war das Fieber gesunken, stürzte ich mich noch entschiedener in die Arbeit. Ich bewilligte meinem Mitarbeiter den längst fälligen Urlaub, schrieb alle Reden selbst, las den Pressespiegel von vorne bis hinten durch und nahm jede Einladung an, die mir ins Büro flatterte. Das Foto von Eleni ließ ich auf meinem Schreibtisch stehen. Ich versuchte mir einzureden, dass nichts passiert war, und stand doch unter Schock. Musste erst ein Akt der Gewalt mich aus dem Alltag reißen, damit ich das ganze Ausmaß dessen fühlen konnte, was ich verloren habe?

Ganz unten in der Tasche liegt die Packung mit der Haartönung. Ein Bild von mir ist tagelang zur Nachrichtenzeit in die Wohnzimmer der Nation geflimmert. Wenn ich mich auch in der Einsamkeit verkrieche, so will ich doch durch den Ort gehen können, ohne Fragen in den Blicken der anderen zu begegnen und ohne ihr Wispern zu hören im einzigen Laden, der sich am Dorfplatz befindet. Ist das nicht ...? Wie war doch gleich ihr Name? Ein bisschen Henna Goldkastanie wird das Problem lösen.

Ich gehe ins Bad, wasche meine Haare und reibe anschließend die Tönung hinein. Dann setze ich mich auf den Rand der Wanne und warte. Die Farbe muss einwirken. So schnell geht das nun auch wieder nicht. Vielleicht hat die Täterin mir einen Gefallen getan. Ich bin an einem Punkt angelangt, an dem sich das Innehalten nicht länger vermeiden lässt, und diese Einsicht erleichtert mich auf wundersame Weise. Die Fraktion müht sich nach Kräften, alle Abstimmungen, deren Ausgang eng werden könnte, vertagen zu lassen, bis ich zurück bin. Sie werden sich gedulden müssen. Noch immer sehe ich den feinen Riss in der Decke über dem Krankenhausbett, wenn ich die Augen schließe. Er war das einzig Stetige nach dem Erwachen. Die Blumen wechselten und die Menge der Flüssigkeit im Tropf, das Fenster stand offen oder war geschlossen, junge Gesichter beugten sich über mich und alte, ihre Hände zogen meine Decke zurück und spritzten vorsichtig in meinen Bauch oder rabiat, redeten dabei oder schwiegen. Ich wusste gar nicht, was eigentlich geschehen war. Meine Mutter kam und mein Vater. Sie blickten sorgenvoll auf mich herab. Jetzt ist es aus mit mir, dachte ich, aber meine Mutter sagte: *Die Zeit heilt alle Wunden.* Da fielen mir all ihre Sprüche wieder ein, das ganze Repertoire der Weisheiten, die sie mit sich herumzuschleppen schien wie einen Köcher auf dem Rücken, aus dem sie für jede Gelegenheit den passenden Pfeil zu ziehen vermochte. Ich erinnerte mich an die gesamte Palette, und als ich wieder allein war, sagte ich sie mir auf, von früh bis spät und bei Tag und Nacht, und der feine Riss in der Decke hörte zu. *Wie man sich bettet, so liegt man*, murmelte ich. *Wer die Wahl hat, hat die Qual* und *ein reines Gewissen ist ein sanftes Ruhekissen.* Frauke kam und Frauke ging. *Aus den Augen, aus dem Sinn.* Die Krankenschwester brachte das Frühstück. *Morgenstund hat Gold im Mund* und *der frühe Vogel fängt den Wurm.* Der feine Riss in der Decke verzog sich zu einem Lächeln und antwortete mir. *Jeder ist seines Glückes Schmied.* Eleni schickte Blumen mit Fleurop. Sie schrieb, dass sie unbezahlten Urlaub genommen habe, um ihren Vater nach Samos zu begleiten, wo er sich von den Strapazen seiner Herzoperation erholen wolle. Gute Besserung wünschte sie mir. Kein zärtliches Wort, kein Zeichen von Sehnsucht. *Über verschüttete Milch lohnt sich nicht zu weinen*, grummelte ich, aber *die Hoffnung stirbt zuletzt*. Die Journalisten riefen an, denn *wo das Aas ist, sammeln sich die Geier*. So ging es immer weiter, bis die Erinnerung an das Geschehene sich zwischen die Wortgebilde schob, unscharf und nicht zu halten, aber schließlich wurde die Decke um den feinen Riss herum zur Leinwand. Ich sah, wie die Frau auf mich zukam, wie sie ihre Handtasche öffnete und hineingriff. *Politik verdirbt den Charakter* und *Lügen haben kurze Beine*. Das Bett begann sich zu drehen. Ich krallte meine Finger in die Matratze neben mir, und der Vorhang zog sich wieder zu.

Sie sagten, ich müsse das Trauma verarbeiten, und so fuhren sie mich direkt vom Krankenhaus in die Reha-Klinik. Herr Doktor Schneider hatte schütteres Haar und trug einen weißen Kittel. Er fragte. Nach dem Moment, in dem ich das Messer erblickte. Nach dem ersten Einstich, bei dem mir schwarz vor Augen wurde. Nach dem zweiten, den ich von oben sah. Die Täterin hatte Zacken in ihrem Scheitel. Ich fiel nach hinten und schlug mit dem Kopf gegen die Sitzfläche des Stuhles, auf dem ich noch eine Minute zuvor gesessen hatte. Das tapfere Schneiderlein schaute auf die Uhr, während ich es ihm erzählte. Es sprach von der Angst, die es zu besiegen galt. Ich sprach davon, dass ich mir das Genick hätte brechen können.

Die Reha-Klinik war von einem Park umgeben. Nicht immer wagte ich mich aus dem Haus, aber wenn ich es tat, wurde ich des Frühlings gewahr, roch den Duft der Narzissen und vergewisserte mich, dass die Hornveilchen wieder ein Stück gewachsen waren. Es gab gute Tage, an denen ich mich auf einer freien Bank niederließ, das Gesicht den Sonnenstrahlen entgegenreckte und das Gewusel auf den Wegen beobachtete. Es gab andere, an denen jeder Blick, der mich traf, ein feindlicher war und ich kaum atmen konnte, nicht allein sein und nicht in Gesellschaft. Dann pulsierte die Narbe, und die Erschütterung schwang in mir nach, ermüdete mich ebenso wie das tapfere Schneiderlein mit seiner Uhr. Sie haben fünfzig Minuten. Sie werden verarbeiten und verdauen und schließlich vergessen. Loslassen. Und dann kommt die Kraft zurück.

Aber sie kam nicht. Ich fand keinen Schlaf, obwohl ich todmüde war und leer. Jeder Morgen begann mit Übelkeit, als wäre ich schwanger. Vielleicht trug ich tatsächlich etwas aus. Ich vermisste nicht die Pressekonferenzen, nicht die Glocke des Bundestagspräsidenten und nicht die Mikrofone am Rednerpult. Ich vermisste Eleni.

Eine letzte Stunde in der Atemtherapie, ein abschließendes Gespräch in allen Abteilungen, dann durfte ich nach Hause. Meine Putzfrau hatte sechs Wochen lang die Post aus dem Briefkasten geholt und sie auf meinen Küchentisch gelegt. Die Menge dessen, was sich da angesammelt hatte, glich einem weiteren Hieb in meine Seite. Ich schaltete das Handy wieder ein und auch meinen Computer. Nicht nur die Presse fragte nach, wann ich an die Arbeit zurückkehren würde. Auch die Fraktion ermunterte mich. Sie schickte Jan Grabowski vor, einen erfahrenen Kollegen, mit dem ich wie mit Frauke schon seit vielen Jahren im Parlament zusammensaß. Sein Haar war licht geworden und gelb. Er kämmte die verbliebenen Fusseln vom Rand seines Kopfes über die Glatze in der Mitte, eine vergebliche Mühe. Seine Haut war glanzlos und die Augen trocken, aber noch immer arbeitete er voller Eifer. Er riet mir zum Aufsteigen auf das Pferd, das nottat, wenn man heruntergefallen war. Aber ich wollte nicht reiten. Da hatte etwas in mir lange auf die Chance gewartet, gehört zu werden. Jetzt bestand es auf seiner Redezeit. Ich bat Frauke um ihr Haus, und sie war einverstanden. Wenn es dir hilft, sagte sie. Ich war sicher, das würde es. Die Wirtschaftskrise war in aller Munde, die Politik der neuen Bundesregierung glich einem Desaster, aber ich wollte Blumen gießen. Wochenlang. Unbedingt.

Nach einer halben Stunde spüle ich die Tönung aus und prüfe das Ergebnis im Spiegel. Die Farbe wirkt eine Spur heller als auf der Verpackung, aber die Veränderung ist groß genug. So wird mich im Dorf niemand erkennen. Die Leute achten nicht auf Details in Gesichtern, die sie in ihrer Nähe nicht erwarten. Zufrieden kämme ich die nassen Strähnen aus der Stirn, das Wasser tropft auf mein Schlüsselbein, das zu deutlich sichtbar ist. Ich hatte keinen Appetit im Krankenhaus, und das Adrenalin in meinem Blut unterspült mich noch immer wie ein Fluss die Uferböschung. Meine Brüste sind flacher geworden. Den Verschluss meiner Armbanduhr habe ich enger gezogen. Mein Hals ist zu schmal, das Kinn ist zu spitz, die Wangen zu hohl und die meergrünen Augen zu weit aufgerissen. Ich sehe aus wie der Vogel auf dem untersten Ast des Baumes, unter dem die Katze streunt. Ich sollte mich aufplustern. Ich sollte mehr essen.

Tatsächlich verspüre ich jetzt Hunger. Das Fischrestaurant fällt mir ein, in dem ich im vergangenen Sommer mit Frauke, Carsten und Eleni gewesen bin. Es hat eine Terrasse mit Blick auf den See und frischen Zander auf der Speisekarte. Ich löse mich von meinem Spiegelbild und verlasse das Bad. Wenn ich zu Fuß gehe, wird mein Haar getrocknet sein, bis ich angekommen bin. Aber der Wanderweg führt quer durch den Wald. Es sind noch keine Ferien, die Zahl der Touristen ist spärlich, und die Einheimischen haben an einem Freitagmittag anderes zu tun als spazieren zu gehen. Kaum jemand wird mir unterwegs begegnen. Zwanzig Minuten des Alleinseins liegen zwischen mir und meinem Ziel, zwanzig Minuten begleitet vom Klopfen der Spechte, vom Knirschen der eigenen Schritte auf sandigem Grund und vom Anblick frischbelaubter Buchen, in denen der Wind sich fängt. Und von meiner Fantasie.

Ich seufze. Was spielt die Einsamkeit im Wald für eine Rolle? Der Angriff ist geschehen, als ich ein Podium verließ. Das Publikum war noch im Saal. Wie von Ferne habe ich die Leute schreien gehört. Mit schnellem Eingreifen hätte vielleicht das Schlimmste verhindert werden können, aber niemand ist mir zu Hilfe gesprungen. So haben es die Zeitungen geschrieben, so erzählte man es mir. Ich wage nicht, es mir vorzustellen. Ich ertappe mich dabei, wie ich mich auf der Straße umsehe. Ich belausche die Gespräche meiner Mitmenschen und beobachte, was sie in den Händen halten, wähne gar den Wahnsinn in ihren Blicken, den ich bei der Täterin gesehen habe. Die Polizei hat sie festgenommen, und sie hat nicht einmal versucht zu fliehen. Wie viele andere mag es da draußen noch geben, die mir nach dem Leben trachten? Weit weg oder ganz nah?

Was ich brauche, ist ein bisschen Optimismus. Ich versuche es mit Wahrscheinlichkeitsrechnung. Mir wird nicht zweimal hintereinander dasselbe passieren, denke ich und fühle mich nicht besser. Es gibt Nachahmungstäter. Und es gibt viele, denen ich mit meiner Arbeit auf die Füße getreten bin. Martin Luther King fällt mir ein, Benazir Bhutto und Anna Politkowskaja. Es ist gefährlich, für etwas einzustehen. Ich strecke den Rücken durch und hebe das Kinn. Glaubt man den Erkenntnissen sozialwissenschaftlicher Forschung, ist mein Auftreten entscheidend dafür, ob jemand mich töten will oder nicht. Es ist ganz wie im Reich der Tiere. Demnach ist es die Schuld der Schwebfliege, wenn sie es nicht schafft, als wehrhafte Hornisse zu erscheinen. Schnellt die Zunge des Frosches nach vorn, um sie zu fangen, ist es ihr nicht gelungen, ihn davon zu überzeugen, dass sie einen Stachel hat. Ich halte nicht viel von derartigen Theorien, sind sie doch nicht mehr als ein Plädoyer für eben jenen großen Bluff, von dem ich im Bundestag mehr als genug zu sehen bekomme – oben die Brust so weit herausgestreckt, dass die Hemdknöpfe abzuspringen drohen, unten die Füße nach innen gestellt. Das aber bleibt hinter dem Rednerpult verborgen.

Ich steige die Treppe hinunter, gehe zum Wagen, hole das Pfefferspray aus dem Handschuhfach und stecke es in die Hosentasche. Ab morgen werde ich selber kochen, aber heute will ich mir den Zander im Restaurant schmecken lassen, und niemand, niemand, niemand soll mich daran hindern.

Die schwangere Frau arbeitet noch immer zwischen den jungen Trieben, als ich die Haustür abschließe und an ihrem Grundstück vorübergehe. Sie sieht nicht auf, sondern zupft an Blättern, die in ordentlich abgesteckten Beeten durch die Erde gebrochen sind. Es sieht behände aus, was sie tut, geschickt und selbstvergessen. Der Saum ihres weiten Rockes fällt hinter ihr auf den Boden, ihre nackten Füße stecken in neongelben Flipflops. Sie wirkt viel zu jung für ein Baby, sieht vielmehr aus wie ein Mädchen, das im Garten der Großmutter mit Pampe spielt. Einen Augenblick lang überlege ich, ob ich sie ansprechen soll, sie fragen, was sie da angepflanzt hat oder wann das Kind zur Welt kommen wird. Ich habe den Mund schon halb geöffnet, als ein schwarzer Vierbeiner von der Größe eines Schäferhundes aus dem Schuppen auf sie zu trottet. In seinem halbgeöffneten Maul blitzten spitze Zähne von der Art, die sich im vergangenen Herbst in der Auguststraße in der Wade eines Radfahrers verbissen haben. So verzichte ich auf die Plauderei am Gartenzaun und gehe weiter. Wenig später biege ich in den Waldweg ein.

Ich laufe schneller als gewöhnlich und glaube trotzdem, nicht voranzukommen. Mit hochgezogenen Schultern eile ich vorwärts und lausche. Ich habe wohl die Hälfte der Strecke geschafft, als ich sehe, dass mir in der Ferne zwei Gestalten entgegenkommen. Sofort werde ich langsamer und lege die Hand um das Pfefferspray in meiner Hosentasche. Nicht noch einmal soll man mich überraschen. Nie wieder will ich unvorbereitet sein. Ich beobachte die Umrisse der Figuren genau. Sie werden größer, gehen dicht nebeneinander her und flüstern sich etwas zu. Ich bleibe stehen, während sie immer näher kommen, und in meiner Seite spüre ich den scharfen Schmerz der Stiche ein weiteres Mal. Mein Blick verengt sich. Ich wische die Erinnerungen fort, vertreibe den Schwindel, der mich wanken lässt. Wenn der Kampf beginnt, brauche ich einen festen Stand. Ich entferne die Verschlusskappe von der Dose. Gleich ist es soweit.

Und dann kann ich sie erkennen. Es ist eine Greisin am Arm ihres jungen Begleiters. Er mustert mich neugierig, während die Alte auf ihn einredet und mich überhaupt nicht bemerkt. Unerträglich langsam schlurfen sie vorbei. Ich lasse sie nicht aus den Augen. Erst als zweihundert Meter zwischen uns liegen, lockere ich den Griff um das Pfefferspray. Mein Atem geht flach. Ich reibe mir die Augen und hole tief Luft. Warum um alles in der Welt bin ich nicht mit dem Auto gefahren?

2

Der Morgen nach meiner Ankunft ist nass und kühl. Ich nutze das schlechte Wetter, um mich im Haus einzurichten, fahre mit dem Wagen ins nahe Templin und kaufe ein, was ich zum Leben brauche, dazu eine CD mit Chansons von Edith Piaf und einen Strauß Pfingstrosen, den ich ins Wohnzimmer stellen will. In der Auslage eines Schreibwarenladens entdecke ich ein in cremefarbenes Leder gebundenes Schreibheft. Es ist nicht größer als ein Terminkalender und unverschämt teuer, aber ich bleibe stehen. Seit ich im Bundestag sitze, habe ich nicht mehr Tagebuch geschrieben. Lange schon wollte ich meine alte Gewohnheit wiederaufleben lassen, aber außer flüchtigen Notizen auf Bahnreisen habe ich nichts zustande gebracht, und was ich auf diese Weise festhielt, kam zwischen Ausschussprotokollen und Fachzeitschriften abhanden. Ich gehe in das Geschäft und lasse das Heft aus der Auslage holen. Schon im Auto schlage ich es auf und schreibe die ersten Sätze hinein.

Alle sprechen jetzt von Griechenland. Jeden Tag sind die Zeitungen voll von den Meldungen aus Athen und von den Protesten der Bevölkerung. Ich frage mich, was Eleni denkt, was sie tut und wie es ihr geht. Ist ihr Vater wieder gesund? Ist sie noch auf Samos? Was reden die Menschen um sie herum über das Versagen der Politik?

Ich lege das Tagebuch beiseite, starte den Motor und bleibe in Gedanken. Wann die Fragen nach dem Sinn angefangen haben, weiß ich nicht mehr genau. Ich bin nicht naiv. Ich bin nicht dogmatisch. Kompromisse gehören zum Wesen der Demokratie. Wer regieren will, braucht Partner und muss bereit sein, auch Kröten zu schlucken. Doch des einen Kröte ist des anderen wunderschöner Ochsenfrosch. Es gibt ihn nicht, den einen Augenblick, der die Partei verändert hat. Der Wandel war ein Prozess. Alte Mitglieder haben uns enttäuscht den Rücken gekehrt, neue haben ihre Plätze eingenommen. Wir werden mehr. Wir haben Erfolg.

Und neuerdings haben wir Hendrik George.

Es war der Tag nach der Europawahl, als ich ihn persönlich kennenlernte. Wir waren im Fraktionsbüro verabredet, um gemeinsam mit unserem Pressereferenten Anthony Owusu einen Ausblick zu verfassen. Mit dem Fahrrad und mit gemischten Gefühlen machte ich mich auf den Weg, denn ich hatte Hendrik schon einige Male auf Parteitagen erlebt. Auch hatte ich ihn reden gehört, vor allem seit er über die hessische Landesliste für den Bundestag kandidierte. Sein Name stand auf einem Listenplatz, der für den Einzug ins Parlament nur reichen würde, wenn die Partei das Ergebnis der letzten Wahl verbessern konnte. Den Umfragen nach war das möglich, und so avancierte er zu einem umtriebigen Kämpfer, der mit seinem Aktionismus nicht selten über das Ziel hinausschoss.

Was das Miteinander betraf, so verhielt es sich in der Partei nicht anders als in einer großen Familie – es gab Abzweigungen mit Oberhäuptern und Abkömmlingen, mit Lieblingsonkeln, Erbtanten und Stiefkindern, es gab regelmäßige Treffen des gesamten Clans, auf denen der Zusammenhalt beschworen, aber auch heftig gestritten wurde. Man feierte gemeinsam, klopfte sich auf die Schultern und redete hinter vorgehaltener Hand. Und so hatte ich auch über Hendrik schon einiges gehört. Er war Mitte dreißig und lebte allein. Man munkelte über eine unglückliche Liebe, die sich von ihm getrennt hatte und der er noch immer nachhing. Man lästerte über ihn, weil er ungepflegt war. Sein Vollbart wuchs ihm über die Lippen, die Anzüge, die er bei offiziellen Anlässen trug, waren für seinen untersetzten Körper in der Breite zu knapp und in der Länge zu großzügig bemessen, und das dunkelbraune Haar fiel ihm in fettigen Strähnen in die Stirn. Das alles interessierte mich weit weniger als seine Ansichten. Als Wirtschaftswissenschaftler dachte er in Kategorien von Gewinn und Verlust und stellte ökonomische Erfordernisse ins Zentrum der Betrachtung eines jeden Problems. Diskutierten wir über die Wachstumschancen erneuerbarer Energien, war seine Stimme laut und sein Redeschwall nicht zu bremsen. Ging es aber um Sozialpolitik, Frauenförderung oder Minderheitenrechte, hielt er sich auffällig zurück. Auf seiner Homepage ließ er wissen, dass er das Regieren der Arbeit in der Opposition in jedem Falle vorzog. Er verwies auf seine Wurzeln, die in einer angesehenen Unternehmerfamilie aus dem Taunus lagen, und führte seinen persönlichen Werdegang in allen Einzelheiten auf; Internate, Bildungsreisen und Auslandssemester, das Engagement in der Jugendorganisation der Partei und im Studierendenparlament. Er vergaß nicht zu erwähnen, dass er in den Semesterferien regelmäßig Praktika in den Geschäftsstellen namhafter Naturschutzverbände absolviert hatte. Unbezahlt seien diese gewesen, ließ er wissen, ein Dienst an der Gemeinschaft und ein Ausdruck seiner Verantwortung für eine gesunde Umwelt. Am Kopf der Seite präsentierte er eine Diashow, die ihn im Kreise von Prominenten aus Politik und Kultur zeigte; Männer und Frauen, die steif und unwillig wirkten, während er sich gegen sie drängte. Ein Link führte zu allen Reden, die er im hessischen Landtag jemals gehalten hatte. Dazu hob er in einem Kasten hervor, warum er für den Bundestag kandidierte. Seine Sprache war salopp, sein Lächeln anbiedernd auf jedem der eingestellten Bilder.

Ich war um Viertel vor eins im Fraktionsbüro und damit fünfzehn Minuten vor der vereinbarten Zeit, aber Anthony war schon vor mir da. Ich schenkte ihm ein flüchtiges Hallo und zog meine Jacke aus.

»Und? Schon wieder munter?«, erkundigte er sich, ohne von seinem Computerbildschirm aufzusehen. Die Frage war berechtigt. Bis früh um vier hatten wir das Europawahlergebnis diskutiert. Eigentlich hatte ich gar nicht so lange bleiben wollen, aber nachdem die Presse ihre Interviews beendet hatte, begannen die Gespräche im kleinen Kreis. Wir tauschten die Anekdoten von den Wahlkampfständen aus und nahmen das Abschneiden der einzelnen Kreise unter die Lupe. Ich kannte sie alle, die da zusammengekommen waren, und viele von ihnen hatte ich seit Monaten nicht gesehen. Über das ganze Land waren wir ausgeschwärmt, um Stimmen zu sammeln. Nun fiel die Anspannung von uns ab. Das Warten hatte ein Ende. Jetzt hatten wir Gewissheit, dunkle Ringe um die Augen und halbvolle Gläser mit trockenem Wein in den Händen. Eleni war bis um zwei Uhr bei uns geblieben, aber dann hatte sie sich verabschiedet, wieder einmal sichtlich enttäuscht, dass ich nicht mit ihr kam.

»Munter ist etwas anderes«, antwortete ich Anthony und holte ein paar Sitzungsprotokolle aus meinem Fach. »Seit wann bist du denn schon wieder hier?«

Er wirkte nicht übernächtigt. Seine dunkelhäutigen Wangen waren frisch rasiert, die schwarzen Augen blickten mir wach entgegen. Er hatte die Vorlage grafisch schon erstellt und Fotos in die Spalten eingefügt. Ich war zufrieden. Mit ihm zusammen würden wir schnell gute Überschriften finden und den Text erarbeiten. Danach hatte ich frei, endlich Zeit nach all den Terminen in meinem westfälischen Wahlkreis, in dem die Partei hervorragend abgeschnitten hatte. Ich konnte ein ausgiebiges Bad nehmen, dann konnte ich einkaufen und für Eleni und mich kochen. Ich würde gutmachen, was ich ihr in den zurückliegenden Monaten abverlangt hatte – all die Momente des Verzichts.

Die Tür flog auf. »Tut mir leid, wenn ich spät dran bin, aber ihr wisst ja, wie das ist. Das Handy hat keinen Augenblick stillgestanden«, sagte Hendrik ohne Begrüßung, schwang seinen Aktenkoffer auf einen Stuhl, breitete entschuldigend die Arme aus und rieb sich gleich darauf die Hände. »Wo ist Kaffee?«

Anthony deutete auf die Tür zur Küche. »Die Packung steht neben der Maschine. Filtertüten sind im Hängeschrank über der Spüle.«

Hendrik stutzte. »Ach so. Ich dachte ... Na, dann wollen wir lieber keine Zeit verlieren und besser gleich anfangen, was? Habt ihr schon eine Headline?«

Auch Hendrik trat an den Computer heran. Er roch nach Zeder, kaltem Rauch und Nachtschweiß. Er kratzte sich den Bart, während er die Vorlage betrachtete. Dann legte er eine Hand auf Anthonys Schulter. Ich sah, dass seine Fingernägel schmutzig waren.

»Toller Input«, sagte er. »Aber ich glaube, da müssen wir noch ein bisschen nachbessern. Die Fotos von den Spitzenkandidaten sind ja super, aber was ist das hier?« Er zeigte auf das Bild von einem Kind, das einen Luftballon mit unserem Logo in der Hand hielt. »Wo ist denn da die Message?«

Anthony beugte sich nach vorn, bis Hendriks Hand von seiner Schulter rutschte. »Also, es soll doch auch um Bildungspolitik gehen, oder? Das Foto bekommt durch den Text seinen Bezug.«

»Hm, verstehe. Schöner Gedanke. Aber doch eher suboptimal. Das ist doch viel zu sentimental.« Hendrik sprach sehr schnell.

»Vielleicht sollten wir erst mal was dazu schreiben«, sagte ich und sah mich in ungewohnter Rolle. Für gewöhnlich war es Anthony, der sich verschiedene Positionen anhörte und dann einen Vorschlag unterbreitete, mit dem alle Diskutierenden einverstanden sein konnten. Er war seit einem Jahr unser Pressereferent. Als Journalist mit einer Zusatzausbildung in Webdesign und seiner vorausgegangenen Tätigkeit in der

Presseabteilung eines Ökostromerzeugers war er für die Aufgabe mehr als qualifiziert, und wenn in der Fraktion längst lauthals gestritten wurde, fasste er ganz ruhig die Argumente zusammen oder schlug eine Pause vor, um die Gemüter abzukühlen. Was er an Überstunden leistete, reichte für einen Jahresurlaub, aber er kümmerte sich nicht darum. Die Anstellung bei uns war ihm auch eine Herzensangelegenheit. Als Kind ghanaischer Eltern hatte er oft genug am eigenen Leib erfahren, was Rassismus bedeutete. Die Narbe auf seiner Stirn kündete davon, und wer mochte sagen, welche Narben er unsichtbar in seinem Inneren trug. In jedem Fall setzte er sich über die Maßen ein für die Partei, die sich den Schutz der Menschenrechte auf die Fahnen schrieb. Aber im Laufe des Europawahlkampfes hatte er auch die Launen der Aktiven kennengelernt und die Eitelkeit derer, die sich im Buhlen um Pressetermine um ihn scharten. Sein Idealismus hatte deutliche Schrammen bekommen. Ich war überzeugt, dass er mit seiner Geduld bald am Ende sein würde, und mir lag viel daran, ihn bei uns zu halten. Was ich konnte, wollte ich tun, damit Anthony die Freude an seiner Arbeit wiederfand. Hendrik aber war das egal. Er schien nur auf mein Stichwort gewartet zu haben.

»Ja, genau, etwas zu schreiben ist eine gute Idee«, rief er und eilte zurück zu seinem Aktenkoffer. »Ich habe schon was ausgearbeitet. Muss Anthony nur noch einfügen. Moment, wo ist es denn?«

Wir sahen zu, wie er in seiner Tasche kramte, dann blickten wir uns an. Anthony rollte mit den Augen.

»Hier!«, rief Hendrik und hielt einen USB-Stick hoch. Er kam zurück zum Computer und stöpselte ihn ein. »Mach auf, mach auf«, sagte er und deutete auf eine Word-Datei mit dem Titel *Flyer Szenario 1*.

Anthony klickte sie an. Wir fanden drei Seiten Text unter der Überschrift: *Mit uns die Krise abwählen!*

Ich las seinen Artikel, der nicht schlecht war, nur viel zu plakativ und in der Sache oberflächlich. Und so begannen wir zu kämpfen. Es war die Art der kräftezehrenden Konfrontation im eigenen Lager, die ich in den letzten Jahren immer häufiger erlebt habe. Hendrik gehörte zu jenen, die nach neuen Bündnissen suchten und mit großer Sensibilität darauf achteten, dass keiner unserer Beschlüsse mit ihren Plänen unvereinbar war. Sein Name stand wie alles, was er sagte, für die Metamorphose meiner politischen Heimat. Wir rangen Stunde um Stunde und brachten doch nicht mehr als ein Stückwerk zustande, das uns gerade eben erlaubte, die gemeinsame Aufgabe für erledigt zu erklären. Es dauerte bis in den Abend hinein. Als ich endlich nach Hause kam, war Eleni längst da. Sie hatte schon gegessen. Und ich sank völlig erledigt aufs Bett.

3

Es regnet fünf ganze Tage lang. Ich gehe nur aus dem Haus, um im Dorfladen die Zeitung zu kaufen. Das Öl strömt unaufhaltsam in den Atlantik. Israel wird nach dem Militäreinsatz gegen die Gaza-Hilfsflotte heftig kritisiert. Der Bundespräsident ist zurückgetreten, und keiner weiß warum. Ich werde unruhig. Es geht drunter und drüber in der Welt, während ich mich verkrieche. Aber jetzt bin ich niemandem eine Hilfe. Ich kann das Öl nicht stoppen und nicht die Israelische Armee. Und Köhler ist schon weg. Ich lese jeden Artikel genau, die Fakten, die Kommentare. Überhaupt lese ich viel, flegele mich im Bett mit Romanen von Ulla Hahn und Gedichten von

Rose Ausländer. Ich gehe duschen, brate mir Spiegeleier und koche Kaffee, lasse das Notebook ausgeschaltet und gebe mich dem Alleinsein hin.

Als am sechsten Tag die Sonne durch die Wolken bricht, erinnere ich mich an mein Versprechen, mich um den Garten zu kümmern. Ich gehe hinaus und vergewissere mich, was zu tun ist. Das Beet dicht an der Hauswand im Westen, in dem in jedem Sommer die Küchenkräuter wachsen, muss neu bestückt werden. Die Sonne erreicht es erst am Nachmittag, sodass die Pflanzen nicht so schnell verdorren. Ich beschließe, Töpfe mit Schnittlauch und Dill, Petersilie und Basilikum zu besorgen. Auf der Südseite des Grundstückes vor dem Apfelbaum blühten im letzten Jahr Rittersporn, weiße Margeriten und etwas Drittes, dessen Namen ich nicht kannte und das in rosafarbenen Blütenkerzen die anderen Gewächse überragte. Es war ein hübsches Ensemble, dessen späte Blüten ich noch im vergangenen September bewunderte. Die mir unbekannte Pflanze scheint abgestorben zu sein. Der Stamm ist braun und geknickt, kein einziger frischer Trieb hat sich gebildet. Hier muss ich für Ersatz sorgen. Auch will ich den Rasen mähen und anschließend ein paar Wildblumensamen verstreuen. Aber das genügt mir nicht. Frauke hat mir das Haus für Wochen überlassen, und ich möchte sie mit etwas Neuem überraschen, das es bislang noch nicht gibt. Ich schreite den Garten ab auf der Suche nach einem Fleck für ein paar Sommerblüher, der dauerhaft in der Sonne liegt, fernab von Apfelbaum und Süßkirsche, damit sich die Blumen gut entwickeln können. Mein Blick fällt auf den Winkel, der an einer Seite vom Straßenland begrenzt wird und an einer zweiten von der niedrigen Heckenrose, die das Grundstück von dem der Nachbarn trennt. Die Stelle ist weit genug weg vom Haus, damit sein Schatten sie auch in den Abendstunden nicht berührt. Was ich hier pflanze, wird ein Blickfang sein für alle, die vorüberziehen, und ein erster Gruß für jeden Besuch. Auch vom Küchenfenster aus wird es gut zu sehen sein. Zufrieden nickend gehe ich in den Keller, in dem die Gerätschaften aufbewahrt werden. Vom Regen der vergangenen Tage ist das Gras noch zu nass, um es zu mähen, aber ich kann das zukünftige Beet schon einmal vorbereiten. Mit Spaten und Harke komme ich zurück und beginne am ausgewählten Platz zu graben. Der Boden ist feucht und schwer, aber nicht verwurzelt. Ich komme gut voran, und erst als ich eine Fläche von vier Quadratmetern umgegraben habe, beginnen die Narben in der Seite zu schmerzen. Für heute muss es genug sein. Allein die abgestorbene Pflanze zwischen Rittersporn und Margeriten will ich noch ausgraben. Ich gehe zum Beet im hinteren Teil des Gartens. Meine Nachbarin kommt aus ihrem Schuppen, der Hund trottet neben ihr her. Ich habe das Gefühl, die Frau beobachtet mich. Ich nicke ihr zu, dann gehe ich weiter und wende mich ab, aber ich spüre ihren Blick in meinem Rücken. Verstohlen schaue ich über die Schulter. Sie guckt noch immer, macht sogar einen langen Hals, wohl um mich zwischen Fraukes Haus und dem Apfelbaum besser sehen zu können. Ich merke, wie meine Muskeln sich anspannen. Habe ich jetzt Neugier zu ertragen statt Mikrofone und Kameras? Bin ich denn in die Pampa geflohen für eine weitere Observation? Ärgerlich setze ich den Spaten an.

»Halt, halt! Stopp!«, ruft meine Nachbarin plötzlich. Ich fahre erschrocken zusammen und blicke auf. Sie läuft schnellen Schrittes auf die Hecke zu, dann bleibt sie stehen.

»Das ist ein Fingerhut!«, sagt sie mahnend.

»Ja, und?« Ich sehe sie verständnislos an. Ist die Pflanze womöglich doch noch nicht verdorrt, sondern muss nur zurückgeschnitten werden? Oder verstoße ausgerechnet ich mit meinem Tun gegen Naturschutzbestimmungen, von denen ich nichts weiß?

»Na, Sie fallen nicht gleich tot um, wenn Sie den mit bloßen Händen anfassen, aber ein paar Hautreizungen riskieren Sie schon. Auch wenn das Ding ziemlich trocken aussieht. Nehmen Sie lieber Handschuhe.«

»Ach so, giftig, ja?« Instinktiv weiche ich einen Schritt zurück.

Jetzt lächelt sie nachsichtig. »*Digitalis purpurea.* Essen Sie zwei Blätter davon, wenn Sie den Löffel abgeben wollen.«

»Oh, tja also, das hatte ich eigentlich nicht vor. Aber ich fürchte, Gartenhandschuhe habe ich nicht.« Ich schäme mich. *Der Argwohn isst mit dem Teufel aus derselben Schüssel.* Keine Neugier nebenan, sondern Fürsorge.

»Das sollten Sie aber, besonders wenn Sie sich nicht auskennen. Der Fingerhut ist schließlich nicht der Einzige, der Sie zur Strecke bringen könnte.«

Ihre Worte lassen mich zusammenzucken, aber ich gehe ihr entgegen. »Da war ich wohl ein bisschen unvorsichtig. Würden Sie mir Ihre kurz leihen?« Ich deute auf die Handschuhe der jungen Frau, weißgrüner Stoff, der ihr bis zu den Ellenbogen reicht.

»Warten Sie, ich komm mal rüber.« Kaum hat sie es gesagt, da rafft sie ihren weiten Rock und klettert umständlich über die Hecke. Ich bemerke, dass sie wieder Flipflops trägt, ein silbernes Paar dieses Mal. Es scheint sie nicht zu stören, dass ihre Füße im feuchten Gras nass werden. Als sie auf meiner Seite ist, zieht sie den rechten Handschuh aus. »Ich bin Laura Vogel. Der Ableger ist noch nicht ganz fertig.« Sie reibt sich den prallen Bauch, bevor sie mir die Hand gibt.

Auch ich stelle mich vor und lache über ihre Bemerkung. »Wie lange noch?«

»Zwei Monate. Bin mal gespannt, wie rund die Kugel noch wird.« Sie zieht den Handschuh wieder an, nimmt mir die Schaufel ab und geht zum Beet hinüber.

Ich schlendere hinter ihr her. »Und – wissen Sie schon, was es wird?«

»Löwe, wenn es pünktlich kommt.« Ich stutze für einen Augenblick. Sichtlich zufrieden registriert sie meine Verwirrung und kichert. »Ich mein ja nur das Sternzeichen.« Mit einem einzigen Spatenstich hebt sie die Wurzel der ersten abgestorbenen Pflanze aus und wirft sie ins Gras. »Wird 'ne Viktoria. Viktoria Vogel. VV. Wie finden Sie das?«

»Gar nicht schlecht«, antworte ich entgegen meiner Ansicht.

»Gar nicht schlecht? Das ist super!« Sie gräbt weiter. »Haben Sie einen Komposthaufen?«, fragt sie, als sie fertig ist.

»Einen Kompost... äh, nein, ich glaube nicht.«

»Sie sind doch öfter hier, oder? Ich glaub, ich hab Sie letztes Jahr schon ein paar Mal gesehen. Aber ich bin mir nicht sicher. Ihre Haare ...« Sie lässt den Spaten fallen, stemmt die Fäuste in die Seiten und blinzelt mich an.

»Ach so, na ja. Ist mal was anderes, dachte ich.«

»Sieht gut aus. Sind Sie auch Politiker?«

Ich nicke, und sie legt den Kopf schräg, bevor sie weiterspricht. »Stefan sagt, Sie könnten die sein, die ... also, die ...«

Ich zögere mit der Antwort, aber was hilft es mir? Soweit es die Nachbarn angeht, wird es also nichts mit der Unsichtbarkeit. »Ich weiß schon, was Sie sagen wollen. Ich bin die, auf die das Attentat verübt wurde.« Die Worte kommen mir schwer über die Lippen, klingen verwaschen.

»Junge, Junge, da haben Sie aber Schwein gehabt, was?«

Ein Schauer rieselt über mich. Ich reibe mir die Gänsehaut von den Armen und suche nach etwas, das ich auf ihre Bemerkung erwidern könnte, aber mein Kopf ist plötzlich vollkommen leer.

»Ähm, hab ich was Falsches gesagt?«, fragt sie und hebt die Hände zu einer entschuldigenden Geste. »Tut mir leid, ich plappere immer einfach so drauflos.«

Ich gebe mir einen Ruck. »Ist schon in Ordnung«, versichere ich ihr, dann will ich wissen, wie es sich anfühlt, es selbst auszusprechen. »Ja, ich habe wohl Schwein gehabt, wie Sie es nennen.« Es brennt in der Kehle, und ich muss schlucken. Laura Vogel scheint es nicht zu bemerken. Sie schiebt die Pflanzenreste zusammen.

»Soll ich das Zeug mitnehmen? *Ich* habe einen Komposthaufen.«

»Aber ich denke, das ist giftig?«

Sie lächelt. »Aber nicht mehr, wenn es zersetzt ist«, antwortet sie und erklärt mir ganz genau, wie sie es häckseln und mit Grasschnitt vermischen will, wie es dann verrotten und sich in guten Dünger verwandeln wird. Sie erzählt mir, dass sie gelernte Gärtnerin ist. Mit ›sehr gut‹ habe sie die Prüfung bestanden, sagt sie stolz, und dann habe sie noch eine Zeit lang in ihrem Ausbildungsbetrieb weitergearbeitet. Damals lebte sie noch in Prenzlau. Sie sei gerne ins Dorf umgezogen, in dieses Haus mit dem eigenen Fleckchen Erde davor. Nur leider habe sie ihre Stelle aufgeben müssen, weil ein tägliches Pendeln zu beschwerlich gewesen wäre.

»Jetzt arbeite ich in einem Billigshop in Templin«, knurrt sie. »Täglich sechs Stunden an der Kasse in Wechselschicht. Und alles, was ich über das Band ziehe, kostet einen Euro. Spannend, oder?« Sie verzieht das Gesicht und winkt ab.

»Sicher nicht«, antworte ich. »Aber vielleicht finden Sie ja irgendwann was Besseres.«

Eine Gärtnerin also. Ich erzähle ihr von meinen Plänen und

bitte sie um Rat für das Beet an der Straße, das ich neu anlegen will. Wir gehen zusammen in die fragliche Ecke und blicken auf die vorbereitete Stelle, als ob es dort schon etwas zu sehen gäbe. Laura Vogel fragt mich nach meinen Vorstellungen. Einjährig oder winterhart? Hoch oder niedrig? Ton in Ton oder bunt? Ich bin unentschlossen in Bezug auf Farbe, Form und Größe, nur dass es jeden Sommer wiederkommen soll, teile ich ihr mit und überlasse ihr alle weiteren Entscheidungen. Sie wickelt ihren Pferdeschwanz um den behandschuhten Finger, während sie überlegt.

»Spornblumen, Sommer-Salbei und rote Schafgarbe hintereinander«, sagt sie ebenso plötzlich wie bestimmt. »Und seitlich daneben einen Goldenen Sonnenhut. Da haben Sie Freude dran von Juni bis September.«

Ich nicke begeistert, ohne genau zu wissen, wovon sie spricht. »Hört sich gut an. Können Sie mir auch sagen, wo ich das alles bekomme?«

Sie löst ihren Blick vom Boden und sieht mich an. »Wissen Sie was? Ich hab morgen Spätschicht. Wenn Sie wollen, fahr ich gleich früh mit Ihnen in die Gärtnerei.«

»Gibt es da auch Küchenkräuter?«

»Sicher. Frische Erde, Dünger, alles. Ich such Ihnen die besten Pflanzen raus.«

»Das klingt fantastisch. Da wäre ich Ihnen sehr dankbar. Ich bin nämlich ziemlich unbeleckt auf diesem Gebiet.«

»Echt? Wär mir nicht aufgefallen.« Sie kichert erneut.

Mir ist nicht wohl bei dem Gedanken, die Zeit dieser Frau so über Gebühr zu beanspruchen. Sicher hat sie mit ihrem eigenen Garten genug zu tun und auch damit, über die Runden zu kommen. »Ich würde mich aber gerne erkenntlich zeigen«, biete ich ihr daher an. »Ich meine, Sie sind schließlich eine Fachkraft.«

Sie winkt ab. »Papperlapapp. Ich muss sowieso hin und die Rosen abliefern, die ich gezüchtet hab. Die Gärtnerei kauft sie mir ab. Sind schön geworden. Wenn ich mit Ihnen fahren kann, brauch ich kein Auto organisieren.«

»Na, das passt doch wunderbar.« Ich betrachte Laura Vogel genau. Sie sieht auch aus der Nähe jugendlich aus mit ihrem sommersprossigen Gesicht und den Pickelchen am Kinn, die ihre Ursache womöglich in der Schwangerschaft haben, aber den Eindruck erwecken, sie seien letzte Zeugnisse der Pubertät. Obwohl sie fröhlich ist, strahlt der Blick ihrer wasserblauen Augen eine Ernsthaftigkeit aus, mit der sie ihrem Alter vorauszusein scheint. Klein und zierlich wie sie ist, steht sie dennoch mit beiden Beinen fest auf der Erde, streckt den dicken Bauch nach vorn wie ein selbstzufriedener Buddha, der in sich ruht. Ich habe das sichere Gefühl, dass sie das Leben nimmt, wie es kommt, und ihm entschlossen begegnet. Jetzt schiebt sie den Stoff des rechten Handschuhs zurück und sieht auf ihre Armbanduhr. »Ich muss rüber, meine Wäsche ist fertig. Also, treffen wir uns morgen früh bei Ihrem Auto? Sagen wir, um halb neun?«

»Einverstanden, halb neun«, stimme ich zu.

Sie holt die ausgegrabenen Pflanzen und klettert über die Hecke, ohne sich noch einmal umzudrehen. Als sie wieder auf ihrem Grundstück ist, wirft sie die vertrockneten Stiele auf einen Haufen in der hintersten Ecke ihres Gartens, dann zieht sie die Handschuhe aus und geht ins Haus. Es ist erstaunlich, dass Frauke mir noch nichts von ihr erzählt hat. Ich glaube, die beiden gleichen sich in ihrem Naturell. Kein Grübeln. Keine Wankelmütigkeit. Nur Tatkraft und Zuversicht.

4

Nach einem sonnigen Wochenende, das den langersehnten Sommer und Tagesausflügler in Scharen brachte, treibt der Wind wieder Wolken über das Land. Das Wetter wechselt wie meine Stimmungen. Im einen Augenblick genieße ich das Alleinsein, aale mich gedankenlos in dem Übermaß an freier Zeit oder vertiefe mich in das Geschehen der Bücher, die ich lese. Im nächsten Moment drängen sich die Ereignisse des vergangenen Jahres bei allem, was ich tue, in mein Bewusstsein. Wenn ich koche, sehne ich mich nach Eleni und ihrem Rat, welche Gewürze hinzuzugeben seien, welche mediterranen Kräuter, mit denen sie jedem Gericht eine einzigartige Note zu geben vermochte. Schreit ein Werbespot mich aus dem Radio an, drehe ich es leiser, wie sie es tat. Ich spüre, wie wohltuend es ist, das Getöse zurückzuweisen, und ich frage mich, wie ich je wieder zu meiner Arbeit zurückkehren soll, in der die Schaumschlägerei ein Teil des Tagesgeschäftes ist. Ich erinnere mich an einen Delegierten aus Hamburg. Warum wir uns überhaupt noch persönlich träfen, fragte er im Januar bei einem informellen Gesprächsabend zur Bildungspolitik, während er mit zittrigen Fingern fortwährend auf seinem Organizer herumtippte. Facebook, Twitter, so kommuniziere man heute, mäkelte er gereizt. Redete jemand anders, rutschte er auf seinem Stuhl herum. Die Hast sprach aus seinem umherirrenden Blick, und so tat er mir leid, obwohl die respektlose Art, mit der er bei der Kellnerin sein Bier bestellte, kein Mitgefühl verdiente.

Was hatte ihn zu uns gebracht? Unsere Wurzeln lagen im zivilen Widerstand, im Protest gegen den Mainstream, im Querdenken. Wir haben Gewaltfreiheit trainiert, bevor wir zur Blockade der Schienenwege nach Gorleben aufgebrochen sind, haben geübt, uns wegtragen zu lassen. Fremde Arme haben mich gehalten. Vertrauen haben wir beieinander gesucht. Und gefunden. Aber das lag ewige Zeit zurück. Inzwischen stritten wir über die Budgets für Visitenkarten im Vierfarbdruck, überzeugten mit dem Verschenken von Einkaufschips, Brausepulver und Kugelschreibern; Brot und Wein für eine Stimme am Wahltag. Es ist leichter geworden, in den Einkaufsstraßen zu stehen. Die Zahl der verächtlichen Blicke hat abgenommen, die Art der Beschimpfungen auch. Die Rentnerin mit der Plastiktüte aus dem Bodyshop schenkte mir ein Lächeln im letzten Sommer, der Mann vom Ordnungsamt holte sich ein Programm bei mir ab. Doch eine junge Frau mit Peace-Button am Rucksack und flachsfarbenen Strähnen im langen schwarzen Haar sah mich grimmig an. *Attac* ist toll, zischte sie im Vorübergehen. Ihr nicht. Ist das der Erfolg, den wir wollten?

Ich grüble Stunde um Stunde, schlafe schlecht und komme morgens nicht in Schwung. Wenn ein Schauer niedergeht, stehe ich mit einem Becher Kaffee in der Hand im Wintergarten und betrachte die Fäden des Regens, sehe zu, wie dicke Tropfen sich auf den Fliesen der Terrasse mehren und sie binnen Minuten in eine spiegelglatte Fläche verwandeln. Frauke ruft täglich an, um sich nach meinem Befinden zu erkundigen. Sie bietet mir ihr Hollandrad an, aber ich lasse es im Keller stehen. In der Reha-Klinik haben sie mir ein Muskelaufbautraining verordnet, dem ich mich nicht widersetzen konnte. Die eigene Schwäche zu spüren schmerzte mehr als die Narben. Gerade deshalb sollte ich damit weitermachen. Ich sollte meine Knie beugen, Gewichte heben und in die Pedale treten. Aber ich tue es nicht. Ich will mich nicht quälen und nicht hetzen. Ich gebe mich der Langsamkeit hin und lasse mich von Nichtigkeiten fesseln, die ich noch nie wahrgenommen habe;

da dreht die Stubenfliege auf dem Rand des benutzten Tellers ihre Runden, ein Traktor knattert durchs Dorf, die Stimme von Edith Piaf erscheint mir wie wütendes Klagen im ersten, wie begeistertes Entzücken im zweiten Moment. Fernab der Hektik in der Stadt und der Tumulte im Plenarsaal bade ich in dem, was um mich herum geschieht. Die Erinnerung an das langsame Erwachen im Krankenhaus flackert auf und verschwindet wieder. Was ich noch erleben darf, ist nicht mehr selbstverständlich. Glück und Kraftlosigkeit vereinigen sich in mir zu einem seltsamen Gefühl melancholischer Dankbarkeit.

Töne und Farben dringen zu mir durch und sind willkommen. Gerüche locken hervor, was ich längst vergessen glaubte. So besonders ist der Duft nach Lakritze, als ich die Tüte öffne. Sofort sehe ich Regine mit schwarzen Zähnen lachen. Wir trollen uns auf dem Spielplatz hinter der Neubausiedlung bei Attendorn im Sauerland, in der wir aufgewachsen sind. Sie steckt die Schnecken im Ganzen in ihren winzigen Mund, während ich sie zu einer langen Schnur auseinanderziehe, die ich nach und nach durch die Zahnlücken in mich hineinsauge. Regine trägt das rotkarierte Kleid, aus dem ich längst herausgewachsen bin. Die Knöpfe blitzen nicht mehr so blank wie drei Sommer zuvor, als es noch mir gehörte, aber es passt gut zu ihrem Haar, das die Farbe des Sandes hat, durch den wir Hand in Hand von der Schaukel zur Wippe stapfen. Hoch und runter. Hoch und runter. Natürlich bin ich schwerer als meine kleine Schwester, aber ich stoße mich vom Boden ab, lasse sie nicht in der Luft zappeln, lasse sie nicht hängen. Das habe ich nie getan.

Auch wenn ich jeden Tag nur eine Stunde arbeite, komme ich mit der Gestaltung des Gartens gut voran. Laura Vogel ist eine Hilfe von unschätzbarem Wert. Als sie die Rosenstöcke in der Gärtnerei abgeliefert hatte, beriet sie mich bei der Auswahl der Kräuter und suchte die schönsten Stauden für das Sommerbeet aus. Ich musste mich auf ihren Rat verlassen, denn die Knospen der Pflanzen waren noch geschlossen. Sie empfahl mir gute Erde und den richtigen Dünger, erinnerte mich an die Gartenhandschuhe und schlug mir Ersatz für den Fingerhut vor. Wir wählten Hohen Phlox in Lachsrosa, nachdem ich versichert hatte, durch regelmäßiges Gießen einen Befall mit Mehltau zu verhindern und welke Blütenstände abzuschneiden. Gleich nachdem wir zurückgekommen waren, setzten wir ihn zwischen Margeriten und Rittersporn ein. Bald würde das Ensemble eine farbenfrohe Augenweide sein. Ich war begeistert, und auch Laura Vogel wirkte zufrieden. Sie hatte noch eine halbe Stunde Zeit. Ich wischte die Gartenstühle trocken, und wir setzten uns mit einem Tee in die Sonne. Sie streckte die Beine aus und faltete die Hände über dem runden Bauch. Sie hatte olivgrünen Nagellack auf Fingern und Zehen und erzählte mir von ihren Plänen. Das alte Haus nebenan sollte ein Schmuckstück werden, der Schuppen daneben ausgebaut zu einer Ferienwohnung mit Kamin und Wärmedämmung, damit auch im Winter ab und zu ein paar Gäste kamen. Sie sprach von ihrem Mann. Gleich nach ihrem Einzug habe er das Dach neu gedeckt, das sei immerhin sein Beruf. Inzwischen habe er alle Wände tapeziert, neue Teppichböden verlegt und das Bad gefliest. Auch das Kinderzimmer habe er bald fertig, obwohl er jeden Tag acht Stunden lang beim Bootsverleih aushalf. Sie nickte anerkennend, und die Art, in der sie über ihn redete, glich der einer Chefin, die mit ihrem Angestellten zufrieden war. Sie zählte seine Vorzüge auf. Zuverlässig sei er und fleißig, gutmütig und immer für einen Spaß zu haben. Von Anfang an habe er sich mit ihr auf das Kind gefreut, und überhaupt trage er sie auf Händen. Je länger sie von ihm sprach, desto mehr bekam ich das Gefühl, sie warb für ihren Mann, verteidigte ihn gegen Zweifel an seinem Charakter, von denen ich nicht ahnte, woher sie kommen mochten. Ich hatte auch keine Möglichkeit, es zu ergründen. Wie im Flug war der Vormittag vergangen. Wieder verabschiedete sich meine Nachbarin mit Blick auf die Uhr. Der Zug, der sie zur Arbeit bringen würde, wartete nicht.

Inzwischen habe ich auch die Sommerblüher angepflanzt, die frische Erde gedüngt und den Rasen gemäht. Was zu tun war, habe ich erledigt, und nun braucht es Zeit und Sonnenschein, damit alles gedeiht. Im Radio haben sie allerdings einen Sturm vorhergesagt. Ich vergewissere mich, dass das Haus einen Blitzableiter hat, bevor ich hineingehe und durch das Wohnzimmerfenster das Aufziehen schwarzer Wolken beobachte. Der Wind treibt Sand gegen die Scheiben und lässt das Laub an den Bäumen wispern von dem, was sich da zusammenbraut. Es ist erst neun Uhr abends, aber es wird Nacht am sonst so lange hellen Sommertag. Ich schalte das Licht ein und hole das cremefarbene Tagebuch hervor.

Das Verstummen der Vögel ist beklemmend. Es klappert im Haus, obwohl ich Türen und Fenster geschlossen habe. Vielleicht sind es die Rollos oben, aber es klingt wie ein Spuk. Wieder kommt etwas auf mich zu, was ich nicht verhindern kann.

Ich beschließe, ein bisschen Wein zu trinken. Es ist mein erstes Glas nach dem Attentat, und es schmeckt scheußlich. Aber *der Zweck heiligt die Mittel*. Frauke steigt in kein Flugzeug, bevor sie nicht mindestens zwei doppelte Whisky hinuntergestürzt hat. Die Angst vor dem Fliegen scheint ihre einzige Schwäche zu sein, aber die zelebriert sie um so ausgiebiger. Wenn das Trinken ihr hilft, von Berlin nach Brüssel, Paris oder London zu gelangen, kann es mich auch durch das Unwetter am Boden bringen.

Schneller als gewöhnlich spüre ich die Wirkung des Alkohols. Der Wind wird stärker. Ich höre ein Scheppern. Irgendwo draußen muss etwas umgefallen sein. Ich blicke hinaus in die Finsternis, ohne die Ursache des Lärms ausmachen zu können. Stattdessen sehe ich, dass Laura Vogels Mann auf seinem Moped nach Hause kommt. Im Licht der Straßenlaterne kann ich erkennen, dass er ohne Helm fährt. Wieder trägt er Armeehosen und ein ärmelloses Shirt, obwohl es jeden Moment anfangen kann zu regnen. Der Hund läuft auf dem Bürgersteig voraus und schaut sich nach seinem Herrchen um. Als beide an Fraukes Haus vorbeigekommen sind, gehe ich in die Küche, um sie aus dem anderen Fenster beobachten zu können. Der Hund nimmt Anlauf, springt mit einem weiten Satz über den Gartenzaun und eilt auf sein Zuhause zu, während mein Nachbar in aller Ruhe das Moped abstellt, eine Plastiktüte vom Gepäckträger nimmt und einen Rucksack, aus dem ein Stock herauszuragen scheint, wenn mich die Dunkelheit nicht trügt. Als er endlich bei seinem Begleiter ist, der ihn mit eingeklemmtem Schwanz erwartet, streichelt er das Tier und schließt auf. Gleichzeitig klatscht ein erster schwerer Tropfen auf das Fensterblech. Das Geräusch lässt mich zusammenzucken. Ich trinke mein Glas leer, steige die Treppe nach oben und lege mich aufs Bett. Mit geschlossenen Augen lausche ich auf fernes Grollen, das näher kommt.

Die Angst vor einem Gewitter sei das Problem der Atheisten, die keinen Gott in petto hätten, der sie vor den Blitzen beschützen könnte, hat Eleni einmal gesagt. Sie war nicht das, was man streng gläubig nennen würde, aber ihre Eltern haben sie nach den Bräuchen der griechisch-orthodoxen Kirche erzogen. Sie ist die Jüngste von vier Geschwistern. Schon im Alter von zwei Jahren kam sie nach München, aber ihre Familie verbrachte jeden Sommerurlaub bei den Verwandten auf

Samos, zwischen Orangenhainen, Fischerbooten und Bergdörfern, die alle eine kleine Kapelle und einen Schutzheiligen ihr Eigen nannten.

Wir haben uns auf dem Karneval der Kulturen kennengelernt. Es ist vier Jahre her. Ich war als Vertreterin unserer Partei am Stand des griechisch-deutschen Begegnungszentrums *Jassou* verabredet, das sie leitete. Dort wollte ich mich über die Aktivitäten einer Bürgerinitiative informieren, die gegen Bodenspekulation und Brandstiftung in touristischen Gegenden und die damit einhergehende Vernichtung der Natur kämpfte. Eleni Konstantinidou begrüßte mich freundlich, als ich ankam, und ich betrachtete sie genau. Schwarz waren ihre dichten Locken, schwarz die Augen, die Brille und die kräftigen Brauen, bunt das Tuch, das sie um den Hals trug. Ich schätzte sie auf Mitte vierzig und lag damit richtig, wie ich später erfuhr. Sie gab mir einen Becher frischgepressten Orangensaft und schob mich sanft in Richtung eines Grills, auf dem Souvlaki brutzelte. Ich erklärte ihr, dass ich kein Fleisch aß, und so pries sie mir stattdessen die gebackenen Tomaten an. Gefüllt mit Reis, sagte sie, und mit Basilikum, dem Königskraut, um das Legenden rankten, verehrt in ihrer Heimat und manchmal auch eine Liebesgabe. Sie schmunzelte schelmisch und sprach mehr mit bayerischem als mit griechischem Akzent. Nachdem ich gegessen hatte, stellte sie mich der Vertreterin der Bürgerinitiative vor, wegen der ich überhaupt gekommen war. Eine halbe Stunde diskutierte ich mit der Siebzigjährigen, deren Olivenplantage Jahre zuvor durch ein Feuer an den bewaldeten Hängen der Halbinsel Chalkidiki vernichtet worden war, dann sah ich den Darbietungen einer Folkloretanzgruppe aus dem Epirus zu. Aber während der ganzen Zeit ließ ich Eleni Konstantinidou nicht aus den Augen. Sie hatte sich anderen Gästen zugewandt, die den Stand besuchten, aber unsere Blicke begegneten sich ein ums andere Mal, verabredeten sich auf ein Später, mit einem Lächeln, ohne ein Wort. Irgendwann verfinsterte sich der Himmel, und ein Wolkenbruch spülte den Platz mit den Feiernden leer. Ich half mit, wasserdichte Planen über die Broschüren zu decken und Salate ins Trockene zu retten. Als Eleni und ich unter die nahegelegenen Bahnbrücken rannten, waren wir längst klitschnass. Zwischen Trauben von Menschen standen wir dicht zusammen. Schon beim ersten Blitz schien Eleni meinen sorgenvollen Blick nach oben zu bemerken. Sie war einen halben Kopf kleiner als ich, und so mochte es komisch ausgesehen haben, als sie mir beruhigend den Arm um die Schultern legte. Erstaunt stellte ich fest, dass die Wärme ihrer Hand mich nur nervöser werden ließ. Ich bemühte mich, es mir nicht anmerken zu lassen, und sie erzählte mir von den Stürmen in der Heimat ihrer Verwandten. Die Ägäis sei ein unruhiges Meer, sagte sie, und eine Insel sei der Spielball des Wetters zu jeder Jahreszeit. Sie habe in dieser Hinsicht schon einiges erlebt. Ein Gewitter in Berlin vermochte sie nicht zu erschrecken.

Blitz und Donner zogen ab, der Regen ließ nach. Die anderen Gäste schlenderten zurück auf das Fest, aber wir blieben unter den U-Bahn-Brücken stehen, redeten weiter und sahen zu, wie das Wasser durch den Rinnstein floss. Wir hatten nun Platz um uns herum, doch wir rückten nicht auseinander, bis mein Handy klingelte. Am Stand der Partei wollte jemand ein Interview. Es interessierte nicht, ob die Kleidung mir am Körper klebte, ob meine Haare noch trieften. Wichtig war es. Kein Wenn und Aber. Wie immer. *Erst die Arbeit, dann das Vergnügen.* Ich sah Eleni bedauernd an. Sie nahm mich zum Abschied in die Arme und steckte ihre Visitenkarte in die Brusttasche meiner Bluse. Ich holte sie hervor, nachdem ich mit der

Journalistin gesprochen hatte, drehte sie zwischen meinen Fingern und rieb sie trocken. Schon am nächsten Morgen rief ich Eleni an.

Es donnert. Ich öffne die Augen und stehe auf. Seitlich trete ich ans Fenster, als erwartete ich Kanonenkugeln, vor denen ich mich in Acht nehmen müsste. Der Sturm reißt an den Ästen der Bäume, Holz und Blätter wirbeln über die Straße. Sekundenlang zerschneiden Blitze die Wolkentürme, und im selben Moment kracht es direkt über meinem Kopf. In der Ferne ertönt die Sirene eines Feuerwehrwagens. Um wenigstens dem Trommeln des Regens auf das Dach zu entkommen, springe ich die Treppe hinunter. Überall schalte ich das Licht ein, laufe von der Küche ins Arbeitszimmer und wieder zurück, in den Wintergarten, in den Flur. Die Wucht des Donners lässt den Boden unter meinen Füßen erbeben. Das Unwetter wächst sich aus zu einem Peitschen gegen das Dorf, gegen das Haus, gegen meine Nerven. Der nächste Blitz, der nächste Knall.

Und es ist dunkel.

Regungslos stehe ich am Fuß der Treppe und halte den Atem an. Ich umfasse das Geländer, als meine Knie nachzugeben drohen. Mein Blick sucht nach Konturen, aber es ist die Hand vor Augen nicht zu sehen. Zum Rauschen von Wind und Regen gesellt sich ein inneres in meinen Ohren. Hat die Kraft der Natur die Stromleitung beschädigt oder hat es jemand mit Absicht getan? Will irgendwer die Schwärze nutzen, um sich heranzuschleichen? Ich lausche angestrengt. Das Pfefferspray ist in einer Tasche der Jeans, die oben im Schlafzimmer liegt. Ein kalter Hauch streift meinen Nacken. Ist es bloß Zugluft oder spielt schon ein Fremder mit mir? Langsam lasse ich das Treppengeländer los und balle die Hände zu Fäusten. Ich kämpfe gegen die wachsende Panik und ringe um klare Gedanken.

Unsinn, sage ich mir. Ich bin doch allein. Ob es irgendwo im Haus eine Taschenlampe gibt, weiß ich nicht. Ich selbst habe eine im Wagen, aber die liegt schon so lange im Handschuhfach, dass es fraglich ist, ob die Batterie noch etwas taugt. Ich erinnere mich, dass Frauke Kerzen, Teelichte und Feuerzeuge in einer Schublade neben dem Herd aufbewahrt. Mit vorgestreckten Armen taste ich mich an der Wand entlang bis in die Küche. Ich stoße gegen Tisch und Stühle, dann sehe ich durch beide Fenster, dass auch die Straßenlaternen nicht brennen. Aber bei meinen Nachbarn scheint ein schwaches Licht, das mich magisch anzieht. Ich denke an Laura, stemme die Fäuste in die Hüften, wie ich es bei ihr gesehen habe. Die Blitze zucken über dem Garten wie ein blendendweißes Lichtorgelkonzert. Ein Donner folgt als langgezogenes Grollen, nicht mehr ganz so unmittelbar, nicht mehr ganz so wütend, wie mir scheint. Ein Auto schwimmt durch die Pfützen und auf den Dorfkern zu. Jemand muss es fahren. Jemand trotzt dem Wetter. Es ist möglich, da draußen zu sein. *Wenn du denkst, es geht nicht mehr, kommt von irgendwo ein Lichtlein her.* Es kommt von nebenan. Ich verwerfe die Idee mit den Kerzen, schiebe mich vorsichtig in Richtung der Haustür und suche den Fußboden nach meinen Stoffturnschuhen ab. Obwohl die aufgeweichte Erde sie ruinieren wird, sind sie für den kurzen Sprint durch die Dunkelheit am besten geeignet. Es dauert nicht lange, bis ich sie finde. Umständlich ziehe ich sie an und schnüre sie mit zitternden Händen zu. Ich stolpere zur Garderobe und finde meine Regenjacke, streife sie über, setze die Kapuze auf und zurre sie fest. Der Schlüssel steckt. Ich schließe auf und ziehe ihn ab, verstaue ihn in der Hosentasche und gehe hinaus. Die Tür werfe ich hinter mir ins Schloss und renne los.

Wie das Wasser der Dusche prasselt der Regen auf mich

nieder. Der Boden unter meinen Füßen ist tief. Schon nach wenigen Metern hat die Nässe den Stoff meiner Schuhe durchdrungen. Die Blitze weisen mir den Weg bis zur Hecke. Mit einem Sprung will ich sie überwinden, aber ich rutsche auf dem glitschigen Boden aus und falle direkt hinein. Mein Körper drückt die Sträucher nieder, ein süßer Duft steigt aus den Rosenblüten auf und will nicht zu den Dornen passen, die meine Wangen zerkratzen. Dann wird es taghell, und im selben Augenblick explodiert der Donner über mir wie die Jahresproduktion einer Feuerwerksfabrik. Ich rolle mich quer durch die Hecke, krabbele die ersten Meter dahinter auf allen Vieren weiter. Als ich es schaffe, mich aufzurichten, bin ich schon an der Tür meiner Nachbarn. Ich hämmere mit den Fäusten dagegen, um Sturm und Regen zu übertönen, taste schließlich die Wände nach einer Klingel ab. Noch bevor ich sie finde, wird mir geöffnet. Der Hund bellt wütend.

»Still, Fritz, aus! Aus!«, befiehlt eine Männerstimme. Mein Nachbar packt mich am Arm, zieht mich ins Haus und weiter in die Ausläufer eines matten Lichtes, das aus dem Zimmer im Hintergrund dringt. Der Hund fletscht die Zähne und knurrt furchteinflößend. Laura Vogels Mann hält ihn am Halsband zurück und schreit auf ihn herab. Erst als das Tier gehorcht und sich allmählich beruhigt, wendet er sich an mich.

»Ist etwas passiert?«, fragt er, als ich die Kapuze abnehme.

Ich schüttele den Kopf und blicke an mir herunter; von der Jacke tropft das Wasser auf den Flickenteppich, auf dem ich stehe, meine hellgrauen Jeans weisen unzählige dunkle Flecken auf, die Stoffturnschuhe sind mit Erde paniert. Ich will mir mit den Fingern die Nässe aus den Augen wischen, halte aber inne, als ich den Dreck an meinen Händen bemerke. Die Kratzer auf meinen Wangen brennen.

»Warten Sie einen Moment.« Mein Nachbar verschwindet im erleuchteten Zimmer und kommt kurz darauf mit einer Öllampe zurück. Er führt mich ins Bad und gibt mir ein Handtuch. »Trocknen Sie sich erst mal ab. Geht das ohne Licht? Dann nehme ich die Lampe kurz mit und hole Ihnen ein paar andere Sachen.«

Ich blicke ihm nach und fühle mich wie zerschlagen. Der Hund ist mir ins Bad gefolgt. Er umkreist und beschnuppert mich, die Schritte seiner Pfoten klacken auf den Fliesen. Laura Vogel ist nirgends zu sehen.

Mein Nachbar gibt mir marineblaue Männersocken, ein T-Shirt, das nach Weichspüler riecht, und Jogginghosen seiner Frau, die mir an den Beinen zu kurz sind. Er lässt die Lampe im Bad und nimmt den Hund mit, als er hinausgeht. Ich wasche mir den Schmutz von den Händen und ziehe mich um. Als ich ins Wohnzimmer komme, sitzt er in einem abgewetzten Polstersessel. Der Hund drängt sich gegen seine Beine. Drei brennende Kerzen stehen auf dem Tisch.

»Ganz schön heftig, was«, sagt mein Nachbar und deutet mit einem Kopfnicken zum Fenster. »Der Kerl hier ist auch ganz verrückt.« Er klopft gegen die Seiten des Tieres.

»*Auch verrückt,* ja, da haben Sie wahrscheinlich recht.«

Er lächelt. »Hatten wohl kein Licht drüben, was? Besorgen Sie sich lieber so eine.« Er zeigt auf die Öllampe. »Der Strom fällt hier öfter aus. Aber jetzt erst mal ...« Er steht auf, schiebt den Hund zur Seite und kommt zu mir. »Stefan Vogel«, sagt er, gibt mir die Hand und deutet eine zackige Verbeugung an. Ich betrachte die Tätowierung auf seinem Arm, die ich bislang nur von weitem gesehen habe. Es ist ein Drachen mit schlängelnder Zunge, gepanzerter Haut und dornenartigen Zacken auf dem Kopf. Das Tattoo passt in keiner Weise zu dem weichen Gesicht des jungen Mannes, der mich offen ansieht. Er hat einen Silberblick, und die Farbe seiner Augen ist ungewöhnlich. Wie winzige Kugeln aus Lehm liegen sie in ihren Höhlen. Das streichholzkurze Haar lässt die Ohren abstehend erscheinen. Über seinen schmalen Lippen kräuselt sich blonder Flaum. Ein paar feine Härchen, mehr nicht.

Auch ich stelle mich vor, dann gehe ich zu einem Ledersofa, das an der Wand steht und nicht zu dem Sessel passt. Tief sinke ich ein, als ich mich setze. Stefan Vogel bietet mir ein Bier an, aber ich lehne ab, und so holt er eine Flasche für sich selbst und für mich ein Glas Wasser aus der Küche.

»Meine Frau ist nicht da«, sagt er und lässt sich zurück in den Sessel fallen. »Besucht ihre Mutter in Prenzlau. Kommt erst morgen wieder.«

»Ach, das konnte ich nicht ahnen. Also, es tut mir leid, dass ich hier so reingeplatzt bin.«

»Quatsch. So im Dunkeln sitzen, das kann einen fertigmachen. Mein Alter hat mich manchmal im Keller eingesperrt, als ich so war.« Mit der Hand über dem Boden misst er etwa einen Meter ab. »Ohne Licht. War echt nicht lustig.«

»Das kann ich mir vorstellen.«

Er winkt ab. »Schnee von gestern.«

Ich trinke einen Schluck Wasser und überlege angestrengt, worüber ich mit diesem Fremden reden könnte.

»Ihre Frau hat mir erzählt, Sie arbeiten beim Bootsverleih?«, sage ich schließlich, um das Schweigen zu brechen.

Er nickt. »Ja, bis Ende September. Im Sommer ist es ganz gut hier, aber wenn der Winter kommt …« Er hebt die Hände zu einer ratlosen Geste, dann setzt er seine Flasche zum Trinken an.

Ich stelle das Glas auf den Tisch. »Sind Sie nicht Dachdecker?«

»Eigentlich schon. Aber da geht hier nicht viel. Ich mach

aber auch alles andere. Manchmal ruft ein Kumpel mich an, wenn ... Oh, das erzähle ich besser nicht, Sie sind ja eine vom Staat.«

Es dauert einen Augenblick, bis ich verstehe, was er meint. »Also, ich bin Abgeordnete, nicht das Finanzamt«, sage ich kopfschüttelnd.

»Da habe ich ja noch mal Glück gehabt, was?« Er sieht mich forschend an. »Alles wieder in Ordnung mit Ihnen? Ich hab's im Fernsehen gesehen.«

Ich weiche seinem Blick aus, indem ich auf das flackernde Licht der Kerzen schaue. »Eigentlich schon«, antworte ich leise. »Nur das Grübeln ...«

»Hmmm, war ein Schock, was? Na, jedenfalls haben sie die Olle eingesperrt.«

Ich zucke mit den Augenbrauen. »Ja, das haben sie. Aber vielleicht kommt morgen schon jemand anders.«

»Daran dürfen Sie gar nicht denken. Solche Leute wachsen doch nicht auf Bäumen.«

»Ich kannte sie«, sage ich und wundere mich selbst über den Drang, ihm die Vorgeschichte des Attentates zu erzählen. Vielleicht erleichtert das Zwielicht im Raum das Reden. Ganz deutlich spüre ich den Wunsch, mich anzuvertrauen – einem Menschen, der mit meinem Leben nichts zu tun hat.

»Ich bin ihr das erste Mal begegnet, als sie ohne Anmeldung in mein Büro eindrang. Sie hat mich zur Rede gestellt und beschimpft wegen unserer Zustimmung zu Hartz IV.« Jetzt blicke ich Stefan Vogel wieder an, um zu sehen, wie er reagiert.

»Na ja, wahrscheinlich irgend so 'ne arme Sau und außerdem noch ein bisschen ...« Er lässt den Finger neben seinem Kopf kreisen, um den Satz zu vollenden; ein bisschen durchgedreht.

»Sie ist später noch mal an den Wahlkampfstand gekommen. Irgendwie muss sie sich auf mich fixiert haben. Sie wusste inzwischen, dass ich Juristin bin. Sie wollte, dass ich für sie beim Jobcenter vorspreche wegen irgendwelcher Maßnahmen, die man ihr aufzwingen wollte. Hat mich richtig bedrängt, mitten auf der Straße.«

»Warum haben Sie nicht die Bullen gerufen?«

»Tja, warum? Vielleicht weil wir das nicht so schnell machen in unserer Partei. Vielleicht weil ...« Ich denke an meinen Vater. Wie oft habe ich mit ihm gestritten, nachdem ich mit einem Transparent in den Händen durch die Straßen gezogen war und seine jungen Kollegen mich im Kampfanzug begleitet hatten. Ich studierte schon in Bielefeld, und er war auf seinem Revier in Attendorn. Er wusste, was ich tat, und ich wusste, dass er sich für mich schämte. Lass dich bloß nicht festnehmen. Wenn mal nur nichts aktenkundig wird. Denk an deine Karriere. Mein Vater ist in seinem ganzen Leben niemals auf einer Demonstration gewesen. Es kränkte ihn, dass viele von uns glaubten, Konflikte ohne die Polizei regeln zu können. Vielleicht wollte ich genau das beweisen, als die Frau mich zu drangsalieren begann. Aber das war vermutlich nicht alles. Schon als sie in meinem Büro vor mir stand, hatte ich ein schlechtes Gewissen: Mitte fünfzig, weißes Haar, das unfrisiert wirkte. Ein Eckzahn im Unterkiefer fehlte, und ihre Arme wiesen verschorfte Stellen auf, die mich vermuten ließen, dass sie sich selbst verletzte. Früher habe sie Sozialhilfe bekommen, sagte sie. Man habe sie in Ruhe gelassen. In Frieden.

Ich schüttele die Erinnerung ab. »Weil öfter mal jemand ein wenig unflätig um Hilfe bittet. Die Menschen kommen zu uns, wenn sie Probleme mit den Behörden haben. Sie denken, wir sind auf ihrer Seite. Das sind wir eigentlich auch, aber ...« Wieder stocke ich. Eigentlich. Bloß ein einziges Wort, das alles verändert. Die Parteilichkeit ist brüchig geworden. In meinem Büro habe ich der Frau nicht helfen wollen. Ich hatte keine Zeit für ihre Klagen, weil ich einen Termin vorbereiten musste. Ich war zur Wiedereröffnung eines Einkaufszentrums eingeladen. Das Besitzerkonsortium hatte das Gebäude mit Wärmedämmung, Biofarben und Energiesparlampen aufwendig sanieren lassen. Mein Mitarbeiter hatte mir alle Unterlagen zur Firmengeschichte zusammengestellt. Die Zeit drängte, doch es wollte mir nicht gelingen, entschieden zu sein. Eine halbe Stunde lang versuchte ich die Frau loszuwerden, dreißig Minuten voller Anschuldigungen, Lebensbeichten und Forderungen ihrerseits, während ich in Gedanken schon meine Rede formulierte. Vorbildliches Unternehmertum. Verantwortlicher Umgang mit Ressourcen. Hervorragendes Beispiel für das grüne Wirtschaften der Zukunft. Schließlich kam Dörte mir zu Hilfe, Dörte Obermeier, Praktikantin, Wahlkampfhelferin und ein Muster an Effizienz. Im Zimmer nebenan hatte sie alles mitbekommen, kam herüber zu mir und schlug einen harten Ton an. Nach zwanzig Sekunden hatte sie die Angelegenheit erledigt. Die Fremde flüchtete geradezu. Ich fragte mich noch, wohin sie wohl ging, als Dörte schon wissen wollte, warum ich mich so lange habe aufhalten lassen. Von so einer. Wir seien eine Partei und nicht die staatliche Wohlfahrt. Ich versuchte erst gar nicht, es ihr zu erklären. Sie klebte einen Zettel mit der Nummer des Wachschutzes an mein Telefon. Dafür immerhin war ich ihr dankbar.

»Na ja, Hartz IV ist schon scheiße. Kann Lauras Mutter ein Lied von singen.«

»Ich weiß. War ein großer Fehler.«

»Das sagen Sie mal Ihren Kumpels da oben.«

»Das habe ich versucht.« Und habe trotzdem zugestimmt. Kompromisse. Realpolitik. Gibst du mir dies, gebe ich dir das.

Kuhhandel. Am Ende haben mich unsere eigenen Argumente beruhigt. Wir taten etwas für alle, die dauerhaft Sozialhilfe bezogen. Sie würden Angebote der Jobcenter bekommen. Qualifikation. Neue Chancen. Fördern und Fordern.

Fordern? Glaubte ich denn an Druck? Musste mir nicht klar sein, dass er sich durch alle Schichten der Bevölkerung fortsetzen würde? Dass er der ideale Türöffner war für die Billiglohngesellschaft, in die wir uns seither verwandelt haben? Wie konnte ich so leicht die Verantwortung von mir schieben. Nicht ich war schuld, sondern Peter Hartz.

Wieder mustert Stefan Vogel mich lange. »Wollen Sie nicht doch ein Bier? Oder haben Sie vielleicht Hunger?« Plötzlich strahlt er und springt auf. »Ich war angeln vorhin. Das klappt vor einem Gewitter besonders gut. Ich hab ein paar schöne Barsche gefangen. Eben als ich sie einfrieren wollte, war der Strom weg. Soll ich Ihnen einen braten? Der Herd funktioniert, ist Gas.«

Ich muss lachen. »Nein, danke, ich habe keinen Hunger.«

Trotzdem nimmt er die Öllampe und geht hinaus. Ich höre die Kühlschranktür klappen und Alufolie knistern. Kurz darauf kommt er mit einem Teller zurück, auf dem vier kopflose und ausgenommene Fische liegen. Er hält sie mir im Schein der Lampe zur Begutachtung hin.

»Hier, gucken Sie mal. Oder mögen Sie keinen Fisch?«

»Doch, schon, nur nicht mitten in der Nacht.«

»Ach was, ist gerade erst zehn. Aber wenn Sie nicht wollen.«

Enttäuscht trägt er seine Beute wieder in die Küche. Ich kann mir vorstellen, dass er sich alle Mühe gibt, es Laura recht zu machen. Er will Lob, und er versucht nicht, das zu kaschieren.

»Gratuliere trotzdem zu Ihrem Fang«, sage ich daher, als er zurückkommt.

»Eines kann ich Ihnen verraten –« Jetzt setzt er sich wieder und legt eine bedeutungsvolle Pause ein, hebt den Finger, um dem Nachdruck zu verleihen, was er im Begriff ist hervorzubringen. »Angeln ist die beste Medizin gegen das Grübeln. Wenn man aufs Wasser guckt, kann man sich die Birne zermartern. Aber dann kriegt man sie auch wieder klar. Glauben Sie mir, ich weiß, wovon ich rede.«

»Tun Ihnen die Fische nicht leid?«

»Wieso? Fressen und gefressen werden. Die Barsche sind doch selber Räuber. Ist nur fair.«

»Und worüber denken Sie nach, wenn Sie angeln gehen?«

»Nicht der Rede wert. Ist alles bloß alter Mist.« Er reibt sich die Nase, dann sieht er zu Boden, als schäme er sich. Mir fällt ein, wie Laura Vogel seine Vorzüge angepriesen hat, als müsse sie ihn in Schutz nehmen. Ich habe ihm von mir erzählt. Jetzt ist er an der Reihe, finde ich, und öffne schon die Lippen, um nachzufragen, als plötzlich das Licht angeht.

Der Strom kommt so unerwartet zurück, wie er ausgefallen ist. Ich kneife die Augen zusammen, bis sie sich an die Helligkeit gewöhnt haben. Aus dem Fernseher ertönt eine schrille Frauenstimme. Nach jedem ihrer Sätze lacht ein imaginäres Publikum.

»Hey, wer sagt's denn!«, ruft Stefan Vogel. »Das ging ja fix diesmal.«

Ich blicke mich im Zimmer um. Der Raum wirkt niedrig. Die Decken sind mit Styroporplatten beklebt, die Tapete hat das Muster stilisierter Gräser. In der hinteren Ecke steht ein Allesbrenner, und der Fußboden ist mit fuchsrotem Teppichboden ausgelegt. Auf dem Tisch vor dem Sofa liegt eine geblümte Decke, darauf eine Fernbedienung und eine Schachtel Pall Mall. Auf dem Fernseher steht ein Hochzeitsfoto. Die Bilder an den Wänden zeigen weite Landschaften unter einem milchigweißen Himmel.

»Ungarn«, sagt Stefan und guckt in die gleiche Richtung wie ich. »Vierzehn Tage Plattensee, gleich als die Trauung vorbei war. Standesamt, schnell einen Happen essen, und ab in den Bus.«

Ich stehe auf und trete näher an eine der Aufnahmen heran. Sie zeigt eine Pferdekoppel auf einer Waldlichtung, im Hintergrund ist ein See zu erkennen. »Und – hat es Ihnen gefallen?«, frage ich, während ich die Einzelheiten studiere. Ein Fohlen trinkt bei seiner Mutter. Aus dem Wasser ragen drei Badekappen wie Stecknadelköpfe heraus.

»Klar«, antwortet er. »Wann fährt unsereins schon mal in Urlaub.«

Krach aus dem Fernseher. *Das gab es noch nie! Zwanzig Prozent auf alles! Nur für kurze Zeit! Das muss ich haben!* Stefan greift nach der Fernbedienung, dann ist es still. Ich löse meinen Blick von dem Foto und gucke aus dem Fenster. Die Straßenlaternen brennen ebenso wie die Lichter in Fraukes Haus. Es blitzt noch immer, aber der Donner ist nur mehr ein fernes Grummeln. »Also, ich sollte wohl besser wieder rübergehen und Sie nicht länger stören.«

»Sie stören doch nicht. Hab sowieso nur in die Röhre geglotzt, bevor es duster wurde. So konnten wir uns wenigstens zusammen gruseln, was?« Er tritt neben mich und knufft im Spaß meinen Arm.

Ich weiß nicht, was ich antworten soll, und zupfe stattdessen an dem T-Shirt, das ich trage, um den Aufdruck lesen zu können. *Hansa Rostock – Wir sind wieder da – 20. Mai 2007.*

Stefan Vogel knurrt. »Inzwischen sind sie wieder weg.«

»Sind Sie ein Fan?«

»Na ja, früher mehr. Aber man guckt schon immer noch mal.«

Der Hund tritt zwischen uns. Auch er wirkt ruhiger und

scheint sich an mich gewöhnt zu haben. Vorsichtig tätschle ich den Kopf des Tieres, während Stefan Vogel auf meine viel zu kurzen Hosenbeine zeigt und lacht. »Im Bundestag würde ich das an Ihrer Stelle aber nicht anziehen.«

Es sieht wirklich grotesk aus. Die Jogginghosen enden kurz unter meinen Knien, die Socken hingegen sind so lang, dass sie die Lücke schließen. Ich verziehe das Gesicht, dann gehe ich ins Bad und hole meine eigene Kleidung. Der Blick in den Spiegel über dem Waschbecken offenbart Verheerendes. Meine Haare kleben am Kopf, und drei Kratzer verlaufen über Wangen, Stirn und Nasenrücken.

Stefan Vogel wartet im Flur. Ich streife die Socken von den Füßen und zwinge mich in die Enge der nassen Stoffturnschuhe. »Also dann, vielen Dank für das Asyl«, sage ich und gebe ihm zum Abschied die Hand. »Und schönen Gruß an Ihre Frau. Die Sachen bringe ich Ihnen morgen zurück.«

»Nur keine Eile. Und kommen Sie ruhig rüber, wenn was ist. Wir sind ja da.«

Über die matschige Wiese stakse ich auf Fraukes erleuchtetes Haus zu. Diesmal komme ich problemlos über die Hecke, die an der Stelle heruntergedrückt ist, wo ich hineingefallen bin. Wir sind ja da, hat Stefan Vogel gesagt. Ich atme die feuchte Luft tief ein. Die Lunge tut nicht weh.

5

Zwei Wochen Einsamkeit und noch keine Kraft, an die Arbeit zurückzukehren. Keine Lust. Keinen Mut. Undenkbar, mit dem Rad zum Reichstagsgebäude zu fahren wie früher, quer durch die City und vorbei an den Schlangen der Touristinnen und Touristen. Überall in der Menschenmenge könnte jemand bewaffnet sein, sogar einer von den Gästen, die von der Besuchertribüne aus die Debatten verfolgen. Natürlich werden sie kontrolliert, aber was heißt das schon? Die Leute von der Putzkolonne könnten Gewehre verstecken, und wie verlässlich ist das Security-Personal? Mein Arbeitsplatz ist ein Kriegsgebiet. Die Stadt ist ein Schlachtfeld. Wie soll ich je wieder reisen? Wie soll ich bei Eröffnungen reden und auf Festen durchs Getümmel gehen? Die Traumatherapie in der Reha-Klinik war gut gemeint. Aber was kann sie ausrichten gegen die Gefahr?

Ich schließe das Tagebuch und blicke aus dem Fenster. Der morgendliche Hochnebel löst sich auf, der Tag verspricht so warm und sonnig zu werden, wie sie es im Radio vorhergesagt haben. Ich hole die Stoffturnschuhe aus dem Eimer, in dem ich sie eingeweicht habe, bürste sie ab und hänge sie an den Schnürsenkeln über einen Ast der Süßkirsche zum Trocknen auf. Laura Vogel steht nebenan zwischen den Beeten. Mir fällt auf, wie mühsam es für sie ist, sich zu bücken. Dennoch pflückt sie Erdbeeren und wirft sie in eine Schüssel. Als ich zur Hecke gehe, um mit ihr zu sprechen, richtet sie sich auf. Ich weiß nicht, ob ihr Gesicht von der Anstrengung gerötet ist oder von der scharfen Sonne auf ihrem blassen Teint.

»Das sieht aber übel aus«, sagt sie und mustert meine zerkratzten Wangen. Die Spuren meines Sturzes aus der Gewitternacht sind nicht tief, zeigen aber an einigen Stellen noch dunklen Schorf. Ich winke ab. »Halb so wild. Kleines Andenken an meine Bekanntschaft mit den Sträuchern hier. Ich hoffe, ich habe sie nicht ruiniert.«

»Och, ist doch ganz praktisch, wenn die Hecke ein bisschen runtergedrückt ist. Brauch ich mich nicht so verrenken beim Rüberklettern. Geht nämlich gerade nicht so gut.«

»Das kann ich mir vorstellen«, antworte ich. Tatsächlich

habe ich das Gefühl, dass der Umfang ihres Bauches noch einmal gehörig zugenommen hat. »Haben Sie schon Mutterschaftsurlaub?«

Sie schüttelt den Kopf. »Nee, gut eine Woche muss ich noch, dann ist erst mal Schluss. Wird auch Zeit. Sie ist ganz schön am ackern da drin. Spürt wohl das schöne Wetter. Wollen Sie ein paar Erdbeeren?« Sie hält mir die Schüssel hin.

Ich picke mir zwei Früchte heraus und bedanke mich. »Ja, ich glaube, jetzt wird es wirklich Sommer. Die Schafgarbe beginnt zu blühen.«

»Sehen Sie, und die anderen sind auch bald so weit. Ist nichts kaputtgegangen bei dem Unwetter?«

»Zwei Stängel vom Rittersporn sind umgeknickt, aber sonst ist alles heil geblieben. Zum Glück. Ist mir wirklich peinlich, dass ich neulich so panisch bei Ihrem Mann reingeplatzt bin.«

»Macht doch nischt. Er sagt, Sie haben echt schick ausgesehen in meinen Jogginghosen.« Sie feixt.

Ich esse eine Erdbeere und werfe den Stiel nach ihr. »Ja, war nicht zu übersehen, dass ihm das gefallen hat. Aber mal im Ernst, als ich zurück war, kam ich mir reichlich albern vor.«

»Na ja, bei Licht sieht eben alles anders aus.« Auch sie steckt sich eine Erdbeere in den Mund und schnippt den Stiel durch die Luft.

»Ich habe überlegt, ob ich vielleicht mal zum See runterlaufen soll«, sage ich. »Meinen Sie, es ist ein Boot frei oder muss man das vorher reservieren?«

»Nee, machen Sie doch. In der Woche ist vormittags nicht viel los. Sind ja noch keine Ferien. Stefan freut sich bestimmt, wenn Sie mal vorbeikommen. Aber dann nehmen Sie ihm auch ein paar Erdbeeren mit. Moment, ich pack schnell welche ein.«

Sie dreht sich um und marschiert in Flipflops ins Haus. Heute sind es wieder die neongelben, und das Gummi der Sohlen flappt bei jedem Schritt gegen ihre Fersen. Ich strecke mein Gesicht der Sonne entgegen und schließe die Augen, bis ein dumpfes Motorengeräusch meine Aufmerksamkeit erregt. Ein schwarzer Geländewagen nähert sich auf der Dorfstraße. Er wird langsamer und fährt im Schritttempo, als er auf der Höhe des Gartens ist. Soweit ich es erkennen kann, sitzen mindestens drei Personen darin. Sie blicken in meine Richtung. Nachdem das Auto vorbeigefahren ist, beschleunigt es wieder. Fritz bellt ihm hinterher. Ich reibe mir die Gänsehaut von den Armen und recke den Hals, aber ich kann weder die Marke erkennen noch das Kennzeichen lesen.

Laura Vogel kommt zurück. »War was?«, fragt sie und drückt mir eine Plastikbox in die Hand.

»Nein, vermutlich nicht. Wieso?«

»Na, Sie gucken so erschrocken.«

Ich schüttele den Kopf. »Wahrscheinlich sehe ich Gespenster.«

Eigentlich wollte ich mit Fraukes Fahrrad zum See fahren, aber mit dem Wissen, dass der Geländewagen noch in der Gegend sein muss, entscheide ich mich für das Auto. Es sind zwei Kilometer bis zum Bootsverleih. Stefan Vogel wirkt ausgesprochen fröhlich und flachst mit mir, während er Sitze abwischt und Kindern beim Einsteigen hilft. Er freut sich tatsächlich, mich zu sehen und stellt mir seinen Chef vor, einen bulligen Mittfünfziger, der Horst heißt und nicht mehr trägt als eine schwarze Fußballhose und staubige Sandalen. Er hat weißes Haar auf Kopf, Schultern und Rückenpartie, einen Bleistift hinter dem Ohr und einen sehr kräftigen Händedruck. Wir tauschen ein paar höfliche Worte über das Rudern aus und über den Sonnenschein, dann wende ich mich wieder Stefan zu. Ich gebe ihm die Erdbeeren und er mir ein nagelneues Kunststoffboot, das gerade erst angeschafft worden ist.

»Der Stolz unserer Flotte«, sagt er und wirft das Halteseil hinein, als ich Platz genommen habe. Mit beiden Händen stößt er es vom Steg ab und sieht mir nach.

Es ist nicht viel Betrieb auf dem See. Zwei Kajaks gleiten zügig an mir vorbei, ein Tretboot schaufelt sich vorwärts, und am Rande der Liegewiese wagt sich eine Frau im Badeanzug zögerlich ins kalte Nass. Es weht kein Lüftchen. Die Segeljollen kommen kaum vom Fleck, und die Wasseroberfläche glitzert spiegelglatt im Vormittagslicht. Ich habe keine Eile, rudere ein bisschen und pausiere, ziehe mich langsam vorwärts und setze wieder aus. Es wird schnell heißer. Ich beglückwünsche mich, dass ich mich gegen die Jeans und für die knielangen Leinenhosen entschieden habe und hole die Sonnenmilch aus meinem Rucksack.

Meine Schienbeine sind viel zu weiß. Sie künden von Arbeit in geschlossenen Räumen, von Vorträgen im Anzug und von endlosen Stunden an Sitzungstischen. Und sie künden vom Krankenhaus, sehen beinahe aus, als steckten sie noch immer in Thrombosestrümpfen, baumelten vom Bettgestell vor den ersten großen Abenteuern. In Begleitung zur Toilette. Zum Röntgen. Zum Lungenfunktionstest. Ein erster Spaziergang über den Flur, ein Slalom vorbei an Rollstühlen, Putzutensilien und dem Wagen, auf dem früh um elf die abgedeckten Teller mit dem Mittagessen auf Verteilung warten. Wieder hinlegen. Wieder ausruhen. Wieder der feine Riss an der Decke. *Gut Ding will Weile haben.* Wenigstens sind die Muskeln der Waden noch einigermaßen kräftig, aber sie werden es nicht bleiben, wenn ich das Radfahren nicht bald wieder aufnehme. Und an einigen Stellen schimmern schon Besenreiser durch die Blässe. Das aber hat mit dem langen Liegen nichts zu tun.

Ich bin nie besonders eitel gewesen. Die Schönheitstipps in den Frauenzeitschriften lese ich nicht einmal im Wartezimmer meines Zahnarztes, und der Beginn der Wechseljahre hat mich in keine Krise gestürzt. Aber trotzdem erschrecke ich, wenn ich die Spuren des Alterns an meinem Körper entdecke. Es geht alles viel zu schnell. Eben noch war ich eine Abiturientin am Gymnasium in Attendorn, gerade erst schien es gewesen zu sein, dass ich nach Bielefeld ging, um Jura zu studieren. Ich habe noch den Geruch nach Toner in der Nase, wenn ich an den Aushilfsjob im Copy-Center denke, wo ich Papier ausgewechselt und fremde Semesterarbeiten gebunden habe, bevor ich abends um zehn die Tür zu meinem Zimmer im Studierendenwohnheim schließen konnte, um im Licht der Leselampe Rechtskommentare durchzuarbeiten. Der Koffer mit den Erinnerungen war damals noch beinahe leer, nur Kindheit und Jugend lagen mit Lauflernschuhen, Kaninchenfelljacke und Hot Pants in einer Ecke. Es gab viel Platz, den es zu füllen galt. Und ich habe ihn gefüllt. Mit einem Prädikatsexamen. Mit den Jahren in der linksalternativen Kanzlei. Mit dem qualvollen Ringen um eine verheiratete Frau, die mich am Telefon verleugnete, wenn ihr Mann in der Nähe war. Die Promotion. Die Kommunalpolitik. Der Bundestag. Und Eleni. Der Koffer ist schon ziemlich voll. Es kommt die Zeit, in der es ans Schieben und Drücken geht. Nicht mehr alles ist möglich. Das Gewesene wiegt schwerer als die Aussicht auf das, was noch kommen mag. Ich bin Abgeordnete geworden, um etwas zu bewirken, und nun sehe ich auf ein Europa, das zu zerfallen droht, auf Staatsschulden und Altersarmut, die ich nicht habe verhindern können.

Auf welche Lebensleistung lohnt es sich stolz zu sein? Meine Mutter hat Meldebescheinigungen ausgestellt und Anschriften ermittelt. Mein Vater hat Ladendiebe vernommen, Autounfälle protokolliert und betrunkene Jugendliche vor der Diskothek aufgelesen. Zwei Töchter, zweiundfünfzig Ehejahre und ein Kleingarten mit Goldfischteich. Das ist es, was ich von außen sehe, wenn ich an sie denke, aber welche Erinnerungen blicken sie in der Rückschau an? Beide gehen mit großen Schritten auf die Achtzig zu. Sie überwinterten auf Gran Canaria, bei Regine, deren Haut nicht blass ist wie die meine, sondern ledern gegerbt von der südlichen Sonne, die ein Leben als Betreuerin für Pauschalreisende in ihrem Koffer hat und einen Sohn, den sie alleine großzieht. Regine war schon fast vierzig, als sie Mutter wurde. Wenn die nächsten Sommerferien vorbei sind, wird Enrique in die dritte Klasse gehen. Er ist ihre Antwort auf das Erschrecken vor dem Älterwerden, gezeugt in der Juniorsuite eines Fünf-Sterne-Hotels in Puerto de Mogan. Sie hat es mir am Telefon erzählt und dabei gelacht. Eine perfekte Konstellation: Vollmond und Freixenet, Eisprung und das Ende der Hauptsaison.

Ein leiser Wind kommt auf und kräuselt die Wasseroberfläche. Ich beschließe umzukehren und erhöhe die Schlagzahl, um meine Kräfte auszuprobieren. Eine Zeit lang komme ich zügig voran, aber als ich außer Atem bin, spüre ich das Stechen in der Lunge. Es scheint schwächer zu sein als bei den Anstrengungen während der Gartenarbeit. Als ich anlege, ist es schon Mittag. Stefan Vogel hat viel zu tun. Ich werfe ihm das Seil zu, und er zieht mein Boot in eine freie Lücke, ohne es festzubinden. Sobald ich ausgestiegen bin, winkt er eine Familie herbei, die inmitten einer Traube Wartender steht. Er will kein Geld von mir, aber ich bestehe darauf, die Stunde zu bezahlen, die ich auf dem See war. Wir verabschieden uns knapp.

Erst im Auto merke ich, wie erschöpft ich bin. Ein Ziehen in den Muskeln der Oberarme verlangt nach einer Pause im Garten. Und ich habe Hunger. Ich biege vom Waldweg auf die Dorfstraße ab, gehe im Geist den Inhalt des Kühlschranks durch und denke an den Liegestuhl, der auf mich wartet. Kurz darauf parke ich vor Fraukes Grundstück. Ich will gerade aussteigen, als ich es sehe. Die Haustür steht offen. Sperrangelweit.

Sofort schießt mir das Adrenalin in die Adern. Frauke kann es nicht sein, sie hat mir ihren Schlüssel gegeben. Ich nehme nicht an, dass die Nachbarn einen haben, und selbst wenn, gäbe es keinen Grund für Laura Vogel, ihn heute zu benutzen. Außerdem muss sie längst zur Arbeit gefahren sein, und ihr Mann ist am See. Ich könnte ins Dorf fahren, um Hilfe zu holen. Dann ist es vorbei mit meiner Anonymität. Ich könnte die Polizei rufen. Aber vielleicht sieht jemand regelmäßig nach dem Haus, wenn Frauke nicht da ist. Zum Saubermachen. Zum Lüften. Zum Blumengießen vielleicht? Es könnte irgendein Arrangement geben, von dem ich nichts weiß. Eine harmlose Erklärung. Oder doch ein Verbrechen?

Ich starte den Wagen wieder und löse die Handbremse. Dann öffne ich die Autotür und schlage sie so laut zu, wie es geht, aber niemand flüchtet aus dem Haus, und ich flüchte nicht vor einem Flüchtenden. Ich ziehe die Handbremse wieder an, lasse aber den Motor laufen und steige aus.

»Hallo?«, rufe ich ins Haus und hole das Pfefferspray aus der Hosentasche, das ich inzwischen immer bei mir trage. Keine Antwort. Ich schleiche durch den Flur und spähe in die unteren Räume. Im Wohnzimmer ist niemand, auch nicht im kleinen Badezimmer und in der Küche, aber dort sind beide Fenster gekippt. Ich bin sicher, dass ich sie geschlossen habe, bevor ich aufgebrochen bin.

»Hallo?« Diesmal rufe ich die Treppe hoch, aber von oben kommt keine Reaktion. Ich öffne die Tür zum Arbeitszimmer und erstarre. Das kleine Netbook ist weg, das Frauke extra angeschafft hat, um nicht die schwere Tasche mit ihrem großen Laptop immer wieder von Berlin ins Dorf und zurück tragen zu müssen. Und selbst wenn die Stapel mit ihren Papieren zu jeder Zeit unordentlich wirken, besteht kein Zweifel, dass jemand darin gestöbert hat. Die Ablagefächer bilden nicht wie sonst einen Turm, sondern stehen nebeneinander. Und eines von ihnen ist leer.

Das Zimmer beginnt sich zu drehen. Frauke hatte sich geirrt. Sie hat gesagt, ein Sicherheitsschloss sei nicht nötig. Und jetzt ein Einbruch am helllichten Tag. Womöglich ist der Täter noch im Haus. Oben. In meinem Schlafzimmer. Oder sind es sogar mehrere?

Ich schleiche auf Zehenspitzen und lausche. Kann ich es wagen, vom Wohnzimmer aus zu telefonieren, oder ist es besser, die Polizei vom Handy aus zu rufen, das in meinem Rucksack im Auto liegt? Ich entscheide mich für meinen Wagen. Als ich eben durch die Tür nach draußen gehen will, tritt mir jemand in den Weg. Ich zucke heftig zusammen.

»Frauke!« Ich schreie die Anspannung heraus. Kampfbereit wie ich bin, möchte ich auf sie einschlagen.

»Was denn, hab ich dich erschreckt?« , fragt sie gelassen und stellt das leere Tablett, das sie bei sich hat, gegen die Wand. Sie bemerkt das Pfefferspray in meiner Hand und runzelt die Stirn.

»Erschreckt? Mir ist fast das Herz stehengeblieben!« Meine Stimme ist noch immer zu laut.

»Aber ich habe dir doch geschrieben, dass ich komme.« Sie will mich in die Arme nehmen, aber gereizt wie ich bin, stoße ich sie weg. Es stimmt. Ich habe mein eigenes Notebook seit Tagen nicht eingeschaltet. Es tut gut, einmal wieder mit der Hand zu schreiben. Das Tagebuch ist wichtig, die elektronische Post ist es nicht.

»Und wo ist dein Auto? Oder bist du mit dem Zug ...?«

»Genau. Ist doch ein netter Spaziergang vom Bahnhof hierher.«

»Und warum lässt du die Tür offen?«

Sie zeigt auf das Tablett. »Na ja, ich habe auch bloß zwei Hände.«

»Aber da könnte doch jeder ...«

Sie schüttelt den Kopf. »Mach dir keine Sorgen. Das interessiert hier niemanden.«

»Das denkst du!« Sofort fällt mir der Geländewagen wieder ein. »Wie bist du überhaupt reingekommen?«

Sie stutzt. »Das Haus gehört mir – schon vergessen?«

»Aber *ich* habe ...«

»*Carstens* Schlüssel, meine Liebe, du hast *Carstens* Schlüssel! In Rom braucht er ihn wohl nicht.« Sie bringt das Tablett in die Küche.

Ich bleibe an der Tür stehen, atme tief durch und reibe mir mit beiden Händen das Gesicht.

Frauke kommt zurück. »Ach, Martina«, sagt sie gleichermaßen bedauernd und amüsiert. Noch einmal will sie mich in die Arme nehmen. Jetzt bin ich ihr dankbar dafür und lasse es zu. Als wir uns wieder voneinander lösen, mustert sie mein Haar.

»Steht dir gut«, sagt sie und lächelt. »Schöne warme Farbe.«

Ich streiche über ihren Arm.

»Geht's wieder?«, fragt sie leise.

Ich nicke schwach. »Aber mach das nicht noch mal mit mir. Sonst kriege ich doch noch einen Herzkasper. Mir zittern ja jetzt noch die Knie.«

»Kann ich es vielleicht mit ein, zwei Stückchen Rhabarberkuchen wiedergutmachen? Den habe ich gestern Abend gebacken. Extra für dich.«

»Gib mir ein paar Minuten, dann kann ich wieder was essen.«

»In Ordnung. Vielleicht könntest du in der Zwischenzeit dein Auto ausmachen, sonst schmeißen sie dich aus der Partei. Wegen vorsätzlicher Umweltsauerei. Was soll das überhaupt? Willst du noch mal weg?«

Verlegen senke ich den Blick. »Nein, ich dachte nur, falls doch jemand ...«

»Verstehe«, sagt sie knapp. Das Mitleid in ihrem Ton hängt noch in der Luft, als ich schon zum Wagen gehe, und es stört mich. Ich stelle den Motor ab und nehme den Rucksack heraus. Frauke tritt vor die Tür und sieht mir entgegen. »Ich muss mich kurz ein bisschen frischmachen«, sage ich, als ich wieder bei ihr bin. »Und dann gehen wir erst mal ein paar Schritte durch den Garten.«

Frauke schlendert barfuß neben mir her, während ich ihr die Beete zeige. Ich spüre, wie schön es ist, dass sie da ist; keine gedruckten Worte per E-Mail, keine isolierte Stimme am Telefon, sondern ein ganzer Mensch mit Bewegungen, einem leichten Schweißfilm auf der Stirn und mit Empfindungen, die sich in ihren Blicken spiegeln – was für ein Luxus in der digitalen Zeit. Ich erzähle ihr von den Mühen des Rasenmähens, von dem giftigen Fingerhut und von Laura Vogels Hilfe. Frauke weiß nicht, dass eine Gärtnerin neben ihr wohnt, und sie weiß auch nichts über Stefan Vogel. Als ich davon spreche, wie ich sie kennengelernt habe, hört sie mir zu, aber die beiden interessieren sie nicht mehr als die Kräuter, der Phlox und die Sommerblüher. Nett. Schön. Kenntnisnahme. Irgendetwas beschäftigt sie. Wir gehen über die Wiese zum Apfelbaum, in dessen Schatten sie den Tisch gedeckt hat. Tee und Kuchen stehen bereit. Und ihr Netbook. Schon als wir uns setzen, ahne ich, dass sie nicht nur zum Plaudern gekommen ist. Ich liebe ihren Rhabarberkuchen. Er schmeckt wunderbar wie immer, aber womöglich ist er auch ein Köder. Ich frage mich, was sie von mir will, und ich muss nicht lange auf die Antwort warten. Kaum habe ich die Kuchengabel aus der Hand gelegt und mich zurückgelehnt, setzt sie ihre Brille auf. Es ist das rote Horngestell mit den Gleitsichtgläsern. Lesen und Aufblicken im Wechsel. Frauke will arbeiten. Sie schiebt die Teller beiseite, rückt mit ihrem Stuhl dichter neben mich und zieht den kleinen Computer zwischen uns.

»Also, ich hatte dir mit meiner Mail diesen Entwurf hier im Anhang geschickt. Den muss ich mit dir besprechen, bevor wir den Antrag öffentlich machen.«

Sie ruft eine Datei auf und dreht das Netbook so, dass ich trotz der Junihelligkeit entziffern kann, was auf dem matten Display steht. Die Überschrift des Textes lautet: *Keine Bündnisse gegen den Mindestlohn.*

Die Kernpunkte dessen, was ich lese, haben Frauke und ich gemeinsam mit Jan Grabowski schon im vergangenen Herbst entwickelt, kurz nachdem das Saarland sich auf Jamaika eingelassen hat. *Schwarz-Gelb verhindern*, warben wir vor der Bundestagswahl. Und dann haben wir Schwarz-Gelb im Südwesten inthronisiert, obwohl es anders gegangen wäre. Die Forderung nach einem gesetzlichen Mindestlohn steht in unserem Bundestagswahlprogramm. Gebetsmühlenartig habe ich unsere Position an den Straßenständen erläutert. Die Wirtschaftskrise bietet den Unternehmen eine Steilvorlage, alle Diskussionen über höhere Stundenlöhne vom Tisch zu fegen, aber das Thema ist nicht geeignet, auf dem Altar der Sparzwänge geopfert zu werden. Es geht uns auch um Geschlechtergerechtigkeit. Sieben von zehn abhängig Beschäftigten, die für Dumpinglöhne arbeiten, sind weiblich. Es sind die von ihnen ausgeübten Berufe, in denen es auch keine branchenspezifischen Gesetzesregelungen gibt. Was Lackierer, Bau- und Bergarbeiter, Dachdecker und Elektromonteure längst beanspruchen können, gilt nicht für Verkäuferinnen und Friseurinnen. Natürlich setzen wir uns für eine Politik ein, die Frauen motiviert, neue und besser bezahlte Berufsfelder für sich zu entdecken. Aber deshalb können wir nicht die Realität der Gegenwart vernachlässigen. Mindestlohn heißt Mindesteinkommen heißt Mindestgestaltungsspielraum. Dafür habe ich in den Fußgängerzonen und vor den Einkaufszentren gekämpft. Die Menschen waren skeptisch, aber ich war mir sicher, wir würden uns auch nach der Wahl an unsere Positionen halten. Und dann kam die Ernüchterung.

Allerdings spricht sich der Saarländische Landtag gegen einen einheitlichen flächendeckenden Mindestlohn auf gesetzlicher Basis aus. Antrag angenommen mit den Stimmen von CDU, FDP und Bündnis 90/Die Grünen am 10. Februar 2010.

Ich war fassungslos, wähnte mich zwanzig Jahre zurückversetzt in der Zeit, dachte an die Menschenmassen auf dem Alexanderplatz und an die Worte von Christa Wolf: *Verblüfft beobachten wir die Wendigen, im Volksmund »Wendehälse« genannt, die, laut Lexikon, sich »rasch und leicht einer gegebenen Situation anpassen, sich in ihr geschickt bewegen, sie zu nutzen verstehen.« Sie am meisten blockieren die Glaubwürdigkeit der neuen Politik.*

Frauke fragte mich, wie wir zukünftig im Bundesrat noch Einfluss nehmen sollten, wenn Koalitionsabsprachen uns in strittigen Punkten zur Stimmenthaltung zwangen. Was sie nun zu Papier gebracht hat, entspricht bis in die kleinsten Details dem Ergebnis unserer Diskussion. Jetzt wollen wir, dass die Basis entscheidet. Die Delegierten sollen Farbe bekennen. So oder so. Wir haben die Mehrzahl der Frauen auf unserer

Seite und außerdem die Männer, die den Gewerkschaften nahestehen. Es gibt aber auch die Taktierer, die sich nicht festlegen wollen, um sich keine Optionen zu verbauen. Und es gibt Hendrik George, der das Hohelied von der gebotenen Kompromissbereitschaft singt, wo immer die Aussicht auf eine Regierungsbeteiligung besteht. Klare Positionen sind für ihn nur hinderlich.

»Was sagst du?«, fragt Frauke, als ich den Text gelesen habe.

»Ja, toll. Einverstanden.«

»Jetzt sei mal nicht so einsilbig. Ich bin extra hergekommen, um das hier mit dir durchzusprechen. Wenn wir wollen, dass der Antrag auf der nächsten BDK eine Mehrheit findet, müssen wir langsam dafür trommeln.«

»Klar. Leg los.«

Sie drückt den Knopf des Kugelschreibers in ihrer Hand wieder und wieder, dann zeigt sie auf den Text im Display. »Martina, wenn wir hiermit was erreichen wollen, dann brauchen wir dich. Du weißt, es wird eng.«

»Und du weißt, warum ich hier bin, oder?«

»Es ist Mitte Juni. Dieser ... Diese Sache war Ende März.«

»Diese *Sache?*«

Sie wirft den Kugelschreiber auf den Tisch und läuft hochrot an.

»Man kann sich auch zu lange zurückziehen.«

Ich seufze. »Du hast ja recht. Aber es geht nicht allein um das Attentat. Ich brauche einfach Zeit, um nachzudenken. Dieser ganze Zirkus im letzten Jahr hat mich ziemlich angewidert.«

»Aber du bist doch keine Anfängerin mehr. Wahlkampf, meine Güte. Das kennst du seit so vielen Jahren.«

»Es geht nicht um den Wahlkampf. Die gesamte Politik der demokratischen Staaten ist im Würgegriff der Spekulanten, und wir begnügen uns wie die anderen mit Floskeln, die keine Probleme lösen, sondern nur auf Prozentpunkte abzielen. Perfekte Inszenierung ist ein fragwürdiger Erfolg in der Politik. Wenn wir so weiterwachsen, haben wir bald mehr Mandate als Leute, die sie mit unseren Inhalten füllen können. Wir sind doch jetzt schon ein Magnet für Karrieristen. Jemand wie Hendrik George hatte doch bei uns früher keine Chance.«

Frauke beugt sich vor und sieht mir herausfordernd in die Augen. »So, und jetzt haben wir ihn. Jemand wie Hendrik George wird immer da auftauchen, wo die Macht gedeiht. Hendrik mit D, erinnerst du dich, das hat schon einmal jemand beschrieben. Der ewige Mephisto kann sich mit allem arrangieren. Und er spürt genau, wen er vor seinen Karren spannen kann. Dörti ist ganz hingerissen von ihm.«

»Wer ist denn Dirty?«

»Na, unsere Dörte Obermeier. Dörti eben. Sie informiert Hendrik über alles, das weißt du schließlich nur zu gut. Und inzwischen streut sie auch noch dreckige Gerüchte, die in seinem Interesse liegen. Anthony hat ihr den Spitznamen verpasst. Du bist wirklich lange nicht mehr im Fraktionsbüro gewesen.«

»Ja, scheint so.« Dörti also. Sehr passend, wie ich finde, auch wenn mir das zwanghafte Verlangen, allen Beteiligten auf dem politischen Parkett einen Spitznamen zu verpassen, manchmal auf die Nerven geht. Frauke ist die Echse. Die einen sagen, sie wird so genannt, weil die Gläser ihrer Gleitsichtbrille sie zwingen, den Kopf ruckartig zu drehen, wenn sie zur Seite blickt, sodass es bisweilen aussieht wie bei einem Reptil. Andere munkeln, es liege an ihren Fähigkeiten, die jenen des Tieres so ähnlich sind. Flink und aufmerksam bemerkt sie alles, was um sie herum geschieht. Sie kann stillhalten, wenn es ihr ins Kalkül passt, aber wenn sie zuschnappt, gibt es kein entkommen. Ein Chamäleon ist sie allerdings nicht.

Ich bin für Freund und Feind stets VW. Das Kürzel hat nichts mit der Tatsache zu tun, dass ich einen Polo Blue Motion fahre, sondern steht für Veggie-Wernicke und geht auf eine Anekdote aus meinem ersten Jahr als Bundestagsabgeordnete zurück. Auf der *Grünen Woche* habe ich im Gespräch mit einem mir unbekannten Lobbyisten die Ansicht vertreten, dass in Deutschland viel zu viel Fleisch gegessen werde. Erst am Tag darauf habe ich erfahren, dass ich mit dem Vorsitzenden des Schweinezüchterverbandes gesprochen hatte. Ich war völlig zerknirscht. Wie konnte ich so schlecht informiert zu dieser Messe gehen? Zu wissen, wen ich vor mir hatte, hätte zwar meine Ansicht nicht geändert, wohl aber die Art und Weise des Gespräches. Mehr stichhaltige Argumente statt lockerem Plauderton. Mehr Kampfgeist. Ich grämte mich eine ganze Woche lang, aber der Schlachtviehbonze zeigte sich weder verärgert über meine Ansichten noch über meine Unwissenheit. Allerdings ließ er es sich nicht nehmen, die Geschichte bei allen nachfolgenden Empfängen zur allgemeinen Belustigung zu erzählen. Mein Spitzname war schnell geboren. Im Grunde ist er mir nützlich, denn wer seine Bedeutung kennt, bietet mir weder Schinkenhäppchen noch Bouletten an. VW bekommt Gemüse.

Frauke legt mir ihre Hand auf den Arm. »Bist du noch bei mir?«, fragt sie, und ich höre die Ungeduld in ihrem Ton.

»Ja, natürlich«, antworte ich und setze mich gerade auf wie ein beim Träumen ertapptes Schulmädchen.

»Du weißt, was passiert, wenn man nicht da ist.«

»Sicher. Gerede ohne Ende.«

»Und Vergessenheit. Du wirst dich reinhängen müssen, um wieder gehört zu werden, wenn du zurück bist.«

»Und woher willst du wissen, dass ich das noch will? Gehört werden.«

Frauke sieht mich erst verständnislos, dann beleidigt an. »Ach so? Dann gib dein Mandat ab. Am besten an einen von Hendriks Freunden.«

Abwehrend hebe ich die Hände. »Jetzt drängle doch nicht so. Es sind bald Parlamentsferien. Danach bin ich ganz sicher wieder an Bord. Aber es gibt so vieles, was ich vorher noch verdauen muss.«

Frauke klappt den Deckel des Netbooks herunter. »Hat sie sich mal gemeldet?«

Wir wissen beide, von wem sie spricht. »Nein.«

»Und du?

»Was, ich?«

»Na, ich habe mal gelernt, Kommunikation funktioniert in zwei Richtungen.«

»*Sie* ist doch weggegangen. Also muss *sie* auch zurückkommen. Wenn sie es will. Wenn sie es wollte.«

»Und bis dahin züchtest du Petersilie, ja?«

Ich lache zu laut über Fraukes Bemerkung, um die Traurigkeit niederzukämpfen, die in mir aufsteigen will. Trotzdem wird meine Stimme brüchig. »Was kann ich denn tun? Sie ist nicht einmal gekommen, als ich im Krankenhaus war.«

»Sie hat dir Blumen geschickt.«

»Mit Fleurop.«

»War sie nicht zusammen mit ihrem Vater in Griechenland? Und wenn ich es richtig verstanden habe, war sie ziemlich verletzt, als sie dich verlassen hat. Könnte also nicht schaden, ihr ein bisschen entgegenzukommen.«

»Wie denn? Mein Beruf lässt mir nicht viel Zeit für eine Beziehung. Was könnte ich denn ändern, um es ihr recht zu machen?«

Frauke seufzt. »Ach je, Frauen. Bin ich froh, dass Carsten in Italien vor sich hin puzzelt. Und dass er die Familie zusammenhält. Die Zeit ist immer das Problem. Wie oft sehe ich denn die Jungs? Simon stört das nicht, aber die Afrikaner beschweren sich immer mal wieder. Besonders seit der Kleine da ist. Willst du mal ein Foto sehen?«

Sie klappt den Deckel des Netbooks wieder auf und öffnet das Bild der Familie ihres jüngeren Sohnes. Sie kann nicht verbergen, dass sie Felix nähersteht als Simon. Schlank und sehnig von Statur gleichen sie beide äußerlich dem Vater. Sie haben sein kantiges Gesicht, die schmale Nase und auch seine Augen, die geradezu unnatürlich blau sind. In ihrem Wesen aber unterscheiden sie sich. Simon ist verträumt und still. Er fährt Taxi in Hannover und sucht nach dem Sinn des Lebens, ohne zu erwarten, ihn jemals zu finden. Seine Liebesbeziehungen wechseln; mal gibt es einen Mann, mal gibt es eine Frau und dann wieder beides. Ich mag seine verwirrte Bedächtigkeit. Frauke bemüht sich redlich, ihn zu verstehen. Aber sie versteht ihn nicht. Ihr fehlt die Geduld für seine Langsamkeit, wie ihr jetzt die Geduld fehlt, mir die Zeit der Einkehr zu geben, die ich brauche. Simon weiß das. Er steht bei seinem Vater in der Gunst, während Frauke sich an Felix hält, der zielstrebig ist und voller Ehrgeiz, ein Politikwissenschaftler, der in der deutschen Botschaft in Tansania arbeitet. Auf dem Foto, das sie mir zeigt, hat die dunkelhäutige Frau neben ihm ein Mädchen von vier Jahren auf dem Schoß. Beide lachen, und die Frau zupft dem Kind an kurzen krausen Zöpfen, während Felix der Kamera ein beinahe glatzköpfiges Baby entgegenhält, das vor lauter Staunen den Mund nicht zubekommt und von dem ich weiß, dass es ein Junge ist. Das Internet als Brücke – Bilder und Videos sind in Sekundenschnelle heruntergeladen, das Winken in die Webcam bietet einen kleinen Trost für den ausgebliebenen Besuch im letzten Sommer. Zwischen den Wahlkämpfen für Europa und den Bund hatte Frauke keinen Raum für die weite Reise. Bald wird sie das nachholen, und so sehnt sie die Parlamentsferien geradezu herbei. Über Rom, wo sie mit Carsten zusammentreffen wird, geht es zum Kilimanjaro International Airport und weiter nach Daressalam. Die Flüge hat sie schon im Winter gebucht. Sie wird den ganzen August über in Tansania bleiben. Ich soll die Stallwache übernehmen, während sie fort ist. Du rufst mich nur an, wenn die Revolution ausbricht, hat sie gesagt. Ich habe es ihr versprochen. Sie will sich auf mein Wort verlassen. Vielleicht ist sie auch deshalb hier.

Frauke löst ihren Blick von dem Foto und schenkt uns beiden Tee nach, dann nimmt sie meinen Teller, gibt ein weiteres Stück Rhabarberkuchen darauf und stellt ihn vor mich. »Da, iss«, befiehlt sie freundlich. »Du bist immer noch ganz klapprig. Sieh zu, dass du auf die Füße kommst.«

Ich lächle sie an. Und ich tue ihr den Gefallen.

6

Das Verlangen nach der Abgeschiedenheit hält mich auch noch fest in seinem Griff, nachdem Frauke wieder fort ist. Erst drei Tage später überwinde ich mich, mein eigenes Notebook einzuschalten und das Mailprogramm zu öffnen. *Sie haben Post*, verkündet eine digitale Stimme. Das kann man wohl sagen. Unwillig scrolle ich die nicht enden wollende Kolonne neuer Nachrichten über das Display, überfliege die Liste der Absender und lese die Betreffzeilen, klicke diese weg und gucke jene an. Es ist nichts dabei, was mein Interesse zu wecken vermag. Schnell verlasse ich das Postfach wieder und sehe stattdessen nach, wie das Wetter auf Samos ist. Sonne von früh bis spät heute, morgen und übermorgen. Achtundzwanzig Grad. Ich schalte die Stereoanlage im Wohnzimmer ein. Die Musik von Philip Glass erklingt im Hintergrund, während ich ins Tagebuch schreibe.

Keine Nachricht von Eleni. Ich weiß noch immer nicht, ob ihr Vater inzwischen wohlauf ist. Und was tut sie? Hilft sie ihrer Tante im Gemischtwarenladen und bedient die deutschsprachige Kundschaft? Geht sie schwimmen, bevor die ersten Sonnenhungrigen die Liegen am Strand mit Handtüchern belegen? Liest sie Steine an der Wasserlinie auf? Oder ist sie am Ende doch längst wieder in Berlin? Ich weiß es nicht. Es geht mich nichts mehr an. Besser nicht daran denken. Ein Ende finden. Eleni hat ein Schild an ihre Tür gehängt. Wegen mangelnder Aufmerksamkeit geschlossen. Es hat keinen Sinn zu klopfen.

Ich lasse den Stift fallen und gehe in den Garten. Laura Vogel zeigt mir, was sie angepflanzt hat, während ihr Mann eine Deutschlandfahne an seinem Moped befestigt. Die Krise der Regierung ist ausgesetzt. In den Radionachrichten verdrängt die Fußballweltmeisterschaft die Berichte über die geplante Anhebung der Krankenversicherungsbeiträge. Der Supermarkt bietet Toilettenpapier mit Rasenduft feil, und an der Kasse gibt es Hochglanzsammelbilder der Nationalspieler als Gratiszugabe. Das Volk ist nicht in der Stimmung zu protestieren, es will feiern. Am Abend ist das Dorf wie ausgestorben. Laura Vogel lädt mich zum ersten Gruppenspiel von *unseren* ein, aber ich lehne dankend ab. Stattdessen hole ich das Hollandrad aus dem Keller, wische den Staub ab und pumpe die Reifen auf. Der Zeitpunkt für eine erste Runde auf dem Sattel ist günstig. Ich habe die Straße für mich allein. Die Sonne steht bereits tief, als ich losfahre. Aus den geöffneten Fenstern, an denen ich vorbeikomme, schallt die deutsche Nationalhymne heraus. Eine junge Frau kommt mir entgegen. Sie trägt ein weißes T-Shirt mit dem Bundesadler auf der Brust und hat schwarzrotgoldene Streifen auf den Wangen. Eilig läuft sie in Richtung eines Biergartens, in dem ein riesiger Flachbildfernseher aufgebaut ist. Ich dagegen lasse es gemächlich angehen, trete langsam in die Pedale und sauge den lindensüßen Duft ein, der mir entgegenweht. Der Raps steht in letzter Blüte, die Kornfelder glänzen silbern im Abendlicht wie die spiegelglatte Oberfläche eines Sees. Was mich umgibt, ist nicht Politik. Es ist der Gesang der Ähren in der Sommerbrise. Es ist der Mäusebussard, der am Himmel seine Kreise zieht. Und es ist auch der erste Stern im Westen, genau dort, wo sich der Horizont orange zu färben beginnt.

Das ist kein Stern, sondern die Venus, würde Eleni mich korrigieren. Sie erklärte es mir an jenem Abend, als sie zu mir in die Auguststraße zog. Es war im September vor drei Jahren. Wir saßen auf dem Balkon, tranken Prosecco und zelebrierten den Beginn des willkommen Alltäglichen unseres Zusammenseins. Ich erinnere mich, dass ich die Rechnung der Spedition studierte, während sie mit ihrem älteren Bruder telefonierte, der noch in München lebte. Ihr bayerischer Einschlag klang deutlich durch, wie immer wenn eines ihrer Geschwister am anderen Ende der Leitung war. Ich hörte mit halbem Ohr zu und amüsierte mich über ihren Dialekt. Als sie das Gespräch beendet hatte, sah ich zu ihr hinüber. Sie trug gelbe Shorts und ein Top in der Farbe von frischem Moos, das sie in einem Second-Hand-Laden gekauft hatte und das ihren Bauch nur bis zum Nabel bedeckte. Sie streckte sich und legte den Kopf zurück, erblickte den strahlenden Himmelskörper und zeigte ihn mir. Ich stand auf und ging zu ihr, um sie zu küssen. Ein Stern oder ein Planet, was spielte das schon für eine Rolle. Er schien hell über unserem Balkon.

Der Mäusebussard taucht senkrecht in das Kornfeld hinein

und nur Sekundenbruchteile später mit fetter Beute wieder daraus hervor. Ich verdränge das Mitgefühl für das Bündel Leben in seinen Krallen und fahre weiter. In der Ferne höre ich einen kollektiven Freudenschrei, kurz darauf knallen Böller in allen Himmelsrichtungen. Ich denke an Hendrik George. Schon im Februar hat er Anthony auf der Klausurtagung gedrängt, das Fußballfieber zu nutzen. Er wollte Großflächenplakate vor der Wahl in NRW.

Die Krise wegkicken!

Keine Nachspielzeit für Atomkraft!

Spekulanten ins Abseits stellen!

Das verstünden die Leute, sagte er.

Frauke hielt ihm einen Vortrag über Rattenfängerei, und ich parierte die Angriffe von Dörte, die Hendrik zu Hilfe gekommen war in ihrer Übereifrigkeit. Sie saß mir direkt gegenüber auf der anderen Seite des Konferenztisches, den schmalen Körper kampfbereit nach vorn geneigt und mit einem süßlichen Grinsen im Gesicht, das in Stein gemeißelt war. Ich hielt meinen Blick darauf gerichtet. Die Wut schäumte in mir hoch und drohte überzukochen. Was mischte diese Frau sich ständig so ungebeten ein? Warum preschte sie so vor? Sie war schuld, dass Eleni fort war. Mit ihrem Drang, alles und jeden zu verkaufen, hatte Dörte im letzten Sommer unumkehrbare Tatsachen geschaffen, als Eleni in mein Büro gekommen war, um mich abzuholen.

Ich war gerade erst aus dem Westfälischen zurück, wo ich um Stimmen geworben hatte, und tags darauf musste ich zu einem Termin nach Luxemburg. Eleni und ich nutzten jede freie Minute, die uns blieb. Sie erzählte mir von ihrer Sorge, die Förderung für das *Jassou* könne gekürzt werden. Täglich erwartete sie den Bescheid zu ihrem Antrag, und sie war nervös.

Dörte platzte mitten in unsere Unterhaltung hinein. Sie hatte die Entwürfe der Wahlplakate für den Bund auf ihrem USB-Stick und wollte sie für mich ausdrucken. Ich beachtete sie nicht weiter. Selbst wenn ich geahnt hätte, dass sie uns zuhörte, hätte ich mein Gespräch mit Eleni nicht unterbrochen. Es gab keinen Anlass für Geheimniskrämerei. Eleni erzählte von ihrer Arbeit. Was ging es Dörte an?

Als ich aus Luxemburg zurückkam, fand ich eine E-Mail in meinem Postfach. Ich dachte zunächst, sie sei von Eleni, denn der Betreff lautete: *Solidarität mit dem Jassou!* Erst der Blick auf den Absender machte mich misstrauisch. Der Aufruf kam von Hendrik George. Er hatte ihn an sämtliche Berliner Parteimitglieder und Sympathisantinnen geschickt mit der Bitte, die Förderanträge des Begegnungszentrums zu unterstützen, gegen etwaige Kürzungen zu protestieren und Unterschriften zu sammeln. Mir schoss das Blut in den Kopf. Ich rief Hendrik an. Ich schrie ihn an und verlangte eine Erklärung, woher er seine Informationen hatte. Von Dörte Obermeier, sagte er lapidar und verstand meine Aufregung nicht. Er war nicht einmal in der Lage zu begreifen, was er angerichtet hatte. Im *Jassou* klingelten die Telefone Sturm, und selbst die Presse bekam Wind von der Angelegenheit. Mit viel Überredungskraft gelang es Anthony, einen Artikel in der *taz* zu verhindern, aber *Deutschlandradio Kultur* sendete einen Bericht. Ich war entsetzt. Was Eleni mir im Vertrauen erzählt hatte, war öffentlich geworden.

Eleni hat das Zentrum in den neunziger Jahren mitaufgebaut. Lange hat sie ehrenamtlich dort gearbeitet, bevor sie eine halbe Stelle für die Veranstaltungsorganisation bekam. Es war keine Frage, dass sie die Leitung übernahm, als die Position frei wurde. Sie war die natürliche Chefin der Räume, verwachsen mit ihrem Arbeitsplatz, angesehen im Trägerverein und bei den Mitarbeiterinnen. Die Ehrenamtlichen kamen gerne, die Senatsangestellten blickten wohlwollend auf das Projekt. Nun musste sie dem Vorstand erklären, warum sie Interna hatte nach außen dringen lassen. Auch die zuständige Referentin in der Senatsverwaltung reagierte verschnupft und kürzte die Zuschüsse für das Zentrum nach diesem Vorfall tatsächlich, um zu beweisen, dass sie sich nicht unter Druck setzen ließ. Eleni musste den Umfang ihrer eigenen Stelle vermindern, die Arbeitsstunden der Bürohilfe reduzieren und die Honorare für Dozentinnen und Übungsleiter verringern. Die Deutschkurse für Anfänger und Fortgeschrittene musste sie zusammenlegen. Eingeschränkte Öffnungszeiten, ein schmaleres Angebot. Und der Ärger schlug ihr entgegen. Sie habe geplaudert, verbreitete der Vorstand im Umfeld des Zentrums. Ihr bis dato hohes Ansehen war beschädigt.

Mehr als einmal habe ich versucht, ihr zu erklären, dass es nicht meine Schuld war. Aber wir befanden uns in der heißen Phase des Wahlkampfes. Die Partei hatte ein harmonisches Bild abzugeben. Ich konnte weder Dörte noch Hendrik öffentlich zur Verantwortung ziehen. Für Eleni aber war es ein weiterer Tropfen in das randvolle Fass dessen, was sie durch meine Arbeit ertragen musste, ein Tropfen, der es zum Überlaufen bringen musste, als ihr die Stimmung im *Jassou* entgegenschlug. Ich konnte nur vermuten, dass es so war, denn sie redete nicht darüber. Eine volle Woche lang sprach sie kein einziges Wort mit mir und auch danach blieb sie einsilbig. Das Schlimmste aber war der Ausdruck auf ihrem Gesicht. Ich erkannte den Zorn im Mahlen ihres Kiefers, die Fassungslosigkeit in den zusammengekniffenen Lippen, aber vor allem sah ich den Schrecken in ihrem Blick. Mit der Zeit gelang es mir, ihre Wut zu lindern, und ihr Entsetzen habe ich geteilt. Wo aber der Schrecken ins Spiel kommt, geht immer etwas kaputt.

Die Partei hatte ihre Grenzen verletzt, und der Gedanke, sich mir nicht anvertrauen zu können, ohne sich vor den Folgen fürchten zu müssen, ließ sie auf Abstand bleiben. Sie schlief in ihrem eigenen Zimmer. Sie aß im *Jassou*. Und ich beantwortete bis spät in die Nacht hinein die Anfragen von Wählerinnen und Wählern, um mich abzulenken.

Ein neuerliches Geschrei ertönt aus allen Himmelsrichtungen, wohl ein weiteres Tor für die Deutschen. Dicht vor mir am Straßenrand sehe ich einen alten Mann, der auf einem Holzschemel sitzt und eine Flasche Bier in seinen Händen dreht. Hinter ihm steht ein Tapeziertisch, an dem ein Schild befestigt ist.

Freilandeier. Neue Kartoffeln. Frischer Spargel.

Ich bremse. Der Alte sieht mich aus rotgeränderten Augen an, als mein Rad zum Stehen kommt. Ich habe noch einen vollen Sack Kartoffeln zu Hause und auch genügend Eier, aber es ist ein verlockender Gedanke, noch einmal Spargel zu essen, bevor die Saison zu Ende geht. Ich grüße den Mann mit schwachem Nicken, prüfe die Ware und frage nach dem Preis.

»Kilo sechs Euro«, sagt er und erhebt sich. »Zwei Kilo zehn.«

Ich denke an die Führung durch Laura Vogels Garten. Sie hat mir Erbsen, Möhren, Bohnen, Tomaten und Paprika gezeigt. Aber Spargel hat sie nicht. Ich hole einen Zehner aus meinem Portemonnaie und nehme eine volle Tüte entgegen. »Lohnt sich denn das Verkaufen um diese Uhrzeit überhaupt noch?«, frage ich ihn, nachdem ich das Gemüse in dem Korb verstaut habe, der auf dem Gepäckträger befestigt ist.

Er lächelt schwach. »Sehen Sie doch. Irgendeiner kommt immer. Und jetzt bin ich der Einzige hier.«

»Da haben Sie recht. Und das Fußballspiel interessiert Sie nicht?«

Er rümpft die Nase. »Blöde Millionäre. Früher haben wir auf'm Acker geknödelt, und nu brauchen se 'ne Rasenheizung. Nee, nich mit mir.« Er führt die Flasche an die Lippen und nimmt einen kräftigen Schluck. Ich verabschiede mich, wende das Rad und fahre zurück.

Wieder Feuerwerkskörper, zweimal kurz hintereinander. Die Sonne ist untergegangen, und es beginnt zu dämmern. Ich halte an, um das Licht einzuschalten. Der Dynamo surrt und bremst mich, als ich weiterfahre. Das Treten wird beschwerlicher. Ich komme an einem Dorfgasthof vorbei und lese die Aufschriften auf den Angebotstafeln.

Schnitzel mit Kartoffelsalat 4,50. Bockwurst mit Brot 2,50. Zur WM: Fassbier 0,5l 1,90. 1 Apfelkorn gratis für jedes deutsche Tor.

Ich trete in die Pedale. Sobald das Spiel zu Ende ist, werden die Leute aus den Wirtschaften strömen und mit dem Auto nach Hause fahren. Mir fallen die Kreuze am Wegesrand ein, die jede der Brandenburger Alleen säumen. Nach dem Abpfiff ist die Schonzeit für eine Radfahrerin vorbei. Ich bin bestimmt sechs Kilometer weit gekommen, vielleicht waren es auch sieben, und wenn die Strecke auch flach erscheint, merke ich doch auf der Rückfahrt jeden leichten Anstieg. Auf der Hälfte des Weges geht mir die Puste aus. Ein Stechen in der Seite zwingt mich abzusteigen. Kurzatmigkeit und Herzklopfen. Kalter Schweiß auf der Stirn. Ich krampfe die Finger um den Lenker und schiebe das Rad. Es ist unmöglich, mich zu beeilen.

Warum sieht Frauke mich jetzt nicht? Warum kann sie nicht für einen Augenblick in meinen Körper kriechen und fühlen? Sie verstehe mich, sagte sie. Aber. Allein mit diesem Wort versucht sie mich anzutreiben. Es kommt nicht gut an, das Handtuch zu werfen, ganz gleich, ob es vorübergehend ist oder endgültig. Auch dem Bundespräsidenten wird der Rücktritt übel genommen. In sämtlichen Kommentaren ist die Rede davon, dass er sich aus der Verantwortung stiehlt, gerade jetzt, wo die politische Lage so schwierig ist. Gilt das auch für mich? Muss ich mir denselben Vorwurf gefallen lassen? Dann hätte die Attentäterin mit ihrem Messer eine neue Erfahrung in mich hineingestochen. Verantwortlich war ich immer.

Du bist die Große, sagte meine Mutter zu mir, wenn sie sich von uns Mädchen im Kindergarten verabschiedete. Hab ein Auge auf deine Schwester. Ich nahm Regine an die Hand, wenn wir über die Straße gingen, ich band ihr die Schuhe zu, wenn die Schleife aufgegangen war, und ich putzte ihr die Nase, wenn sie weinte. Mit neun habe ich mich für sie geprügelt. Sie war gerade eingeschult worden. Zwei Jungen meines Jahrgangs hatten ihr den Turnbeutel weggenommen und spielten Fangen damit. Regine hat sich nicht an die Lehrerin gewandt, sondern an mich. Hinterher hatte ich eine blutige Lippe und drei blaue Flecken auf den Oberarmen. Aber sie hatte ihren Turnbeutel zurück. Sie hat sich nicht einmal bedankt. Es war selbstverständlich. Sie hat gelernt, sich auf mich zu verlassen, sich auf andere zu verlassen. Kurz vor dem Abitur hat sie die Schule geschmissen. All die Sprüche der Mutter, mit denen ich gespickt war wie ein Sonntagsbraten, sind ganz einfach an ihr abgeprallt. *Ohne Fleiß kein Preis.* Regine zuckte nur mit den Schultern, besänftigte die Eltern und suchte sich jemanden, der ein gutes Wort für sie einlegte, damit sie eine Stelle auf den Kanaren bekam. Ihre ersten Jahre verbrachte sie auf Teneriffa. Sie schickte mir eine Postkarte vom Teide ins Studierendenheim. Nachdem ich das Examen in der Tasche hatte, besuchte ich sie. Gleich am zweiten Tag wollte sie mir die Insel zeigen. Sie fuhr einen Ford Capri der dritten Generation. Es war ein nagelneuer Firmenwagen. Wir waren schon zwei Stunden unterwegs, als das Auto plötzlich langsamer wurde und schließlich ganz stehen blieb. Regine hatte vergessen zu tanken, und sie hatte auch keinen Reservekanister dabei. Wir standen auf einer kaum befahrenen Nebenstraße, aber wenigstens nicht am Hang. Ich schaltete die Warnblinkanlage ein und sah auf der Karte nach, wie weit es bis zum nächsten Dorf war. Vielleicht gab es dort eine Tankstelle, und wenn nicht, konnten wir wenigstens telefonieren. Regine aber wies mich an, auszusteigen und den Wagen anzuschieben. Ich dachte, sie wolle ihn näher an den Straßenrand lenken, aber stattdessen manövrierte sie ihn mitten auf die Fahrbahn. Ich fragte sie, ob sie verrückt geworden sei, aber sie zuckte nur mit den Schultern. Es dauerte eine Weile, bis ein Auto kam. Der Fahrer hupte, bremste und beschimpfte uns wüst. Regine ging auf ihn zu und redete auf Spanisch mit ihm. Ich verstand kein Wort, aber ich sah, wie das grimmige Gesicht des Mannes sich in seliges Lächeln verwandelte. Kurz darauf fuhr er weiter. Ich war enttäuscht und fragte meine Schwester, warum sie ihn nicht gebeten habe, uns mitzunehmen. Sie zeigte zum Himmel. Von der Tankstelle zum Auto zurücklaufen bei fünfunddreißig Grad? Nein danke, sagte sie, zündete sich eine Zigarette an und genoss die Aussicht auf Palmen und Agaven. Ich wollte mich allein auf den Weg machen. Fünfunddreißig Grad hin oder her, wir brauchten Benzin. Regine aber hielt mich zurück. Wart's ab, sagte sie. Entspann dich. Ich setzte mich wieder ins Auto, verschränkte die Arme vor der Brust und zeterte in Gedanken. Das Knarren der Zikaden zerschnitt die Stille, und ohne den Fahrtwind wehte kein Lüftchen durch die geöffneten Fenster. Wir saßen in einem Brutkasten fest, und meine Schwester machte nicht die geringsten Anstalten, etwas dagegen zu tun. Es kam auch kein anderes Auto mehr vorbei. Ich richtete mich auf Stunden des Wartens ein, aber plötzlich kam der Fremde zurück. Er strahlte, als er Regine den Kanister überreichte. Sie jubelte überschwänglich und holte das Portemonnaie aus ihrer Handtasche, aber er legte theatralisch seine Hände auf die Börse. No, no, Señorita. Das verstand sogar ich. Er winkte, als er abfuhr, und Regine füllte das Benzin ein. Als sie den Wagen startete, beobachtete ich sie von der Seite. Der pure Triumph lag in ihrem Blick, der auf die Straße gerichtet war. Sie hatte mir eine Lektion erteilt und freute sich diebisch daran. Auf direktem Weg steuerte sie eine Bodega an, deren Besitzerin sie kannte. Weißwein, eiskalt, Tapas für zwei und danach ein Tequila mit Zitrone und Salz. Ich blieb zwei Wochen bei ihr. Vielleicht hätte ich zwei Jahre bleiben sollen.

Du bist verantwortlich. Während alle in der Sozietät den Anrufbeantworter einschalteten, wenn sie nicht gestört werden wollten, nahm ich jedes Gespräch entgegen. Kollegen und Mandantinnen lobten meine Zuverlässigkeit. Ich hielt allein die Stellung im Büro zwischen Weihnachten und Neujahr. Für Notfälle. Ich schrieb an meiner Dissertation, aß gefüllte Lebkuchenherzen und starrte auf das Telefon, wenn ich mich nicht mehr konzentrieren konnte. Die Frau, die ich liebte, feierte den Jahreswechsel ohne mich. Du kannst mich nicht zu Hause anrufen. Mein Mann hat Urlaub, das verstehst du doch. Ich verstand es nicht, aber ich nahm die Rücksicht, die sie von mir verlangte. Selbst über ihre Ehe hielt ich die schützende Hand. Bis es plötzlich vorbei war. Er wurde befördert und in eine andere Stadt versetzt. Natürlich ging sie mit ihm. Ein hektischer Umzug, bedauernde Worte in einem letzten Brief. Nimm es nicht so schwer, sagten meine Freundinnen.

Auf Regen folgt Sonnenschein, dachte ich und heulte monatelang.

Den Anstieg habe ich zu Fuß hinter mich gebracht, jetzt geht es leicht bergab. Ein kurzes Verschnaufen, dann steige ich wieder aufs Rad. Der Verkehr wird dichter. Erste Autos überholen mich, deren Insassen johlen. Jemand hupt ausdauernd, und aus einem anderen Wagen hängt sich ein Halbwüchsiger auf der Beifahrerseite aus dem Fenster und schlägt rhythmisch mit der Hand gegen die Tür. Ich bin erleichtert, als Fraukes Haus in Sicht kommt.

Drüben brennt noch Licht. Stefan Vogel steht vor der Haustür und raucht. Ich schließe das Fahrrad an, nehme die Tüte aus dem Korb auf dem Gepäckträger und gehe zu ihm hinüber.

»Na, wie ist es ausgegangen?«, frage ich und streichle Fritz, der mich schwanzwedelnd begrüßt.

»Vier null für uns. Haben toll gespielt, aber die Aussis waren auch Flaschen.« Er schnippt die Asche von seiner Zigarette ins Rosenbeet neben der Tür.

»Gibt es morgen wieder Fußball?«

»Klar.«

»Und – gucken Sie?«

Er zuckt mit den Schultern. »Keinen Plan.«

»Ich würde Sie beide gerne zum Essen einladen. Wenn Sie Spargel mögen?« Ich schwenke die Tüte.

Er grinst und ruft ins Haus hinein. »Laura, komm mal!«

Seine Frau tritt neben ihn. »Hey, guten Abend. Wollen Sie nicht reinkommen? Fußball ist zu Ende.«

Ich schüttle den Kopf. »Nein, danke, ich bin ziemlich erledigt und muss dringend duschen.«

»Sie will mit uns spachteln.«

»Stefan!«, ruft Laura Vogel pikiert, dann wendet sie sich mir zu und strahlt. »Echt? Das ist ja nett. Wann denn?«

»Also, ich dachte morgen, wenn Sie Zeit haben.«

»Hm, mittags geht's nicht. Kasse bis um drei. Und zu vier hat sich der Vertreter angesagt. Stefan kommt extra früher nach Hause.«

Er nickt. »Mal sehen, was der uns alles so andreht.«

Ich sehe beide nacheinander fragend an.

Sie reibt ihren Bauch. »Ist wegen ihr. Der zeigt uns schon mal, was wir für die Kindersicherung brauchen. Steckdosen, scharfe Kanten und so. Soll ja nichts schiefgehen.«

»Genau«, sagt er. »Aber danach kommen wir und fressen Ihnen die Haare vom Kopf.«

Sie boxt gegen seinen Arm. »Ey, spinnst du? Was ist denn los mit dir? Sei doch nicht so frech!« Entschuldigend sieht sie mich an.

Ich blicke von ihm zu ihr. »Ich richte mich ganz nach Ihnen. Sagen Sie einfach, wann es Ihnen passt.«

»Wenn's was zu futtern gibt – immer.« Er kichert und drückt die Zigarette in einem Aschenbecher aus, der auf dem Fußboden steht. Ich frage mich, ob er zu viel getrunken hat.

Sie seufzt hörbar und tritt einen Schritt beiseite, um Fritz ins Haus zu lassen. »Ich glaub, ihm ist das Spiel nicht bekommen. – Jetzt halt mal die Klappe!«

Ich ignoriere die Kabbelei der beiden. Wir einigen uns auf sieben Uhr. Ich verabschiede mich und gehe. Als ich über die Hecke steige, höre ich Bruchstücke dessen, was Laura Vogel ihrem Mann predigt. *Benehmen*, verstehe ich, und *peinlich*. Ich schmunzele. Es ist eine Wohltat, nicht von Diplomaten umgeben zu sein.

7

Ich habe es schon in den Radionachrichten gehört, und nun berichtet auch die Zeitung darüber. Ich will es nicht lesen und tue es doch. Auf der Demonstration gegen die Wirtschafts- und Finanzpolitik der Bundesregierung hat vorgestern jemand aus der Menge einen Sprengsatz gezündet. Zwei Polizisten kamen mit schweren Brandverletzungen ins Krankenhaus, drei andere mussten ambulant behandelt werden. Mein Blickfeld verengt sich, die letzten Zeilen des Artikels verschwimmen vor meinen Augen. Wie nach einem Rettungsring greife ich nach dem Tagebuch, das schon halb vollgeschrieben ist. Meine Hände zittern, als ich bis zur ersten leeren Seite blättere.

Schon wieder Gewalt. Ein Toter in Athen, Bomben in Berlin. Was kommt denn noch auf uns zu? Und was wird Vater sagen? Er hatte nie ein gutes Wort für Demonstrierende. Aufrührer allesamt. Radikal und verdächtig. In der letzten Zeit ist sein Gemecker verstummt. Und auch Mutter schüttelt nur noch den Kopf, seit das Bankenrettungspaket beschlossen wurde. In den Wochen, bevor ich ins Krankenhaus kam, haben Finanzbeamte mir geschrieben. Sie könnten das Desaster aus ihren Akten herauslesen, stand in ihren Briefen. Sie könnten kaum mehr zur Arbeit gehen. Die Krise des Kapitalismus hat die Staatsdiener in tiefe Verwirrung gestürzt. Sie haben das Aufbegehren nicht gelernt und nicht gewollt. Ganz erschüttert blicken sie jetzt auf das Loch im Gerechtigkeitsempfinden und wissen es nicht zu stopfen. Nicht die Kommunisten bedrohen die gewohnte Ordnung, sondern das Kapital. Nicht der zivile Ungehorsam tritt die Demokratie mit Füßen, sondern das Stillhalten im Angesicht von Milliardengeschenken für Spekulanten und Topmanager, die keine Scham mehr kennen.

Ich halte inne und blicke auf die Uhr. Der Tag ist verflogen. Schon in anderthalb Stunden kommt mein Besuch, und so wird es Zeit, das Essen vorzubereiten. Ich lege den Stift aus der Hand, schließe das Tagebuch und gehe in die Küche. Frauke und Carsten haben sie bestens ausgestattet, und so muss ich nicht lange suchen, bis ich einen Spargelschäler finde. Die Stangen quietschen, als ich die Tüte zum Tisch trage. Ich nehme die erste heraus und setze mich.

Es ist die Wirtschaft, denke ich, während ein schmaler Streifen nach dem anderen auf die ausgelesene Zeitung fällt. Die Unternehmen haben uns längst am Gängelband. Systemrelevanz. Schlüsselbranchen. Was hat es mit Recht und Freiheit zu tun, wenn das Parlament Gesetze verabschiedet, die sich nicht vermeiden lassen? Nur gut, dass Hendrik in diesem Ressort nicht unser Sprecher geworden ist. Wenigstens in diesem Punkt haben wir ihn stoppen können. Ich selbst habe ihn gebremst.

Die Bundestagswahl lag hinter uns. Wir hatten ein gutes Ergebnis erzielt, unseren Stimmenanteil erhöht und damit auch die Zahl der Mandate. So hatte es auch Hendrik George geschafft. Als die neue Fraktion zu ihrer ersten Sitzung zusammenkam, trug er eine Krawatte und verteilte seine Vita an alle Anwesenden. Selbst seinen Bart hatte er gestutzt. Kein Härchen fiel über das Strahlen auf seinen Lippen.

»Jetzt kräht er noch lauter als bisher«, maulte Frauke und rollte mit den Augen. Sie spielte darauf an, dass auch er längst einen Spitznamen hatte. Niemand wusste zu sagen, wer darauf gekommen war, ihn *Chicken George* zu nennen in Anbetracht seines gockelhaften Wesens. Es war auch noch nicht entschieden, ob diese Bezeichnung politisch korrekt und somit vertretbar sei. Aber sie war im Raum.

»Wir werden schon was für dich finden«, sagte Hendrik zu

Dörte Obermeier, deren Praktikum bei uns mit dem Ende des Wahlkampfes vorüber war und die an diesem Morgen verabschiedet werden sollte. Seine Stimme war nicht zu überhören. Er legte einen Arm um sie und drückte sie an sich. Dörte gackerte albern.

»Jetzt setz dich mal, wir haben viel vor«, bat Jan Grabowski ihn spürbar ungehalten. Wir hatten ihn an diesem Tag zu unserem Sitzungsleiter bestimmt, und was er sagte, war nicht übertrieben. Die Tagesordnung wies so viele Punkte auf, dass niemand von uns glaubte, sie in der angesetzten Zeit bewältigen zu können. Allein die Wahl der Sprecherinnen und Sprecher für die einzelnen Politikfelder konnte Stunden dauern. Kaffee und Tee, Saft, Wasser und Gebäck standen bereit. Die Bewerbungen der Kandidierenden wurden herumgereicht. Ich blätterte sie durch und fand keine Überraschungen, bis ich zum Wirtschaftsressort kam. Ich stöhnte auf, als ich es sah.

»Das kann doch nicht wahr sein«, flüsterte ich Frauke zu. »Hendrik will Wirtschaftspolitischer Sprecher werden? Er ist doch eben erst in den Bundestag eingezogen.«

Frauke verzog das Gesicht. »Tja, an Selbstbewusstsein mangelt es ihm nicht.«

»Aber womit rechtfertigt er denn das?«

Sie zuckte mit den Schultern. »Lies seine Bewerbung. Dann wirst du erkennen, was für ein Genie uns da ins Nest geflattert ist.«

Ich überflog seine Vita. Abschluss in Betriebswirtschaft. Tätigkeit im Management von *Wellwood*, einem Vorzeigeunternehmen, das Möbel aus nachwachsenden Hölzern produzierte. Eintritt in den Hessischen Landtag. Mitglied des Wirtschaftsausschusses in Wiesbaden. Vorsitzender des Vereins für umweltbewusstes Unternehmertum. Es war eine beeindruckende Liste, die er aufgestellt hatte, und sie würde viele beeindrucken, so sehr, dass sie eines nicht bedachten: Hendrik George interessierte sich kaum für soziale Standards in Betrieben. Arbeitnehmerrechte. Kündigungsschutz. Lohnuntergrenzen. Das alles bedeutete ihm nichts. Wenn er unser Wirtschaftspolitischer Sprecher werden würde, war der Verrat an unserem eigenen Programm vorhersehbar.

»Wenn es keine Anmerkungen oder Änderungsanträge gibt, schlage ich vor, dass wir anfangen«, sagte Jan. Mit den Fingern kämmte er sein schütteres Haar einmal mehr über die kahle Stelle in der Mitte des Kopfes, während er sich mit einem Blick in die Runde vergewisserte, dass alle bereit waren.

Ich hatte nicht einmal Zeit, mich mit Frauke abzustimmen. Kurzentschlossen hob ich die Hand.

»Ja, Martina?« Jan hatte schon den Blumenstrauß für Dörte in der Hand, als er mein Zeichen bemerkte.

»Ich möchte eine Änderung der Tagesordnung beantragen«, sagte ich. »Und zwar dahingehend, dass wir bei der Abstimmung über die Ressortsprecherinnen und -sprecher, TOP 7.1, den Bereich Wirtschaft an den Anfang stellen. Gleichzeitig schlage ich Mechthild Sonntag für dieses Amt vor und beantrage, ihr zu genehmigen, ihre Bewerbung dafür in der ersten Sitzungspause nachzureichen.«

Getuschel im Raum.

»Bravo!«, rief Frauke.

Mechthild sah von ihrem Sudoku auf. Sie lief puterrot an und schüttelte den Kopf. »Aber ich kandidiere für das Amt der Sprecherin für Frauenpolitik und Migration!«, sagte sie im breitesten Sächsisch. »Das habe ich doch auch bisher gemacht!«

Ich nickte. »Eben. Und ich finde, die Erfahrungen, die du da gesammelt hast, kannst du wunderbar in die Wirtschaftspolitik einbringen. Stehen wir nicht für Geschlechtergerechtigkeit in den Unternehmen? Stehen wir nicht für Diversity-Management? Wer kennt sich da besser aus als du?«

»Moment mal«, rief Hendrik und stand auf, wie er es immer tat, wenn er das Wort ergriff. »Die Bewerbungsphase ist vorüber.«

»Und Martina hat gerade beantragt, sie wieder aufzunehmen«, sagte Frauke.

»So was hatten wir aber noch nie.« Auch Hendrik hatte Freunde in der neuen Fraktion. Es war einer von ihnen, der sich an den Sitzungsleiter wandte.

Jan kratzte sich am Kinn. »Hm, aber wir waren eigentlich immer für Veränderungen, nicht? Ich würde vorschlagen, wir stimmen darüber ab, ob wir den Antrag zulassen.«

»Aber ich will doch gar nicht ins Wirtschaftsressort!«, protestierte Mechthild.

Jan beugte sich weit über den Tisch, um sie ansehen zu können. »Bist du sicher? Ich glaube, das könnte ein Gewinn für uns alle sein.«

Ich war erleichtert. Jans Meinung hatte Gewicht. Ich war sicher, dass auch er Hendrik George nicht als ideale Besetzung für das fragliche Amt ansah.

Mechthild rutschte auf ihrem Stuhl herum. »Das geht mir zu schnell. Das muss ich erst überdenken.«

»Gut«, sagte ich. »Wir stimmen ab, ob deine Bewerbung prinzipiell noch zugelassen wird. Wenn ja, denkst du darüber nach, ob du es dir vorstellen kannst. Mich persönlich würde es sehr freuen.«

Knapp waren die Ergebnisse. Mit einer Mehrheit von nur zwei Stimmen kam mein Antrag durch. Die Fraktion war einverstanden, dass Mechthild ihre Bewerbung nachreichte. Und mit Mühe und Not konnten Frauke und ich sie in der Sitzungspause dazu überreden. Wir sprachen davon, dass es eine Richtungsentscheidung war, erinnerten sie an die Signalwirkung, die es hätte, wenn uns eine ausgewiesene Expertin für Frauenpolitik und Antidiskriminierung auf dem Gebiet der Wirtschaft vertrat. Mechthild verstand unser Anliegen, aber sie zögerte. Mit Grausen dachte sie an die andere Art der Klientel, mit der sie es in diesem Amt zu tun bekäme; Schlipsträger mit Organizern, Seitenscheiteln und Bonusmeilen bei der Lufthansa. Genau, sagten wir. Eben das galt es zu ändern. Wir wollten Frauen in Führungspositionen und die Besetzung von Spitzenämtern ohne Ansehen von Herkunft, Geschlecht oder sexueller Orientierung. Mit Hendrik George bekämen wir all dieses nicht.

Schließlich stimmte Mechthild zu. Im Eilverfahren tippten wir ihre Bewerbung ins Notebook und druckten sie aus. Hendrik beobachtete uns argwöhnisch aus den Augenwinkeln, während er mit jenen sprach, auf deren Stimme er hoffte. Seine engsten Vertrauten ließ er links liegen. Ihr Votum war ihm sicher. Und bei den Abgeordneten vom linken Flügel der Partei war für ihn nichts zu holen. Ganz gezielt redete er auf die Unentschiedenen ein.

Es wurde eng, aber es reichte. Die Fraktion wählte Mechthild Sonntag zu ihrer Wirtschaftspolitischen Sprecherin. Als Jan ihr zum neuen Amt gratulierte, lächelten ihre Lippen, aber ihre Augen waren schreckerfüllt. Das schlechte Gewissen kratzte an mir, als ich es bemerkte, aber Frauke zwinkerte mir zu, und Hendrik verließ wutentbrannt den Sitzungssaal. Er kehrte erst wieder, als auch alle anderen Ressorts besetzt waren.

Wir arbeiteten bis Mitternacht. Nach langer Zeit hatte es wieder einen Tag gegeben, an dem die Politik mir Freude bereitete. Ich konnte mich gut konzentrieren, ärgerte mich nicht und wurde nicht müde. Eine lange vermisste Euphorie trug mich durch den Tag. Als wir fertig waren, fuhr ich wie beflügelt mit dem Fahrrad nach Hause. Ich brannte darauf, Eleni zu erzählen, was sich ereignet hatte. Aber die Wohnung war dunkel. Und Eleni schlief fest.

Der Abend ist zu kühl, um im Garten zu essen, und so decke ich den Tisch im Wohnzimmer. Auf einer Platte arrangiere ich den Schinken, den ich für meine Gäste gekauft habe. Gerade als ich den Wein öffnen will, klingelt es an der Tür.

Laura Vogel überreicht mir eine Ampel mit drei Petunien in zartem Lila. »Sind noch ein bisschen mickrig, aber die wachsen wie doll und verrückt«, sagt sie und tritt ein. Sie ist stark geschminkt, trägt eine Perlenkette und ein grünes Sommerkleid, das weit über den runden Bauch fällt. Die Farbe passt gut zu ihrem roten Haar und zu den Sommersprossen, die nur schwach zu ahnen sind unter einer Schicht von Rouge. Sie hat keine Flipflops an, sondern Pumps. Etwas unsicher geht sie auf den hohen Absätzen, und jeder ihrer Schritte klackt auf den Dielen im Flur. Ihr Mann hält sich hinter ihr, wirkt ungewohnt in einem frischgebügelten weißen Hemd, das in engen Jeans steckt. Mit ihm weht der Duft von Rasierwasser ins Haus. Nach allen Seiten sieht er sich um.

Ich nehme die Blumen entgegen und bedanke mich, dann führe ich meine Nachbarn zu Tisch und erkundige mich, wie der Besuch des Vertreters verlaufen ist.

»Der ist sogar mit uns durch die Wohnung gekrochen, damit es uns so geht wie später der Kleinen«, sagt Stefan Vogel. »Und er hat uns eine Liste gegeben. Sie glauben ja gar nicht, auf was man alles achten muss. Wollen Sie mal hören?« Ohne eine Antwort abzuwarten, zieht er ein Blatt Papier aus der Gesäßtasche seiner Jeans und beginnt zu lesen: »Verwenden Sie Schranktürschlösser und Sicherheitsriegel. Bewahren Sie Reinigungs- und Putzmittel außer Reichweite auf. Medikamente auch. Vermeiden Sie Nahrungsmittel, an denen Ihr Kind sich verschlucken könnte. Lassen Sie Ihr Kind in der Nähe von Wasser nie unbeaufsichtigt. Hängen Sie Ihrem Kind keinen Nuckel um den Hals. Puh! Das geht hier seitenlang so weiter.«

Laura Vogel ist sehr ernst, als sie sich setzt. »Ja, war echt erschreckend. Man kann doch nicht in jeder Sekunde und immer auf alles achten, oder?«

Nein, das kann man nicht, denke ich und stelle die Ampel erst einmal auf dem Sideboard ab. »Machen Sie sich nicht verrückt. Sie passen sicher gut auf. Und es heißt schließlich, dass Kinder einen Schutzengel haben.«

»Na hoffentlich«, sagt er. »Aber der Typ hat uns trotzdem ganz schön geschröpft. Gitter für den Herd, Steckdosensicherungen, Schutzkanten für die Möbel, Rauchmelder. Wenn die Rechnung kommt, sind wir blank.«

»Na und? Ist immerhin für unser Würmchen.« Laura Vogel streichelt seine Hand.

Ich bin gerührt von der zärtlichen Geste. Jetzt sind sie beide nicht mehr jung, denke ich, während ich die Getränke anbiete. Er möchte Wein wie auch ich, sie möchte Apfelschorle. Das Bewusstsein um die Verantwortung hat sie altern lassen. Sie sehen sich an. Sie sind irritiert. Ich will sie nicht verunsichern, aber trotzdem kann ich die Frage, die mir in den Sinn kommt, nicht für mich behalten. »Aber sagen Sie, wenn Sie alle Risiken bedenken wollen, wie verträgt sich denn das Baby mit dem Hund?«

Stefan Vogel knabbert auf seiner Unterlippe herum. »Hm, darüber habe ich mir auch schon Gedanken gemacht. Aber Laura ...«

»Keine Diskussion – Fritz bleibt!«, sagt sie energisch und lässt seine Hand los.

»Sehen Sie«, sagt er. »Da lässt sie nicht mit sich reden. War schon so, als ihr das in den Kopp kam. Ich komme nach Hause, und sie sitzt im Wohnzimmer und starrt die Wand an. ›Ich will einen Hund‹, sagt sie. Ganz plötzlich. Drei Tage hat sie gemault, bis sie mich rum hatte. Wir also ins Tierheim. Und da saß er ganz treudoof im Zwinger. Kroatischer Schäferhund, hat der Typ vom Heim uns erklärt. Größtenteils jedenfalls.«

»Fritz wird dem Baby nichts tun.« Wieder klingt sie entschieden.

»Woher willst du das wissen?«, fragt er.

Sie verschränkt die Arme vor der Brust. »Ich *weiß* es eben. Punkt.«

Ich sage nichts über eifersüchtige Tiere und die Tatsache, dass der Hund ein viel zu großes Maul hat. Auch Stefan Vogel schweigt einen Moment, dann gibt er sich einen Ruck.

»Na, wird schon«, sagt er, beugt sich über den Tisch und nimmt den Schinken in Augenschein. »Das sieht ja lecker aus.«

Ich fordere ihn auf, sich reichlich zu nehmen, teile beiden mit, dass ich kein Fleisch esse, damit sie sich nicht meinetwegen zurückhalten. Stefan Vogel sieht mich mitleidig an, bedient erst seine Frau und dann sich selbst.

Wir reden über das Essen, und als alle Teller gefüllt sind, nehme ich mein Glas in die Hand.

»Wollen wir das mit dem ›Sie‹ nicht mal lassen?«, frage ich.

Beide gucken mich erschrocken an.

»Nur wenn Sie wollen, natürlich«, schiebe ich daher nach.

»Echt?«, fragt Laura Vogel.

Ich zucke mit den Schultern. »Warum denn nicht? Ich meine, wo ihr mich doch andauernd rettet. Erst vor dem Fingerhut. Dann beim Gewitter.«

Stefan Vogel lacht. »Ach, Sie meinen, wo ich Sie schon in Lauras Jogginghosen gesehen habe, was? Äh, wo ich dich ...«

»Genau – dich«, sage ich mit Nachdruck und stoße mit ihnen an.

Der Spargel ist zart. Ich lasse ihn auf der Zunge zergehen und lecke mir die Lippen. Alte Lieder von Tracy Chapman wehen mich aus dem Hintergrund an wie eine laue Brise. Ich kenne die Texte auswendig, habe sie lange nicht gehört und singe sie im Geiste mit. Der Riesling ist fruchtig, der richtige Gefährte für das Frühlingsgemüse. Die Gesellschaft tut gut. Laura fragt mich nach meiner Arbeit und Stefan nach meinem Privatleben. Ich erzähle ihnen von Eleni und unserer Trennung. Sie wollen ein Foto sehen. Ich hole eines aus meinem Portemonnaie, das ich in Bayern aufgenommen habe. Wir hatten den Jahreswechsel bei ihrer Familie in München verbracht und waren anschließend für ein paar Tage in die Alpen gefahren. Einmal gab es Zeit für alles. Wir schwebten mit dem Sessellift über gezuckerte Wälder hinweg, dösten auf den Gipfeln der Berge in der Sonne, hüllten uns in warme Decken und tranken Jagertee. Wir liehen uns Langlaufski und glitten durch wohlpräparierte Loipen, in denen die Schneekristalle glitzerten wie geschliffenes Glas. Wir stolperten auf Schlittschuhen über die Eisbahn und lachten viel. Aus dem Fenster unseres Hotelzimmers sahen wir auf verschneite Hänge, nachdem wir miteinander geschlafen hatten. Wir gingen spazieren und redeten stundenlang. Auf dem Bild lehnt Eleni sich gegen einen Baumstamm. Sie hat den Schal bis unters Kinn gezogen, und ihr schwarzes Haar fällt darüber. Ihr Gesicht ist von der Kälte gerötet. Ich kann sehen, dass sie glücklich ist.

»Hübsch«, sagt Stefan.

»Liebst du sie noch?«, will Laura wissen.

Ich stecke das Foto wieder ein. »Was spielt das für eine Rolle. Sie ist fort.«

»Ruf sie an.« Laura greift nach ihrer Serviette.

»Schick ihr Blumen.« Stefan nimmt sich Kartoffeln nach. »Bei Frauen ziehen Blumen immer.«

»Wenn das so einfach wäre.« Ich lege mein Besteck ab. Wieder sehe ich Elenis Gesicht. Diesmal aber ist es voller Tränen. Sie streichelt meine Hand. Ich will so nicht mehr, sagt sie. Ihre Stimme klingt belegt.

Laura reibt mit der Fingerspitze einen Fleck auf ihrem Glas fort. Heute glänzen ihre Nägel in Terrakotta. »Däumchendrehen bringt jedenfalls nischt. Oder hat sie jemand anders?«

Ich sehe sie erschrocken an. An diese Möglichkeit habe ich noch gar nicht gedacht. Es ist über ein halbes Jahr her, dass Eleni mich verlassen hat. Eine lange Zeit. Tracy Chapman singt *Fast Car* in die plötzliche Stille hinein.

»Tja, also ... Was sagst du eigentlich zu unserem Bundespräsidenten? Geiler Abgang, was?«, fragt Stefan nach einem viel zu langen Moment.

Dankbar sehe ich ihn an und schenke Wein nach. Lauras Apfelschorle ist noch halbvoll. Wir reden über Politik, und ich bin wieder auf sicherem Boden. Gemeinsam ereifern wir uns über die Abwrackprämie und den Wertverfall des Euro, über Dumpinglöhne, Leiharbeit und befristete Arbeitsverträge. Laura erzählt mir die Geschichte ihrer Mutter. Ende vierzig sei sie und Altenpflegerin. Nach einem Bandscheibenvorfall habe man ihren Arbeitsvertrag einfach nicht verlängert. Inzwischen bekomme sie Hartz IV und solle umschulen.

»Auf was denn?« Laura sieht mich verärgert an. »Mutti kann nicht lange sitzen und nicht lange stehen. Sie kann nichts mehr heben und nichts mehr tragen. Aber die Frührente ist abgelehnt worden.«

Stefan schnaubt verächtlich. »Mit unsereins können sie's eben machen. Ihre Mutter ackert wie blöde, und wenn sie kaputt ist, kommen die Lackaffen daher und sagen was von wegen wer arbeitet, soll mehr haben. Nächstes Jahr ist Lauras Bruder mit der Lehre fertig. Und wenn der ausziehen will, was dann?«

Laura nickt. »Gute Frage. Wenn Alex weggeht, kann Mutti in eine Hundehütte ziehen. Ihre Wohnung zahlt ihr dann jedenfalls keiner mehr.«

Sie haben recht. Ich weiß es von meinen alten Kolleginnen und Kollegen aus der Anwaltskanzlei. Ich habe wenig Kontakt zu ihnen, aber wann immer ich mit ihnen spreche, erzählen sie mir von den Fällen, mit denen sie es seit Hartz IV zu tun bekommen haben. Sie reden nicht zufällig davon. Es ist eine Anklage. Mit unserem Ja zu dem Gesetz sind meine alten Freundschaften brüchig geworden.

»Was ist mit deinem Vater?«, frage ich Laura wie in einer Rechtsberatung. Vielleicht gibt es Unterhaltsansprüche.

Sie winkt ab. »Der ist weg, als Mutti mit Alex schwanger war. Und der hat auch nichts.«

Ich versuche es weiter. »Gibt es Rücklagen?«

»Du meinst *Schooooonvermögen?«* Stefan lacht und sieht mich an, als wäre ich nicht ganz bei Verstand.

Lauras Mutter hat kaum eine Chance auf eine Umschulung oder auf ein eigenes Einkommen. Wenn sie chronisch krank ist, wird sie nicht einmal mit einem Ein-Euro-Job die mageren Einkünfte aufbessern können. Die Rentenansprüche werden stagnieren. Der Weg in die Grundsicherung ist nicht zu vermeiden. Gut möglich, dass sie eines Tages umziehen muss. Wahrscheinlich. Aber das sage ich nicht. Mir fallen die üblichen Beschwichtigungen ein, all die Plattitüden, derer ich mich viel zu oft bedient habe, wenn jemand mir seine Sorgen anvertraut hat. Sie immer wieder vor die Wahrheit zu schieben hat mich ausgelaugt. Trotzdem rette ich mich mit ihrer Hilfe auf gewohntes Terrain.

»Es gibt Härtefallregeln«, sage ich. »Und meine Partei ist wirklich bemüht, bei Hartz IV nachzubessern.«

»Deine Partei hat uns die Scheiße eingebrockt.« Stefan spießt das letzte Stück Spargel auf seine Gabel.

Laura knüllt ihre Serviette zusammen und wirft sie auf den leeren Teller. »Mutti hat abgenommen. Sie lässt das Mittagessen aus. Alex hat es mir gesteckt.«

Mein Blick fällt auf die Schinkenplatte, auf der nur noch eine Scheibe liegt. Ich getraue mich nicht, in die Küche zu gehen, um sie aufzufüllen.

»Toll, was? Laura will ihr was von unserem Gemüse bringen, damit sie besser zurechtkommt«, sagt Stefan und schüttelt den Kopf. »Nee, nee, lass mich in Ruhe mit Politik.«

Laura nickt. »Genau. Ich geh jedenfalls nicht mehr wählen. Das hab ich mir geschworen.«

Wie oft habe ich das an den Straßenständen gehört? Die größte Fraktion sitzt am Wahltag zu Hause. Meine Antwort kommt wie ein Reflex. »Nicht zu wählen ist auch keine Lösung. Das nützt nur den Rechten.«

Laura zuckt zusammen. Und sie mustert Stefan, der Messer und Gabel auf den Teller fallen lässt.

»Ich glaube, ich muss mal eine rauchen«, sagt er, fingert in seiner Hemdtasche und zieht ein Päckchen Pall Mall hervor. Er lächelt gequält, bevor er aufsteht und nach draußen geht.

»Habe ich was Falsches gesagt?«, frage ich Laura und stelle das Geschirr zusammen.

Sie rutscht auf dem Stuhl herum und dreht ihr Haar zwischen den Fingern. »Nee, nee.«

»Aber er war auf einmal so komisch. Und du auch.«

»Echt? Ach was, das kommt dir nur so vor.«

»Das glaube ich nicht. Jetzt sag doch mal.«

Sie seufzt. »Ein blödes Thema. Die Rechten, meine ich.«

»Warum?«

»Er hat da früher mal Mist gebaut.«

»Inwiefern?« Ich runzle die Stirn.

»War alles bloß wegen der Kneipe.«

»Ich verstehe nicht. Wovon redest du?«

»Na, von Stefan. Von seinen Eltern. Die haben eine Kneipe in Prenzlau, und da haben diese Typen dauernd rumgehangen. Die haben ihn da reingezogen.«

Eine dunkle Ahnung streift mich. »Was denn für Typen?«

Laura umklammert die Armlehnen ihres Stuhles. »Na, Skins eben. Glatzen. Die haben ihm gesagt, wenn er nicht mitmacht, kommt er auch auf ihre Liste.«

»Mitmacht wobei?«

Laura sieht mich flehentlich an. »Er hat nur Schmiere gestanden. Das haben die beim Gericht auch gesagt.«

»Beim Gericht?«

Sie nickt. »Er war doch erst sechzehn.«

Die CD ist zu Ende. Ich will nicht fragen, aber ich muss. »Bei was hat er denn Schmiere gestanden?«

»Es ist gar nicht viel passiert.«

»Jetzt sag es mir schon.«

Sie flüstert. »Also, diese Fitsch... Ich meine, diese Vietnamesen. Die haben in seiner Gegend Zigaretten vertickt. Und die Typen aus der Kneipe haben immer so geredet. Von wegen raus aus Deutschland und so. Stefan hat es mir erzählt. Ich kannte ihn damals ja noch nicht. Hätte ich ihn schon gekannt, wäre das bestimmt auch gar nicht passiert.«

Mir wird kalt. »Weiter.«

»Na ja, irgendwann kamen die dann drauf, dass sie ... Sollte wohl irgendwie eine Abreibung sein. Stefan hatte eigentlich gar nichts gegen die. Er hat bei denen sogar manchmal seine Kippen gekauft. Aber die Glatzen haben nicht lockergelassen.

Haben ihn besoffen gemacht, damit er mitmacht bei der Schlägerei. Und sein Vater hat gesagt, er soll mal zeigen, dass er ein Mann ...«

Stefan kommt zurück, bleibt aber mitten im Wohnzimmer stehen. »Wovon redet ihr?« Er ist leichenblass.

Laura wendet sich von mir zu ihm. »Stefan, sie wollte es eben wissen.«

»Aha«, murmelt er und sieht mich betreten an.

Als freundlicher junger Mann ist er nach draußen gegangen, um zu rauchen. Als unberechenbarer Fremder ist er zurückgekommen. Sein Blick verrät mir, dass er wartet. Dass er erwartet. Nicht so schlimm, soll ich sagen. Bloß eine Jugendsünde. Um des gemütlichen Abends willen soll ich mit dem Schwamm drüberwischen. Doch der Ausdruck auf seinem Gesicht wird zur hässlichen Fratze für mich. Ich nehme die gestapelten Teller und erhebe mich. »Also, das muss ich erst mal verdauen.«

Ich fliehe in die Küche, stelle das Geschirr in die Spüle und halte mich mit beiden Händen an der Arbeitsplatte fest. Schon wieder hat jemand mich kalt erwischt. Wen habe ich da in Fraukes Haus gelassen? Wem habe ich das Du angeboten? Wem habe ich von Eleni erzählt? Ich umfasse mich selbst und reibe mit den Händen meine Arme. Da ziehe ich mich aufs Land zurück, um Ruhe zu finden, und finde braune Brut. Ein paar Sätze nur, und meine Zuflucht ist nicht mehr, was sie war.

»Möchtest du, dass wir gehen?«

Ich drehe mich um. Laura steht im Türrahmen mit zwei Schüsseln in der Hand. Ich denke an die Nachspeise. Zitroneneis mit Schokoladenraspeln, als ob nichts gewesen wäre. Das ist unmöglich.

»Ich weiß nicht«, stammle ich. »Vielleicht wäre es besser. Das war jetzt doch ziemlich viel.«

Laura stellt die Schüsseln ab. »Willst du nicht wissen, wie die Geschichte ausgegangen ist?«

Ich seufze. So viele haben mir ihre Geschichten erzählt. Sie sagten, sie würden mir vertrauen. Und zur Belohnung redeten sie und redeten, und ich erfuhr Dinge, die ich gar nicht wissen wollte. Manche Leute verwechseln die Bereitschaft zu verstehen mit der Erlaubnis, über Grenzen zu gehen. So wie die Attentäterin. Dörte hat sie davongejagt. Dörte ist unverletzt geblieben. Und ich habe mit dem Tode gerungen. »Ich glaube, ich habe schon mehr als genug gehört«, antworte ich.

»Aber er hat doch hinterher ...«

Energisch hebe ich die Hände, um Laura zu stoppen. Wir hätten über ihren Gemüsegarten sprechen sollen oder über den Ausbau ihres Hauses, aber dafür ist es jetzt zu spät. Ich will meinen Frieden zurück, aber die Bedrohung ist nicht nur in Berlin. Sie ist überall. Was passiert um mich herum? Wem kann ich trauen? Stefan ist in Fraukes Wohnzimmer. Was tut er dort? Ich habe bei Gewitter mit ihm im Dunkeln gesessen. Er hat mir sein bestes Boot gegeben. Er hat Vietnamesen verprügelt. Oder immerhin dabei geholfen. Mir fällt die Deutschlandfahne an seinem Moped ein. Sein kurzes Haar. Die Armeehosen. Mir wird übel. Ich muss die beiden schnell loswerden, wenn ich mir keine Blöße geben will.

»Bitte, Laura«, sage ich so ruhig, wie ich kann. »Ein andermal vielleicht.«

»Was glaubst du, warum wir aus Prenzlau weggezogen sind? Stefan hatte Arbeit da und ich auch. Aber es ging nicht mehr.«

»Bei mir geht auch gerade nichts mehr. Ich glaube, ich muss jetzt wirklich alleine sein.«

Stefan tritt in die Küche und fasst Laura am Arm. »Komm, lass uns abhauen«, grummelt er. »Die Party ist vorbei.«

Laura folgt ihm wortlos, aber als sie schon im Flur sind, kommt sie noch einmal zurück. Ihre Augen funkeln wütend.

»Spargel, ja, und Wein! Aber mal zuhören ist nicht!«

»Komm, komm«, sagt Stefan und zieht sie weiter. Die Haustür fällt ins Schloss. Ich bleibe allein in der Küche zurück und blicke ihnen durchs Fenster nach. Sie gehen nicht wie sonst durch den Garten nach Hause, sondern außen herum über die Straße. Der Hund rennt ihnen entgegen. Er bellt und springt an Laura hoch, aber sie stößt ihn weg. Fritz. Ein deutscher Name. Ich schließe die Augen und sehne mich sehr weit weg.

8

Die Haustür ist abgeschlossen, die Vorhänge sind zugezogen, und das Rollo im Schlafzimmer ist heruntergelassen. Ich lebe mit künstlichem Licht, sehe nicht das Erblühen der Pflanzen, die ich selbst in den Garten gesetzt habe. Auch die hellen Abende habe ich ausgesperrt. Es ist eine Verschwendung. Und es ist gegen die Vernunft. Ich habe nichts gegessen als ein paar überreife Erdbeeren, altes Brot und Zitroneneis. An Frauke habe ich eine SMS geschickt. *Sorge Dich nicht. Ich gehe nicht ans Telefon. Melde mich irgendwann. LG Martina*. Die 160 Zeichen habe ich nicht ausgeschöpft.

Das Radio ist stumm. Keine Musik. Keine Nachrichten. Auch keine Zeitung. Das Notebook liegt geschlossen unten im Wohnzimmer, auf dem Deckel wird sich eine Staubschicht gebildet haben. Vier Tage sind es jetzt. Und vier Nächte, in denen ich kaum geschlafen habe. Die fünfte bricht an und sie ist kalt. Ich sitze mit angezogenen Beinen gegen die Wand gelehnt im Bett und ziehe das lange T-Shirt, das ich trage, über die nackten Knie. Das Tagebuch liegt neben mir, die Leselampe wirft einen matten Schein auf das cremefarbene Leder. Keine Zeile habe ich geschrieben. Ich möchte meine Handfläche auf eine der leeren Seiten drücken. Vielleicht könnte das Tagebuch auf wundersame Weise mein Schicksal aus den Linien darin lesen wie eine Wahrsagerin. Vergangenheit, Gegenwart und vor allem die Zukunft. Dann wäre ich geschützt vor den plötzlichen Wendungen und ihrer Gefahr, die so viel Kraft kostet. Wenn ich aus meinem Auto steige, ohne das Licht ausgeschaltet zu haben, ertönt ein Warnsignal. Der kleine Wagen schützt sich selbst vor einer leeren Batterie. Ich dagegen vermag das nicht. Es hat keinen Sinn, den Zündschlüssel meines Schlosses herumzudrehen. Die Anzeige steht auf null. Und meine Wange brennt wie nach einem Schlag. Ich reibe das Prickeln mit den Fingerspitzen fort. Die Haut spannt, und Tränen schießen mir in die Augen. Als ich sie schließe, habe kein T-Shirt mehr an, sondern Mantel und Handschuhe.

Regine läuft neben mir her. Sie trägt einen orangefarbenen Anorak und eine rote Mütze, die unsere Mutter für sie gestrickt hat. Wir sind beide noch müde, doch es hat geschneit in der Silvesternacht, und der frische Schnee treibt uns noch vor dem Frühstück hinaus in den Park, der gleich hinter unserer Siedlung beginnt. Regine übt das kleine Einmaleins. Vier, acht, zwölf, sechzehn, zwanzig, vierundzwanzig ... Die Luft ist klar, eine fahle Sonne lässt die Kristalle glitzern. Es knirscht unter unseren Füßen. Wir stapfen eine erste Spur in die unberührte weiße Wüste, die über der Wiese liegt. Regine ist bei vierzig angelangt und setzt von Neuem an. Fünf, zehn, fünfzehn ...

»Das geht ja schon gut«, sage ich, zerre sie unter eine Birke und rüttele an den Ästen. Dicke Fladen klatschen auf sie herunter. Sie quietscht vergnügt und schüttelt sich.

»Komm, wir bauen einen Schneemann«, sagt sie.

Wir rollen die Winterpracht zu zwei Kugeln und stapeln sie übereinander. Schnell finde ich eine Stöckchennase. Regine bringt mir einen flachen Stein als erstes Auge. Ich drücke es an, dann suchen wir gemeinsam ein zweites. Sie ist mit der Sechs schon fast fertig. »... achtundvierzig, zweiundfünfzig ...«

»Vierundfünfzig«, verbessere ich sie, während ich mit dem Stiefel den Schnee fortschiebe und meinen Blick über den Boden schweifen lasse.

Auch ich lerne in der Schule. »Bruder Jacob, Bruder Jacob, schläfst du noch, schläfst du noch?«, singe ich leise vor mich hin. Es ist gar nicht so einfach, etwas Passendes zu finden, aber als ich schließlich ein guterhaltenes Kastanienblatt entdecke, reiße ich ein Stück davon ab und setze es dem Schneemann ins Gesicht.

»Hörst du nicht die Glocken, hörst du nicht die Glocken?«

Das restliche Blatt rolle ich zusammen und forme einen lächelnden Mund. Zufrieden betrachte ich das fröhliche Gesicht. Jetzt fehlt noch so etwas wie ein Besen. Ich gehe ins Unterholz und verliere mich an das Graben nach einem passenden Ast, ziehe die Handschuhe aus, damit sie nicht schmutzig werden, und nehme die Finger zu Hilfe. Sie sind eiskalt, aber mir ist ganz warm und wohlig bei meinem Tun. Ein Neujahrstag wie aus dem Bilderbuch. Einsam ist es im Park so früh am Morgen, ganz ruhig nach dem Trubel der vergangenen Nacht. Nur mein eigenes Lied schwebt in der windstillen Luft.

»Ding ding dong, ding ding dong.« Jetzt wäre die zweite Stimme mit dem Läuten an der Reihe, aber meine Schwester kennt den Text nicht. Auch das Einmaleins ist verstummt. Kein Kanon, keine Zahlen. Ich blicke mich nach Regine um und sehe sie nicht, aber dann höre ich ihre Stimme.

»He, komm her, lass uns schlittern!«, ruft sie vom Teich zu mir herüber. »Ich habe uns eine Bahn gemacht!«

Nun höre ich die Glocken, ganz laut dröhnen sie in meinen Ohren. »Regine, nicht! Komm da runter!« Ich eile zum Ufer, aber ich weiß, was kommen wird, bevor es geschieht.

»... fünfunddreißig, zweiundvierzig, neunundvierzig ...« Sie rutscht über das blanke Eis, rudert mit den Armen, um das Gleichgewicht zu halten.

Und dann bricht sie ein.

Der Teich ist viel zu tief für eine Achtjährige. Regine schreit und greift um sich, aber sie findet keinen Halt. Ich will ihr helfen, aber schon beim ersten Schritt vom Ufer weg knackt es unter meinen Füßen. Tränen laufen mir über die Wangen. Mit verschwommenem Blick sehe ich eine rote Mütze, die auf dem Wasser treibt. Ich schaue mich um, aber nirgends ist jemand zu sehen.

Regine kommt wieder hoch. Sie prustet. Sie japst.

»Paddel weiter«, rufe ich ihr zu. »Halte durch! Ich hole Hilfe.« Dann renne ich los.

Ein Loch in der Eisdecke des Teiches und auch in meinem Gedächtnis. Dahinter kniet mein Vater auf dem Boden und drückt seine Hände immer wieder auf den orangefarbenen Anorak, wie ich es schon einmal in einem Film gesehen habe. Er zählt dabei. Ab und zu küsst er Regine auf merkwürdige Weise. Meine Mutter steht neben ihm. Sie sagt kein Wort und rührt sich nicht. Erst als meine Schwester hustet und spuckt, schlägt sie die Hände vors Gesicht. Mein Vater schließt Regine in die Arme und küsst sie wieder so wie immer. Die Tränen auf meinem Gesicht sind gefroren. Durch das Rauschen in meinen Ohren hindurch höre ich die Sirene eines Rettungswagens. Ihr Ton wird lauter.

Als die Sanitäter Regine auf eine Trage legen, kommt mein

Vater zu mir. Sein Blick ist kälter als der Schnee. »Wie konntest du sie aus den Augen lassen!«, schimpft er. Und dann brennt es auf der Wange. Und in der Brust.

Die Wand in meinem Rücken drückt mich. Ich stehe auf und gehe barfuß ans Fenster, möchte hinaussehen, aber etwas hindert mich, das Rollo hochzuziehen. So schiebe ich seinen Rand ein wenig zur Seite und blinzele durch den Spalt in die Nacht. Die Straßenlaterne wirft einen Kegel auf den Asphalt, der feucht glänzt. In keinem der Häuser des Dorfes brennt Licht. Ich lasse das Rollo wieder los, wende mich dem Zimmer zu und lehne mich gegen die Fensterbank.

Regine erholte sich, aber ich nicht. War es meine Schuld? Eine Frage, die ich wie den Schlitten durch den Park hinter mir herzog, in einem großen Bogen um den Teich herum und um den Schneemann, den ich von weitem sah, aufrecht erst, dann in sich zusammensackend. Schließlich war er fort. Meine Mutter warf den Anorak weg und sogar die selbstgestrickte Mütze. Beides landete nicht wie üblich in der Altkleidersammlung, sondern im Müll. Mein Vater sprach nicht mehr über den Vorfall. Regine wurde wieder gesund. Sie erzählte mir von eisigem Wasser und von hellem Licht, das die Angst vertrieben hatte. Ich wollte ihr nicht zuhören. Als der Frühling kam, stieg ich aufs Fahrrad und mied ihre Nähe. Ich drehte allein meine Runden um den Block, nur Bruder Jacob war bei mir. Er saß auf dem Gepäckträger und wollte sich nicht abschütteln lassen. Ein gedankenverlorener Augenblick hatte meine Schwester beinahe das Leben gekostet. Ich lernte, dass Unachtsamkeit ein Luxus war, den es zu vermeiden galt. Eine tonnenschwere Lektion.

Allmählich nur kam die Zuversicht zurück, doch das Vertrauen blieb brüchig wie das Eis auf dem Teich in jenem Winter. Die Jahre begruben die Erinnerung. Sie schien bedeutungslos geworden zu sein. Regine lebte längst an einem Ort, an dem es keinen Winter gab. Und ich habe in der Kanzlei vielen geholfen, denen das Wasser bis zum Hals stand. *Aus Schaden wird man klug*, und so passte ich auf – im Gerichtssaal, in den Kommunalausschüssen und im Bundestag. Politik hieß vorhersehen. Welche Maßnahme bewirkte welches Resultat? Das Gestalten versetzte mich in einen Zustand der Ruhe, doch der Blick in den Spiegel zeigte Sorgenfalten, die sich viel zu tief in die Stirn gegraben hatten. Und Bruder Jacob hatte mich nicht vergessen. Er kam noch einmal vorbei. Ich gehe zurück zum Bett und setze mich auf die Kante.

Dörte Obermeier begrüßt mich am Tisch unserer Partei neben dem Eingang des Saales, in dem etwa sechzig Stühle in Reihen vor einer Bühne aufgestellt sind. Wir sehen uns zum ersten Mal, seit die Bundestagsfraktion sie als Assistentin für Öffentlichkeitsarbeit eingestellt hat. Mir fallen die blonden Strähnen auf, die ihr brünettes Haar durchziehen. Die verwaschenen Jeans des Praktikums hat sie gegen einen Hosenanzug eingetauscht, der beige ist und glatt und passgenau. Der Rand eines weißen T-Shirts lugt am Dekolleté über die geschlossene Jacke hinweg. In den Ohren blitzen Bernsteinstecker, und um die Augen hat sie Kajal in feiner Linie gezogen. Sie lächelt triumphierend, als sie mir die Hand gibt, und ich denke an Anthony Owusu. Er muss eng mit ihr zusammenarbeiten, und das passt ihm ganz und gar nicht. Ich weiß, dass er sich nach einer anderen Arbeit umsieht. Dörte ist Journalistin. Gut möglich, dass sie seine Stelle bekommt, wenn er uns verlässt. Und sie vergisst nicht, wem sie ihre Einstellung zu verdanken hat. Sie revanchiert sich für Hendriks Fürsprache, indem sie dafür sorgt, dass sein Foto bei keiner unserer Veröffentlichungen fehlt.

Sein Bekanntheitsgrad steigt von Woche zu Woche. Wie mag es erst werden, wenn Anthony wirklich geht?

»Da kommt ja wieder diese Verrückte«, sagt sie, während sie Informationsblätter und Broschüren auf dem Tisch auslegt. »Hoffentlich quasselt die nicht andauernd dazwischen.«

Die fremde Frau sieht stur geradeaus, als sie an uns vorbeigeht. Ihr Mantel ist am Saum ausgefranst, der Rock weist dunkle Flecken auf und reicht bis an den Schaft ihrer Stiefel, deren Absätze abgelaufen sind. Der Geruch, der sie umgibt, verrät mir, dass sie weder sich noch ihre Kleidung in letzter Zeit gewaschen hat. Sie ist unser erster Gast und setzt sich ganz nach vorn, direkt vor das erhöhte Podium. Regungslos kauert sie auf ihrem Stuhl und hält die Handtasche auf ihrem Schoß mit beiden Händen umschlossen. Als wäre schon etwas zu sehen, blickt sie dorthin, wo die Tische mit den Namensschildern stehen und Mikrofone darauf warten, eingeschaltet zu werden.

Dörte stöhnt. »Das fängt ja gut an«, sagt sie und verzieht das Gesicht zu einer angewiderten Grimasse.

»Lass doch.« Ich bin erleichtert, dass die Frau mich nicht angepöbelt hat wie damals am Wahlkampfstand. Soll sie doch zuhören. Soll sie doch in einem gutgeheizten Raum sein können für anderthalb Stunden. Ich erinnere mich an ihre Klagen in meinem Büro. Ein kaltes Zimmer. Verzogene Fenster. Schimmel an den Tapeten.

»Niemand wird sich neben sie setzen und auch nicht dahinter. Da kannst du gleich zehn Plätze rausrechnen.«

»Mensch, Dörte, hast du mal auf das Thema geguckt? *Armes Deutschland: Droht das Ende der solidarischen Gesellschaft?* Da kommen doch sowieso keine sechzig Leute.«

»Das vielleicht nicht, aber der RBB will Ausschnitte in den Spätnachrichten zeigen. Da macht es sich nicht gut, wenn in der ersten Reihe leere Stühle zu sehen sind.«

»Wieso? Die filmen doch das Podium und nicht das Publikum.«

»Trotzdem. Es gibt immer einen Schwenk.«

Ich zucke mit den Schultern und lasse Dörte allein am Saaleingang zurück. Die anderen Podiumsgäste treffen ein, und der Saal füllt sich. Ich muss mich für einen Augenblick zurückziehen, um meine Notizen noch einmal durchzugehen. So ein Abend macht mich noch immer nervös. Es ist nicht mehr das unerträgliche Lampenfieber der ersten Jahre im Parlament, in denen ich fürchtete, ein Blackout könnte mich heimsuchen, meine Stimme versagen oder die Schrift auf meinen Notizen vor meinen Augen verschwimmen. Inzwischen ist es die Anspannung des Politprofis, der sich darauf konzentriert, seine Statements unterzubringen. Klare Worte. Argumente, die gehört werden. Das Wichtigste zuerst. Ich sortiere die Blätter mit den statistischen Daten, mit denen ich meine Beiträge unterfüttern will. Und ich gehe noch einmal in den Waschraum, um zu prüfen, ob die Bluse richtig sitzt und das Haar gut liegt. Dann betrete ich das Podium.

Das Paradies ist nicht im Himmel, sondern in den Augenblicken, in denen wir kein Unheil erwarten. Wir wandeln darin an einem Morgen, an dem wir in den Armen der Geliebten erwachen, die noch schläft, deren Atem ruhig und gleichmäßig an unserer Schulter kitzelt. Manchmal lässt es sich ahnen, wenn wir an einem Fluss im Gras sitzen, mit Blick auf einen Schleppkahn, der gleichmäßig tuckernd vorüberzieht und Wellen gegen das Ufer treibt. Es berührt uns, wenn die Sonne auf unser Gesicht scheint und neben uns jemand lacht. Oder schweigt. Das Paradies ist nicht dort, wo es laut ist. Es sickert still in unsere Poren wie Honig in den Teig einer Scheibe Toast, und wenn es eingedrungen ist, fühlt es sich an wie stehengebliebene Zeit; Sekunden voller Kraft für ein ganzes Leben, für den schrecklichen Moment, der immer kommt. *Süß ist der Apfel, hart ist der Fall.*

Die Diskussion ist zu Ende. Der Moderator verabschiedet sich, die Sozialstaatsexpertin der Konservativen verstaut einen Stapel Papiere in ihrem Aktenkoffer. Ich bin zufrieden, habe ich doch meine Ansichten einbringen können. An der Wahrung des Solidaritätsprinzips müssen sich alle beteiligen. Nicht nur die abhängig Beschäftigten sollen für das Funktionieren des Gesundheitssystems bezahlen. Auch Selbständige, Beamte und Vermögende, die von ihren Kapitaleinkünften leben, müssen durch eine Reform der sozialen Sicherung in die Pflicht genommen werden. Steuerfinanzierung heißt das Zauberwort. Ich habe auf diesen Punkten beharrt und viel Zuspruch aus dem Publikum erhalten. Um Hartz IV ging es nicht an diesem Abend, und so habe ich die Frau in der ersten Reihe längst vergessen. Erst als ich vom Podium steigen will und sie auf mich zukommt, erinnere ich mich wieder an ihre Anwesenheit. Aber da ist es schon zu spät. Sie hält das Messer in der linken Hand.

Die Armbanduhr liegt neben meinem Bett. Es ist kurz vor zwei. Ich sollte mich hinlegen, aber ich spüre, dass die Panik lauert. Vielleicht sollte ich das Pfefferspray in die Hand nehmen, bevor ich die Augen schließe. Kann man der Angst ins Gesicht sprühen?

Kommen Sie ruhig rüber, wenn was ist. Stefan hat mich eingeladen, bei ihm und Laura Schutz zu suchen. *Wir sind ja da*, hat er gesagt. Was eine beruhigende Vorstellung war, ist zur Drohung geraten. Er hat Schmiere gestanden. *Nur*, sagt Laura. Er hat aufgepasst, dass die Schläger nicht erwischt werden. Ich sehe ihn an einer Straßenecke stehen mit seinen Armeehosen und dem Flaum im Gesicht, bereit, seine Freunde vor der Polizei zu warnen, während diese ihre Opfer schlagen und treten. Sicher sind sie in der Überzahl. Brüllen sie faschistische Parolen? Oder prügeln sie heimlich wie ein Rollkommando in der Diktatur? Ist es Tag oder Nacht? Hat jemand sie von einem Fenster aus beobachtet und die Vorhänge zugezogen? Oder doch hingesehen? Schließlich hat man sie trotz Stefans Wache erwischt, sonst wären sie nicht angeklagt worden. Ich habe die Bilder vor Augen. Halbstarke Kerle, die auf dem Weg in den Gerichtssaal ihre Bomberjacken über die Köpfe ziehen. Sie kennen ihre Rechte. Ihre Gesichter zeigen sie nicht, aber sie recken die Hände nach oben, verändern den verbotenen Gruß nur um Nuancen.

Wir sind ja da.

Ich habe Plätze besetzt, damit die Faschisten dort nicht aufmarschieren konnten. Ich habe Vorträge über Neonazismus organisiert und in Schulen dafür geworben, dass Zehntklässler im Geschichtsunterricht die Gedenkstätten der Konzentrationslager besuchen. In diesen Momenten war ich eins mit meiner Arbeit, und kein Hendrik dieser Welt konnte mir den Blick auf ihren Sinn verstellen. Die Partei setzt sich für politische Bildung ein. Es gibt keine ewig Gestrigen mehr, es sind die potenziell Morgigen, die es aufzuhalten gilt. Sie sind nicht nur in Ostdeutschland. Sie sind auch in Holland und in Dänemark, in Frankreich, in Ungarn und in Polen. Junge Männer mit einer Mission lauern in Volkssportgruppen, auf Internetseiten und in den Fankurven der Fußballstadien. Es sind nicht genug, um die Demokratie zu gefährden. Aber sie schießen wie Pilze aus dem Boden im feuchten Klima von Filz und Korruption. Immer mehr Parteien haben immer weniger zu sagen. Immer mehr Menschen verdienen nicht, was ihnen zusteht. Wo die Reden der Verantwortlichen in der Politik beliebig werden, hören die Leute den markigen Worten der Volksverhetzer zu. Sie werden einverstanden sein oder wenigstens stillhalten für ein Versprechen auf bessere Zeiten. Sie alle könnten Schmiere stehen, das haben sie schon einmal getan. Wieder brennt meine Wange. *Wie konntest du sie aus den Augen lassen?*

Ich lege mich auf den Bauch und ziehe die Bettdecke über mich. Es ist ungemütlich geworden in Fraukes Haus. Ich weiß nicht, ob der Phlox seine Knospen schon geöffnet hat, und will nicht nachsehen. Kein Buch vermag das Horchen zu beenden. Keine Geschichte lockt mich in eine andere Wirklichkeit. Meine Vorräte sind aufgebraucht, und das Wochenende steht vor der Tür.

Die Ruhe ist nicht im Dorf und nicht in der Stadt, sondern in mir selbst. Oder eben nicht. Die Übungen aus der Reha-Klinik kommen mir in den Sinn. Ich drehe mich auf den Rücken, lege die Hände auf meinen Bauch und atme. Ein – aus. Ein – aus. Von der Schädeldecke bis in den Nabel. Ein – aus. Ein – aus. Ich lasse meine Lider sinken, aber die Spannung in den Muskeln bleibt. Ein – aus. Ein – aus. Warum kann ich nicht fühlen, was ich weiß? Niemand wird mir ein Leid zufügen in dieser Nacht, die schon beinahe zu Ende ist.

Es war Regine, die im Teich einbrach, aber gleich nachdem sie heimkam aus dem Krankenhaus, schlief sie wieder tief und fest. Ich war es, die wach lag, und als ich ihr nicht mehr aus dem Weg gegangen bin, habe ich sie gefragt, wie sie es schaffte, das eisige Wasser zu vergessen, das vergebliche Schnappen nach Luft und das Rufen. Sie zuckte mit den Schultern. Sie habe es ja nicht vergessen, sagte sie, aber sie habe dem Morgen einen Namen gegeben und sich mit ihm angefreundet. Immer wenn er sich ungebeten meldete, schickte sie ihn fort. Jetzt nicht, mein kalter Abenteuermorgen, sagte sie zu ihm. Ich muss schlafen. Oder essen. Oder lernen. Es war ein Trick, und sie vertraute sich mir auch später an, wenn sie ihn benutzte. Sie verhandelte mit dem Grafen Dracula, als er auf dem Bildschirm aus seinem Sarg stieg. Sie stellte sich vor, wie sie seine langen Zähne befühlte und ihn zurechtwies. Mich beißt du aber nicht. Der Vampir ließ sie in Frieden wie auch der Schmerz nach der Mandeloperation und der Liebeskummer. Aus Jürgen, ihrem ersten Freund, wurde Jürgen, der Doofkopp, als er eine andere küsste. Regine tat sich leicht damit, das Vergangene hinter sich zu lassen. Sie verpasste einem jeden Ereignis ein Etikett. Und ging weiter.

Ein – aus. Ein – aus. Jetzt sieht meine Schwester mich freundlich an. Ich kann fühlen, was sie denkt. Vielleicht habe ich wirklich zu viele namenlose Gestalten um mich herum. Es ist ein ganzer Verein feindlicher Gespenster, meine persönliche Gruseltruppe, und ich lasse es zu, dass sie mir auf dem Kopf herumtanzt. Ein – aus, ein – aus. Jetzt ist Schluss mit dem Spuk, bestimme ich endlich. Und gleite in den Schlaf.

9

Ein dumpfes Brummen lässt die Fensterflügel vibrieren und weckt mich auf. Langsam öffne ich die Augen und blicke hoch zur Deckenlampe, die ich in der Nacht nicht ausgeschaltet habe. Das künstliche Licht ist nicht mehr nötig. Der Tag schimmert durch den Stoff des Rollos, und auch das Geräusch kommt von draußen. Ich habe Durst. Das Glas, das neben meinem Bett steht, ist leer, und so nehme ich es auf, schiebe die Decke zur Seite und gehe in Slip und T-Shirt nach unten. Durch das Küchenfenster, das sich nicht abdunkeln lässt, sehe ich einen vollbesetzten Reisebus, der mit laufendem Motor im Rückstau der Eisenbahnschranke steht. Nebenan schwingt sich Stefan gerade auf sein Moped; diesmal trägt er einen Helm. Fritz liegt vor dem Haus in der Sonne. Laura ist nirgends zu sehen.

Das Telefon im Wohnzimmer läutet, und ich zucke zusammen. Der schrille Ton beendet meine selbstgewählte Stille. Niemand außer Frauke ruft mich über den Festnetzanschluss hier an. Sie wird wissen, dass ich nicht abheben will. Ich drehe den Wasserhahn auf, fülle mein Glas und trinke ein paar Schlucke. Es läutet weiter. Ich bleibe bei der Spüle stehen und benetze mein Gesicht. Das Telefon will nicht schweigen. Frauke schreit nach mir und wird so leicht nicht aufgeben. Ich stelle das Wasser wieder ab. Draußen kommt die Autoschlange langsam in Bewegung, auch der Bus fährt an. Ich gehe ins Wohnzimmer, in dem die Vorhänge zugezogen sind, und setze mich auf die Couch. Frauke ist ein Dickkopf, aber irgendwann muss sie genug haben. Ich will keine Fragen. Und ich will nicht erzählen, was ich über ihre Nachbarn erfahren habe. Das Läuten wird durchdringender. Es tritt an mich heran, rüttelt mich, lässt nicht locker und versucht wieder und wieder mich umzustimmen, ganz so wie eine Verkäuferin auf dem Basar, die mir ihre Spitzendeckchen unter die Nase hält, obwohl ich unentwegt den Kopf schüttele. Woher weiß Frauke, dass ich zu Hause bin? Ich stehe auf und trotte zum Apparat, der im Bücherregal steht. Als ich die Hand um den altmodischen Hörer lege, räuspere ich mich und atme tief durch.

»Ja?«, brumme ich ärgerlich. Meine Stimme klingt fremd. Ich habe sie lange nicht benutzt.

»Na endlich!«, sagt Frauke ohne Begrüßung. »Was ist denn bei dir los?« Ihr Tonfall verrät nicht, ob sie besorgt ist oder vorwurfsvoll.

»Ach, nichts. Ich brauche eben eine Sendepause.«

»Du hast seit Monaten eine Sendepause!«

Ich seufze. »Wie spät ist es eigentlich?«

»Viertel nach neun. Habe ich dich geweckt?«

»Nein, nein.«

»Aber du hörst dich so gereizt an.«

»Ist das ein Wunder? Was gibt es denn so Dringendes?«

»Also bitte, seit Tagen kein Piep von dir, und auf meine Mails antwortest du auch nicht. Ich habe dir die endgültige Fassung unseres Antrags geschickt. Er ist jetzt mit allen abgesprochen, die mitziehen. Montag steigt der Ballon.«

Ich muss schmunzeln, und mein Ärger verfliegt. Frauke sprüht vor Energie. Jetzt ist sie in ihrem Element. Sie scheut den Konflikt nicht, sondern sucht ihn förmlich, wärmt sich an den Funken, die fliegen. Und sie vergisst darüber alles andere. Ich werde keine Fragen mehr abwehren müssen. Es brennt ihr unter den Nägeln, mich in ihre Aktion einzuweihen, und daneben hat nichts anderes Platz.

»Okay, ich bin gespannt«, sage ich und nehme mir vor, in meine E-Mails zu schauen.

»Das darfst du auch sein. Und außerdem solltest du nächste Woche die Nachrichten verfolgen. Ich habe für übermorgen eine Pressekonferenz angesetzt, damit die Sache nicht parteiintern untergeht.«

»Aha, das wird dann wohl ein Tropfen Wasser in den Wein der guten Umfragewerte, was?«

»Ein Tropfen? Na, hör mal! Meinst du, ich lege mich hier wochenlang krumm für einen Tropfen?«

»Nein, ganz sicher nicht«, antworte ich ironisch. »Und – hat Hendrik schon Wind von dem Antrag bekommen?«

»Ach, Hendrik. Ich glaube, der ist gerade ziemlich beschäftigt damit, seine alte Liebe wieder anzubaggern. Ziemlich erfolglos, nehme ich an. Seine Laune ist jedenfalls miserabel.

Trotzdem ist Dörti davon gar nicht begeistert, das kannst du dir ja vorstellen.«

»Allerdings. Ich dachte, sie hätte ihn längst an der Angel.«

»Na ja, sie würde wohl gerne, aber ich glaube, er kommt von seiner Ex nicht los. Aber Dörti tröstet sich gerade mit so einem Schnösel von den Liberalen.«

»Verstehe. Für Klatsch und Tratsch ist also gesorgt.«

»Natürlich. Alles wie immer.« Frauke lacht.

»Was gibt es sonst in Berlin?« Meine Frage ist mehr als nur Höflichkeit. Ich muss wissen, was mich erwartet, wenn ich zurückkomme. Es wird still am anderen Ende der Leitung.

»Frauke, bist du noch dran?«

»Ja, klar.«

»Also?«

»Martina, Eleni ist zurück.«

Wie ein Faustschlag trifft es mich in den Magen, und mir bleibt die Luft weg. Ich gehe mit dem Telefon zum Esstisch, an dem vier Stühle stehen und auf dem mein Notebook liegt. Erst als ich mich gesetzt habe, finde ich meine Sprache wieder. »Woher weißt du das?«

»Mir ist eine Einladung für das Sommerfest im *Jassou* auf den Tisch geflattert. Der Begleitbrief ist vom 14.6. Und Eleni hat ihn unterschrieben.«

»Vielleicht hat ihre Mitarbeiterin das Anschreiben nach Griechenland gefaxt.«

»Nein. Die Schrift ist ins Papier gedrückt. Außerdem ...« Frauke holt tief Luft. »Ich habe da angerufen, um zuzusagen. Um ehrlich zu sein, ich wollte es genau wissen. Eleni war selbst am Telefon.«

»So.«

»Ist das alles, was du dazu sagst?«

»Was soll ich denn ...? Hat sie nach mir gefragt?«

»Nein.«

Ich lege Daumen und Zeigefinger an meine Nasenwurzel und kneife die Augen zusammen. Alle Kraft wird wie durch einen üblen Zauber aus mir herausgesogen. Warum habe ich auch gefragt?

»Tut mir leid, aber ich musste dir Bescheid geben.«

Ich räuspere mich. »Natürlich. Und was soll ich jetzt machen?«

»Komm nach Hause. Ruf sie an. Triff dich mit ihr. Mein Häuschen ist schön und nett, aber zum Versauern ist es nicht gedacht. Wie geht es eigentlich dem Garten? Der müsste ja inzwischen schon ein botanisches Meisterwerk sein.«

»Ich habe keine Ahnung.«

»Wie – keine Ahnung? Ich denke, du tummelst dich den ganzen Tag zwischen dem Grünzeug.«

»Zuletzt nicht.«

»Warum? Was war denn ...«

»Frauke, sei mir nicht böse, aber ich möchte auflegen.«

»Was?«

»Bitte. Mach dir keine Gedanken, ich melde mich bald. Ganz sicher. Aber jetzt kann ich nicht.«

Obwohl nichts zu hören ist, spüre ich ihre Ungeduld am anderen Ende der Leitung. Vielleicht kaut Frauke auf ihrer Unterlippe herum. Vielleicht bearbeitet sie irgendeinen Stift, den sie in der Hand hält. Wenn es so ist, dann macht sie es geräuschlos.

»In Ordnung«, sagt sie enttäuscht. »Gibt es irgendetwas, das ich für dich tun kann?« Jetzt scheint auch ihre Energie verflogen zu sein. Ich will sie zurückholen.

»Ja«, antworte ich deshalb. »Gib ihnen Saures am Montag.«

»Na klar«, sagt sie und verabschiedet sich. Meine Mühe war umsonst, der Klang ihrer Stimme bleibt matt.

Ich lege auf, ziehe das Notebook zu mir heran und fahre es hoch. Wenn Eleni auch an mein Büro eine Einladung geschickt hat, wird mein Mitarbeiter sie entgegengenommen haben. Und er würde mich darüber benachrichtigen. Der Startvorgang dauert eine Ewigkeit, und auch das E-Mail-Programm öffnet sich viel zu langsam. Siebzehn neue Nachrichten haben sich zu den vierundzwanzig bekannten gesellt, die ich auch noch nicht gelesen habe. Fraukes Antrag ist am vergangenen Abend eingegangen, aber aus meinem Büro ist nichts anderes gekommen als weitergeleitete Pressemitteilungen, und vergeblich suche ich in der Liste nach Elenis Absender. Vielleicht ist eine Nachricht von ihr auf meinem Handy. Ich eile hoch ins Schlafzimmer, krame es aus meinem Rucksack und schalte es ein. Als es sein Netz gefunden hat, erscheint das Icon mit dem gelben Briefumschlag. Vier neue Mitteilungen. Mein Herz schlägt bis zum Hals, als ich auf »zeigen« drücke.

Kannst du mal das Torwarttrikot von Manuel Neuer für Enrique besorgen? Deutsche Nationalmannschaft, Größe 140, LG, Regine.

Die zweite ist von Mechthild Sonntag. *Ruf bitte an, ich brauche Infos für den Wirtschaftsausschuss.*

Als ich die dritte öffnen will, erwische ich die falsche Taste und starte versehentlich die Kamera des Handys. Ungeduldig klicke ich mich zu den Kurzmitteilungen zurück. Noch zwei Chancen bleiben mir, aber die erste entpuppt sich als Information meines Netzbetreibers.

Ihre Rechnung für 05/10 beträgt 31,18 Euro und steht online für Sie bereit.

Aber die letzte. Die muss es doch sein.

Was ist denn jetzt mit dem Trikot? Regine.

Das Handy fliegt an die Wand und bricht auseinander. Was für ein Unsinn ist das alles! Warum lassen sie mich nicht mit diesem Quatsch in Ruhe? Wie kann Eleni sich so rigoros aus dem Staub machen? Den ganzen Stapel Post habe ich durchgesehen, als ich aus der Reha-Klinik nach Hause kam. Es war ein Wust aus Genesungswünschen, Zeitungen und Werbesendungen, Infoschreiben, Protokollkopien und Ansichtskarten; Urlaubsgrüße von der Nordsee, aus der Provence und aus Puerto Rico von Menschen, die ich seit Jahren nicht gesehen habe. Aber keine einzige Zeile aus Griechenland. Und jetzt ist Eleni plötzlich wieder zurück, geht zur Arbeit und schickt eine Einladung an Frauke. Nicht etwa an mich. Soll ich nach Hause fahren und dort nachsehen? Soll ich wie schon nach der Rückkehr aus der Reha-Klinik in den Papieren graben wie eine Verdurstende im Sand der Wüste auf der Suche nach Wasser? Mit ihrem Vater war sie verreist, ihrem Vater hat sie beigestanden nach seiner Operation. Und was ist mit mir?

Ich werfe mich aufs Bett, drücke mein Gesicht ins Kopfkissen und weine hinein. Als die Tränen versiegen, erhebe ich mich mühsam, ziehe das Rollo hoch und blicke hinaus auf die Straße. Der Stau hat sich aufgelöst. Eine alte Frau hinkt mit einem leeren Stoffbeutel in Richtung Dorfzentrum. Sie wird einkaufen. Sie wird für sich sorgen. Und das muss ich auch. Siebzehn und vierundzwanzig. Ich muss mir etwas zu essen kaufen und einundvierzig E-Mails beantworten. Aber zuerst muss ich duschen. Ich streife T-Shirt und Slip ab, gehe nackt ins Bad. Die Tropfen prasseln fest und heiß auf meinen Kopf und auf die Schultern. Ich erinnere mich an den Tag im Frühling vor zwei Jahren, an dem Eleni und ich auf Samos in einer Schlucht gewandert sind. Sie nahm meine Hand in die ihre und führte mich einen Bach entlang, der aus den Bergen kam. Das Wasser, das neben uns plätscherte, war so eisig, dass es die Luft kühlte. An einer Biegung blieb sie stehen. Ich umfasste von hinten ihre Taille und küsste ihren Nacken. Meine Lippen spürten die winzigen Härchen, meine Zunge strich über salzige Haut.

Wieder kommen mir die Tränen. Ich drehe den Wasserhahn zu und zwinge die alten Bilder fort, schiebe den Duschvorhang zurück und steige aus der Wanne. Die Fliesen des Fußbodens sind kalt, und Dampf erfüllt das Bad. Mit dem Finger male ich ein Herz auf den beschlagenen Spiegel wie ein Teenager. *M+E* schreibe ich hinein, wische es fort und presse mir das Handtuch aufs Gesicht.

Nicht nur Eleni musste den ewigen Mangel an gemeinsamer Zeit ertragen. Auch ich habe mich nach ihr gesehnt, wenn ich durch die Lande gereist bin oder in meinem Wahlkreisbüro in Herne war. Ich habe sie angerufen, sooft ich konnte. Ich habe sie nicht mit einer anderen hintergangen oder auch nur daran gedacht. Die Liebe war da. Von meinen Reisen habe ich ihr Geschenke mitgebracht: das Seidentuch von dem Wohltätigkeitsbasar in Oberhausen, die Essays von Simone de Beauvoir von dem Flohmarkt in Köln. Es war die französische Originalausgabe. Eleni hatte keine Schwierigkeiten, sie zu lesen. Ich habe ihr Sprachtalent immer bewundert. Deutsch und Griechisch konnte sie schon von Kindesbeinen an, Englisch und Französisch hat sie in der Schule mühelos gelernt und sich später auch noch ein paar Brocken Türkisch selbst beigebracht. Fünf Sprachen und doch keine Worte, die vermocht hätten, mir begreiflich zu machen, warum sie mich verlassen hat. Ich habe nur meine Arbeit gemacht. Ganz genau wie sie auch.

Eine Einladung zum Sommerfest. In Fraukes Büro. Ich seufze noch einmal tief in das Handtuch hinein, dann nehme ich es vom Gesicht, öffne die Augen und trockne mich ab. Den Blick auf die Narben an meiner Seite vermeide ich. Noch kann ich nicht nach Hause. Wenn ich wieder an die Arbeit gehe, muss ich frei sein von den Nachbeben des Attentats. Ich muss vergessen, dass ich die Welt schon von oben gesehen habe; das Blut auf meiner Bluse, die Sozialstaatsexpertin von den Konservativen, die meinen Kopf hielt, das besudelte Messer auf der Erde. Ich muss das Spiel im Parlament wieder spielen können, auch wenn die Widrigkeiten größer werden. Die Legislaturperiode ist noch nicht einmal ein Jahr alt. Wir müssen die Regierung unter Druck setzen. Vielleicht wird es Neuwahlen geben. Auf jeden Fall aber stehen Reformen an, die für eine lange Zeit richtungsweisend sein werden. Es wäre fatal, den Neoliberalen in unseren Reihen die Partei ohne Widerstand zu überlassen. Chicken-George. Hendrik wird der Kamm schwellen, wenn er unseren Antrag liest. Er wird alle Hebel in Bewegung setzen, damit wir keine Festlegungen treffen, die Koalitionen mit dem Lager der Kapitalmarktjünger erschweren. Ich kann es Frauke nicht zumuten, ihm allein in die Parade fahren zu müssen.

Wieder kämpfen wollen. Ich spüre den Widerstand in den Muskeln. Mein Verstand wird ihn überwinden müssen. Es war nur eine Einzeltäterin. Es passiert nicht wieder. Und abgedunkelte Räume sind keine gute Idee.

Ich wickle das Handtuch um meinen Körper, dann schlüpfe ich in meine Badelatschen, die unter dem Handwaschbecken stehen. Als ich die Dachluke öffne, zieht der Dampf ab. Ein frischer Wind weht gegen meine nackten Schultern. Es ist bewölkt, aber trocken. Der Laden im Dorf hat bis zum Mittag geöffnet. Gleich daneben ist ein Geldautomat. Was ich brauche, ist nur einen Spazierweg weit entfernt.

Das Dorf ist in Samstagslaune. Am Straßenrand stehen mehr Autos als während der Woche, und in den Gärten herrscht Betriebsamkeit. Im Vorbeigehen beobachte ich eine Frau in einer geblümten Kittelschürze, die das Unkraut zwischen den Gehwegplatten vor ihrer Haustür entfernt. Ich sehe einen dicken Mann im Overall, der das Holz seines Gartenzauns lackiert. Ein Traktor zieht einen Güllewagen mitsamt dem Gestank, der von ihm ausgeht, in Richtung der Felder. Jemand fegt die Treppen vor der Kirche, und bei der kleinen Pension holt eine Taxifahrerin das Gepäck ihrer betagten Fahrgäste aus dem Kofferraum. In der Ferne drehen Windräder gemächliche Runden. Als ich sie sehe, denke ich an die schwierigen Verhandlungen während der Regierungszeit, bin stolz auf das sichtbare Zeichen unserer politischen Arbeit. Die erneuerbaren Energien haben wir gegen alle Widerstände der Energieerzeuger vorangebracht. Gegen die Traditionalisten aus den Kohleregionen und die geballte Macht der Atomlobby haben wir ein Stück Vernunft durchgesetzt, ein Stück Zukunft statt Zopfzeit. Schöner Wahlspruch, denke ich und notiere ihn im Geist. Wir müssen überzeugen. Die Leute in den Urlaubsregionen klagen, die Windräder verschandelten die Schönheit der Landschaft. Und doch schlafen sie ruhiger ohne kostenlose Jodtabletten für den Ernstfall im heimischen Medizinschrank, und doch atmen sie tiefer ohne Rußpartikel in der Luft. Unsere Umweltpolitik kann sich sehen lassen. Immerhin.

Vor dem Geldautomaten stehen bereits drei Wartende. Ich geselle mich zu ihnen und lese die Überschriften auf den Boulevardzeitungen, die beim Laden ausgestellt sind.

0:1. *WM-Schock!*

Klose fliegt, Poldi verballert Elfer

Deutschland schlägt sich selbst

Das Spektakel in Südafrika hatte ich vollkommen vergessen. Diesmal also keine Feuerwerkskörper. Während ich vorrücke, suche ich nach Anzeichen einer Katerstimmung in den Gesichtern der Frauen und Männer, die aus dem Laden kommen, bis etwas anderes meine Aufmerksamkeit auf sich zieht. Wieder sehe ich einen schwarzen Geländewagen. Diesmal fährt er schnell, obwohl der Ortskern eine Tempo-30-Zone ist. Ich bin an der Reihe, aber ich kann meinen Blick nicht von dem Auto lösen, verfolge stattdessen, wie es in Richtung des Dorfausgangs weiterfährt, an dem Fraukes Haus steht. Es ist dasselbe wie vor gut einer Woche. Mein Gefühl sagt mir, dass es so ist. Und wieder sitzen mindestens drei Personen darin.

Die Angst nagt an mir wie ein bissiger Quälgeist. Mit aller Macht ringe ich sie nieder. Gerade noch lese ich das Nummernschild, bevor ich es nicht mehr erkennen kann. UM steht für die Region. Der Besitzer könnte ein Einheimischer sein. Vielleicht ist es der Förster mit seinen Mitarbeitern. Oder eine Familie, die auf dem Campingplatz Urlaub macht. Sie braucht ein so großes Auto, weil es den Wohnwagen ziehen muss. Oder ein Boot. Es gibt so viele Möglichkeiten, und es gibt noch tausend andere mehr, die mir gar nicht in den Sinn kommen. Kein Grund für eine Paranoia. Ich werde mich nicht länger erschrecken lassen. Einundvierzig E-Mails warten auf mich und die Parlamentsferien, in denen Frauke nach Afrika reisen will. Ich werde noch in ihrem Haus bleiben, bis ich mich eingearbeitet habe. Wenn ich wieder in Berlin bin, muss ich die Debatten zu den Gesetzesvorhaben kennen, die nach der Sommerpause abgestimmt werden. Und ich muss Mechthild Sonntag wegen des Wirtschaftsausschusses anrufen. In meinem Leben ist kein Platz für Angst. Nichts hat der Geländewagen mit mir zu tun. Gar nichts.

Geht es mal weiter, meckert eine Frauenstimme hinter mir. Ich achte nicht auf sie, hole aber mein Portemonnaie aus der Jackentasche und ziehe mir zweihundert Euro aus dem Automaten. Als ich den Dorfladen betrete, sehe ich, dass Laura in der Schlange vor der Kasse steht. Auch sie bemerkt mich, wendet ihren Blick aber sofort auf die Einkäufe in ihrem übervollen Korb, legt Butter, Bier und eingeschweißtes Fleisch aufs Band. Ich warte, bis sie bezahlt hat, und als sie ihre Waren verstaut, gehe ich auf sie zu.

»Hallo, Laura«, begrüße ich sie in freundlichem Ton.

Sie runzelt die Stirn. »Hallo«, murmelt sie und packt weiter ein.

Ich nehme mir vor, behutsam zu sein. »Na, gestern leider verloren, was?«

»Macht nichts. Wir schlagen Ghana.«

»Ja, bestimmt. Und – wie geht es dir?«

»Kann nicht klagen.«

»Laura, ich finde, wir sollten uns unterhalten.«

»Ich wüsste nicht, worüber.«

»Aber ich. Das ging neulich alles so schnell. Ich war völlig überrumpelt. Du wolltest mir die Geschichte zu Ende erzählen.«

»Stimmt. Neulich schon. Aber jetzt nicht mehr.«

»Warum denn nicht?«

Endlich blickt sie mich an. Ich sehe ihre Wut. »Bist du jetzt nicht mehr überrumpelt?«, fragt sie. »Lädst du uns jetzt wieder in dein feines Haus zum Essen ein?«

»Es ist nicht mein Haus.«

»Nein, es gehört deinen Freunden. Noch mehr Studierte, die den ganzen Tag reden und nichts kapieren.« Sie fängt wieder an zu packen, füllt einen zweiten Stoffbeutel mit den Getränken.

»Was kapieren wir denn nicht?«

»Wie das Leben läuft. Dass Menschen Fehler machen und sich ändern. Aber dauernd von Jugendhilfe quatschen und so 'n Scheiß.«

»Das ist kein Scheiß, das ist ernst gemeint. Ich finde es toll, wenn Stefan aus diesen Kreisen raus ist.«

»Blabla.« Mit einem Ruck hebt sie ihre Taschen an. Flaschen klirren gegeneinander. Ich fürchte um das Glas und frage mich auch, ob es gut ist, dass sie noch so schwer trägt, und spreche leise, damit nur sie mich hören kann.

»Laura, du weißt, was mir gerade passiert ist, nicht? Und dann erzählst du mir, dein Mann hat bei einem rechtsextremen Überfall mitgemacht. Da darf ich schon schockiert sein, oder?«

»Er hat bloß …«

»Schmiere gestanden, ja, das sagtest du schon. Das macht für mich aber keinen Unterschied. Das entschuldigt nichts.«

Sie streckt den Rücken durch, und mir wird klar, dass das Gespräch in die falsche Richtung läuft.

»Und nun?«, fragt sie und sieht mich herausfordernd an.

Ich habe darauf keine Antwort. Die Unbefangenheit zwischen uns ist fort. Was immer ich sage, ändert nichts daran. Laura scheint meine Gedanken zu lesen. Sie schnaubt verächtlich und verlässt den Laden, ohne sich noch einmal umzusehen.

10

Die *Tagesthemen* im ersten Programm berichten ausführlich von der Pressekonferenz. Ich rücke näher an den Fernseher heran und stelle den Ton lauter. Frauke wirkt hochkonzentriert. Zwischen Jan Grabowski und Mechthild Sonntag sitzt sie an dem langen Tisch im Empfangsraum unserer Fraktion, und ein Dutzend Mikrofone sind vor ihr aufgestellt. Sie trägt eine sattgrüne Bluse und darüber eine Weste im selben Farbton. Das Haar hat sie mit einer auffälligen Holzspange hochgesteckt, die Gleitsichtbrille thront auf ihrer Nasenspitze. Sie spricht deutlich und laut. Fast verstohlen lugt sie von Zeit zu

Zeit auf die Notizen in ihren Händen, dann wieder hebt sie den Kopf und sucht den Kontakt zu den Journalisten und Fotografinnen im Raum. Was sie sagt, ist weit spannender, als ein Fußballspiel es jemals sein könnte. Es geht nicht um den Einzug ins Viertelfinale bei der Weltmeisterschaft, sondern um die Zukunft der sozialversicherungspflichtigen Beschäftigung in Deutschland und Europa. Denn während das Volk seine Aufmerksamkeit nach Südafrika richtet, stellen hierzulande die Betriebe billige Leiharbeitskräfte ein und der Gesundheitsminister schafft klammheimlich das Solidaritätsprinzip in der gesetzlichen Krankenversicherung ab. Balltreter dort, Leisetreter hier. Mit unserem Antrag wollen auch wir ein Public Viewing, eine öffentliche Diskussion, die ebenso gehört wird wie die Klänge der Vuvuzelas. Frauke ist hochrot im Gesicht, als sie das Wort an Mechthild Sonntag abgibt. Sie legt ihre Papiere nieder und greift nach einem Kugelschreiber, dreht ihn zwischen den Fingern und lässt den Blick in alle Winkel des Raumes flitzen, während unsere Wirtschaftspolitische Sprecherin auf die geschlechtsspezifischen Ungerechtigkeiten eingeht, die branchenspezifische Lösungen der Lohngestaltung mit sich bringen.

Ich werde unruhig. Zum ersten Mal seit dem Attentat wünsche ich mich fort aus dem Dorf und zurück in das Gerangel um Mehrheiten, Bündnisse und Beschlüsse, das mich so ermüdet hat. Was meine Kolleginnen vortragen, haben wir gemeinsam erarbeitet. Es drängt mich, an ihrer Seite zu sein, aber das Ende des Berichtes wirft mich zurück auf meinen Platz auf der Couch. Der Moderator springt zum nächsten Thema, und bald schon huscht das Wetter von morgen im Zeitraffer über den Bildschirm. Sonne und Wolken im Wechsel interessieren mich nicht. Es kribbelt. Es zieht und zerrt und reißt an mir. Etwas will bleiben, wo ich bin, will warten, bis der Garten in voller Blüte steht. Es will den Rasen sprengen und unter dem Apfelbaum Rose Ausländer lesen. Etwas anderes will nach Berlin.

Ich stehe auf und schalte den Fernseher aus. Die Reaktionen der anderen Fraktionen und der Interessenverbände werden nicht lange auf sich warten lassen, denke ich, während ich mir die Zähne putze. Ich lege mich ins Bett und bin hellwach. Die Gewerkschaften und die Chefetagen der Großkonzerne werden sich ebenso äußern wie die Hendrik Georges in unserer Partei, die sich die Chance auf Koalitionen in alle Richtungen von unserem Antrag nicht vermasseln lassen wollen. Von Ausschließeritis werden sie reden wie von einer Krankheit, akut und nicht chronisch, unser Tun ein Anfall von Fieberwahn, bald vorbei und überwunden. Vielleicht steht schon etwas im Internet. Bestimmt sogar. Ich will wieder aufstehen, um das Notebook einzuschalten, aber dann fällt mir der Landesdelegierte aus Hamburg ein mit seinem ruhelosen Blick. *Facebook, Twitter, so kommuniziert man heute.* Ich zwinge mich liegen zu bleiben und lösche das Licht, ohne dass es dunkel wird. Einhundert Watt strömen durch meine Gedanken. Vergeblich halte ich die Augen geschlossen. Der Schlaf kommt nicht an gegen das gespannte Warten. Stunde um Stunde blicke ich auf den Wecker neben meinem Bett, wälze mich von einer Seite auf die andere und möchte die Zeit anschieben, damit die Nacht zu Ende geht. Mit dem ersten Licht der Dämmerung stehe ich auf und fahre mit dem Auto nach Templin. Am Bahnhof finde ich, was ich suche; die *Frankfurter Rundschau* und das *Hamburger Abendblatt*, die *Süddeutsche Zeitung*, die *taz* und auch das *Neue Deutschland*. Es ist ein schwerer Stapel Papier, der mich zurück ins Dorf begleitet; Arbeit für den ganzen Tag.

Politik zum Frühstück hatte ich lange nicht mehr. Eleni rebellierte, wenn ich mich schon morgens in den Pressespiegel vertiefte. Aber Eleni ist nicht hier. Ich schiebe das Wissen um ihre Rückkehr nach Berlin beiseite, trinke einen ersten Schluck Kaffee und beginne zu lesen.

Fundis melden sich zurück, titelt das *Hamburger Abendblatt*. *Aufstand der Dinosaurier*, ist der Artikel in der *taz* überschrieben. Die *Süddeutsche* schreibt: *Alt-Grüne räubern im linken Lager*, während das *Neue Deutschland* über *neoliberale Doppelzüngigkeit* lästert. Die Kanzlerin spricht von Sozialromantik. Die Gewerkschaften begrüßen unseren Antrag als wichtiges Signal. Der Vertreter des Einzelhandels verweist auf die Kaufkraft in Deutschland, der man keine Preissteigerungen zumuten könne. Diese aber seien unumgänglich, wenn die Löhne im Verkauf angehoben werden müssten. Von der steigenden Kaufkraft durch steigende Löhne sagt er nichts. Das muss ich mir merken.

Ich eile in Fraukes Arbeitszimmer, um mir Stift und Block zu holen, gehe zurück in die Küche, beiße von meinem Brötchen ab und notiere mein Argument. Aber mehr fällt mir auch nicht ein. Ich stütze den Ellenbogen auf den Tisch und den Kopf in die Hand, male ein Männchen auf den Rand des Blattes und auch noch ein Weibchen, um der Quote gerecht zu werden und um mich zu amüsieren. *Ein bisschen Spaß muss sein.* Aber mir ist nicht zum Lachen zumute. Früher floss nach einem ersten Anstoß eine ganze Rede von meinem Kopf in die Finger. Ich konnte gar nicht so schnell schreiben, wie die Gedanken sich zu Sätzen zusammenfügten. Das Handgelenk tat mir weh, wenn ich alles zu Papier gebracht hatte, seitenlang und ohne Pause. Aber ganz allmählich ist die Quelle versiegt. Es gab ihn nicht, den einen entscheidenden Moment, es gab nur das straff organisierte Zeitmanagement. Die Pausenlosigkeit. Und den verlorenen Sinn. Aus dem Fluss wurde ein Bach und schließlich ein Rinnsal. Als Eleni ging, war es nur noch eine Pfütze, in der das Wasser stand und zu faulen begann. Die Frau mit dem Messer trocknete auch diese aus. Und wie es scheint, haben die Wochen der Ruhe das Fließen nicht zurückgebracht. Mein Tagebuch füllt sich schnell, aber sobald es um meine Arbeit geht, werden die Worte spärlich. Oder liegt es einfach daran, dass ich die ganze Debatte nicht fassen kann? Wie sind zwei Meinungen denkbar über die Frage, ob ein Mensch von seiner Arbeit leben können muss?

Ich öffne das große Küchenfenster, das nach Osten liegt, und blicke hinaus. Der Tag ist freundlich. Weiße Quellwolken ziehen an der Sonne vorbei. In dem Beet beim Straßenland öffnen sich die ersten Knospen des Sonnenhutes. Neben dem Rot der Schafgarbe kommt die kräftige gelbe Farbe wunderbar zur Geltung. Laura hat mich gut beraten. Ich gehe in den Flur und schlüpfe in die neuen Crocs, die der Dorfladen als Sonderposten im Angebot hatte, und trete hinaus in den Garten. Das Gras ist schon wieder gewachsen, die ersten Wildblumen meiner Aussaat sprießen hervor. Meine Nachbarn scheinen nicht zu Hause zu sein. Das Moped ist nicht da, die Tür ist geschlossen und auch der Hund ist nirgends zu sehen. Ich schlendere bis an die Hecke und lasse meinen Blick über Lauras Gemüsebeete schweifen, über die Rosenstöcke vor dem Haus und hinüber zum Schuppen, vor dem zwei Farbeimer stehen. Die Fenster dort sind nur angelehnt. Ich möchte wissen, ob die beiden mit dem Ausbau gut vorankommen, aber ich kann sie nicht fragen. Dicht an dicht steht Fraukes Haus mit dem ihren, und doch scheinen Welten dazwischenzuliegen. Laura sagt, wir Studierten kapierten nichts. Vielleicht hat sie recht. Vielleicht ist ihr Leben ganz einfach realer als meines mit seinen hochtrabenden Theorien, dem geordneten Denken und der fleischlosen Vernunft. Vielleicht pflegen sie Freundschaften und ich soziale Netzwerke voller Freundlichkeit zum gegenseitigen Nutzen. Sie lachen und streiten und lernen sich kennen. Ich kommuniziere, habe hundert Namen in meinem Adressbuch und keine Ahnung, zu wem sie gehören. Wer in der Öffentlichkeit steht, geht nicht aus sich heraus. Ich aber bin aus mir herausgegangen, als die Messerspitze zwischen meine Rippen drang. Und in diesen Sekunden wusste ich, dass ich Echtheit will und keine Lügen. Was ich zu sagen und zu geben habe, soll nicht in einen Flachbildschirm passen. Denn eine E-Mail ist eine E-Mail ist eine E-Mail und eben keine Rose. Ich kann sie öffnen, aber sie duftet nicht. Sie hat keine Dornen, die mein Blut zutage fördern. Herzliche Grüße erreichen mich von Menschen, die ich nie gesehen oder auch nur gesprochen habe. Woher kommt ihre Herzlichkeit für mich? Was reservieren sie für jene, die sie lieben?

Stefan hat Schmiere gestanden. Ich habe Laura und ihn gebeten, Fraukes Haus zu verlassen, bevor sie die Geschichte zu Ende erzählen konnten. Er sagt, er habe Scheiße gebaut. Ich denke, ich habe eine Entscheidung getroffen, die unglücklich war. Ihm ist anzumerken, dass er sich schämt. Und was ist mit mir?

Wann schäme ich mich für meine Zustimmung zu den Hartz-IV-Gesetzen? Wann schämt sich einer von uns für das gezierte Auftreten im Bewusstsein der ewig lauernden Kameras? Wir sind mediengerecht. Unter dem Pflaster liegen die Glasfaserleitungen in die Wohnzimmer des Volkes. Der Strand liegt am Ufer der Spree mit Liegestühlen, Mojito und Beachvolleyball. Wir reißen keine Steine mehr heraus. Wir haben auf jede Frage eine Antwort und für jedes Problem eine Lösung. Unsere Lösung. Wir feilschen um Redezeit. Und wir hören nicht zu.

Vielleicht hat Eleni mich auch deshalb verlassen. Als das Herz ihres Vaters zu stolpern begann, hat sie es mir erzählt. Sechs lange Wochen musste er auf einen Termin in der Kardiologie warten. Sie schlug ihm vor, die Arztrechnung privat zu bezahlen, damit es schneller ginge. Er lehnte ab. Wofür habe er all die Jahre seine Beiträge an die deutsche Krankenversicherung gezahlt, fragte er stolz. Eleni sorgte sich. Ich ging auf Wahlkampftour. Als ich zurückkam, holte sie mich vom Bahnhof ab. Ich nahm ihre Hände in die meinen. Sie hatte etwas Hartes am Fingernagel.

»Was ist das?«, fragte ich.

Sie besah sich die Stelle. »Vermutlich Wachs«, sagte sie. »Ich habe eben eine Kerze angezündet.«

»Mitten im Sommer?«, wunderte ich mich und lachte, begriff den Fauxpas erst, als ihre Züge sich verhärteten.

Aber da war es zu spät. Und es war mehr als die Gedankenlosigkeit eines Augenblicks. Ich hatte ihren Vater ganz einfach vergessen, hatte von unterwegs nicht nachgefragt, wie es ihm ging. Ich erschrak über mich selbst, aber ich sagte ihr nicht, wie leid es mir tat. *Wie konntest du sie aus den Augen lassen?* Bruder Jacob schlief, bis Eleni packte.

Ruf sie an, hat Laura gesagt. Ihr Leben *ist* realer als meines. Ich werde ihren Rat befolgen. Jetzt gleich. Mit schnellen Schritten gehe ich zurück ins Haus, aber als ich die Crocs abstreife, klingelt das Telefon. Es ist Frauke. Sie ist ausgesprochen gut gelaunt.

»Und? Was sagst du?«, flötet sie mir ins Ohr. Sie fragt nicht, wie es mir geht, ist ganz von ihrer Arbeit eingenommen. Ich kenne diesen Zustand zu genau, um es ihr übelzunehmen. Und Frauke ist mehr als ein Teil meines Netzwerkes. Sie ist meine beste Freundin, und ich freue mich, ihre Stimme zu hören.

»Da habt ihr ja mächtig was losgetreten«, antworte ich und

denke an all die Überschriften auf den ersten Seiten der Tageszeitungen. Die Nachrichtenredaktionen stehen dicht vor dem Sommerloch. Der Antrag wird die Presse noch eine Weile beschäftigen.

»Was heißt *ihr*? Bist du nicht mehr bei uns?«

»Doch, natürlich. Aus der Ferne, sozusagen.« Ich schlendere mit dem Telefon zum Wintergartenfenster. Auch der Phlox zeigt schon erste Blüten.

»Tja, meine Liebe, das liegt bei dir.«

Ich gehe über ihre Bemerkung hinweg. Sie muss nicht wissen, wie sehr ich mich am Abend zuvor an ihre Seite gewünscht habe. »Und die Parteispitze?«, frage ich stattdessen.

»Was denkst du wohl? Haben mich beide angerufen. Mehrmals. Sind stinksauer, weil wir das nicht vorher mit ihnen abgesprochen haben.«

»Wie undiszipliniert«, feixe ich.

Frauke lacht. »Ja, hätte ich mir auch nicht träumen lassen, dass wir mal Ärger kriegen, weil wir nicht im Gleichschritt marschieren. Höchste Zeit, mal ein bisschen Leben in die Bude zu bringen.«

»Hm, das ist dir gelungen. Was ist mit Hendrik?«

»Ah, Hendrik. Ich bin mir nicht sicher. Er ist noch nicht zu durchschauen. Einerseits kocht er natürlich. Passt ihm so gar nicht in seine Koalitionsvisionen. Aber ich glaube, er heckt auch was aus und mauschelt irgendwie rum. Vielleicht sieht er unseren Antrag als willkommene Gelegenheit, die alte Garde endgültig abzuschießen. Denn eines ist mal klar: Wenn die Delegierten unseren Antrag ablehnen, wird die Sache zum Eigentor.«

»Ja, das ist heikel. Vor allem weil Hendrik mit Dörte in der Öffentlichkeitsarbeit an einem ziemlich langen Hebel sitzt.«

»Na, wart's mal ab. Wenn es hart auf hart kommt, muss ich mir eben was einfallen lassen.«

»Was denn?«

»Weiß ich noch nicht. Aber jeder hat seine schwache Stelle, und Hendrik hat bestimmt nicht nur eine. Besser, wir haben ein Ass im Ärmel.«

»Was hast vor?«

»Hm, ich werde mich mal mit seiner Ex unterhalten. Du weißt schon, die alte Liebe, von der er nicht loskommt. Die kennt ihn ja lange genug. Vielleicht steckt die mir ja was.«

»Frauke, das ist unredlich«, empöre ich mich im Spaß und meine es dennoch ernst. Wenn Frauke solche Pläne schmiedet, bleibt das niemals folgenlos. Sie ist eine geschickte Strategin und sie hat ihre Augen und Ohren überall. Allein die Andeutungen machen mir klar, dass die Pressekonferenz erst der Anfang eines parteiinternen Machtkampfes war, eines Machtkampfes voller hässlicher Seiten.

»Das siehst du falsch, meine Liebe. Hendrik fängt an, Strippen zu ziehen. Und von einem Anfänger lasse ich mich ganz bestimmt nicht aus dem Ring schubsen, das kann ich dir versichern.«

Ihre Entschiedenheit lässt mich verstummen. Sie nutzt mein Schweigen, um abrupt das Thema zu wechseln, spricht von ihrer bevorstehenden Reise nach Afrika. Bald, sagt sie freudig. Dann *muss* ich nach Berlin, denke ich und höre den Verkehr in der Auguststraße, sehe das leere Zimmer in meiner Wohnung. In Gedanken stöbere ich im Stapel meiner Post und finde nicht, was ich suche – keine Einladung zum Sommerfest im *Jassou*. Allein die Vorstellung verstört mich. Mir wird kalt. Ich beende das Gespräch mit Frauke, aber den Anruf, dessentwegen ich ins Haus gekommen bin, verschiebe ich auf unbestimmte Zeit.

11

Der Sommer setzt sich mit Beginn der letzten Juniwoche endgültig durch. Der Verkehr auf der Dorfstraße nimmt zu. Ich öffne das Wohnzimmerfenster und lese die Kennzeichen der vorbeifahrenden Autos. Dresden, Freiburg, Ingolstadt. Ein Cabrio aus Düsseldorf. Die Urlaubszeit beginnt. Ich nehme das Tagebuch und einen Stift und gehe hinaus in den Garten. Gleißendes Licht lässt die Luft vibrieren. Das Weiß der Margeriten leuchtet unter einem strahlendblauen Himmel, die Hummeln umschwirren den Rittersporn, der Phlox entfaltet mit zunehmender Wärme allmählich seine volle Pracht in flammenden Dolden. Ich möchte es Laura zeigen, die nebenan im schmalen Schatten des Anbaus ihres Hauses sitzt. In den letzten Tagen habe ich sie oft gesehen. Sie muss jetzt schon im Mutterschutz sein. Verstohlen beobachte ich, wie sie Etiketten auf gefüllte Gläser klebt. Vielleicht ist es Erdbeermarmelade, vielleicht Rhabarber. Nicht ein einziges Mal sieht sie zu mir herüber.

Ich spüre, wie mein Ärger wächst. Sie hat keinen Grund, mir meine Reaktion bei unserem gemeinsamen Essen so nachhaltig zu verübeln. Ich bin im Laden auf sie zugegangen. Wir könnten reden. Aber stattdessen hockt sie vor ihrer Hütte und schmollt. Nicht einmal Fritz kommt mal bis an die Hecke. Der blöde Köter liegt zu Füßen seiner Herrin im Gras und döst. Sie haben sich gegen mich verschworen. Ich erinnere mich an Regine. Wollte ich einmal mit meinen Freundinnen alleine sein, zeigte sie mir tagelang die kalte Schulter, unterhielt sich mit ihrer sommersprossigen Puppe in unserem gemeinsamen Zimmer. Komm, Pippi, wir machen uns einen Tee.

Ob Martina auch einen möchte?

Nein, das glaube ich nicht. Martina ist bestimmt müde. Sie war doch so lange mit Ute im Kino.

Spitze Stimme, schnippischer Ton. Aber Regine war sechs Jahre alt. Laura erwartet selbst ein Kind. Und ist es denn verwunderlich, auf Abstand zu gehen gegenüber einem, der Rechtsextremisten beim Prügeln deckt? Soll sie doch versauern, denke ich und wende mich dem Tagebuch zu.

Heute Morgen habe ich eine E-Mail von meiner Anwältin bekommen. Die Staatsanwaltschaft hat sie über die Ergebnisse der Ermittlungen informiert. Laut forensischem Gutachten ist die Attentäterin nicht schuldfähig. Es wird daher keine Anklage wegen versuchten Mordes gegen sie erhoben. Sie bleibt in der geschlossenen Psychiatrie.

Die Mitteilung überrascht mich nicht. Ich weiß, dass die Frau sich gegen das zu wehren glaubte, was man ihr von Gesetzes wegen angetan hat. Sie ist nicht die Einzige in unserem Land, die in panischer Angst vor der Post der Behörden mit Herzrasen, Schweißausbrüchen und Magenkrämpfen zum Briefkasten geht. Sie ist nur die Einzige, die falsch darauf reagiert hat. Und ihr Zorn richtete sich gegen mich, weil ich mir Zeit für sie nahm, anders als die vielen zuvor, die sie gleich zur Tür hinauswiesen. Das ist grotesk. Also wirklich verrückt. So gesehen war ihre Tat gar kein Anschlag, sondern bloß eine Verkettung unglücklicher Umstände, so als wäre ich in eben jenem Moment am Rande einer Landstraße entlanggegangen, in dem einem LKW-Fahrer seine brennende Zigarette versehentlich in den Schoß fiel und er in hektischer Suche das Lenkrad verriss. Dann ist niemand hinter mir her. Und es gibt kein Komplott. Ich bin nicht Benazir Bhutto. Beruhige dich, Martina, es kommt nicht wieder vor.

Ich lege den Stift aus der Hand und lehne mich zurück. Die Staatsanwaltschaft wird die Akte schließen. Sie hat den Tathergang rekonstruiert, Zeuginnen und Gutachter befragt und ein Fazit gezogen. Der Fall ist erledigt. Auch die Presse verliert das Interesse. Alle ziehen längst weiter, nur ich sitze noch in der Einöde und lecke meine Wunden. Auch ich sollte mich ans Aufräumen machen. Meine Anwältin hat geschrieben, sie habe mehrmals versucht, mich telefonisch über das Ergebnis der Ermittlungen zu informieren, hätte mich aber weder auf dem Festnetz noch unter meiner mobilen Rufnummer erreicht. Schuldbewusst denke ich an die Einzelteile meines Handys, die noch immer verstreut im Schlafzimmer liegen. Ich muss mich um Ersatz bemühen. Hoffentlich ist mein Adressbuch auf der SIM-Karte gespeichert, und hoffentlich ist sie nicht kaputt. Ich gehe ins Haus, um sie zu suchen, aber als ich im Flur bin, blicke ich auf die Uhr in der Küche und halte inne.

Es ist kurz vor zwölf. Eleni wird an ihrem Schreibtisch sitzen. Sie trägt womöglich ihr senfgelbes Lieblings-T-Shirt. Ihre Beine umschmeichelt vielleicht ein luftiger Rock. Sie hat sie rasiert wie in jedem Sommer. Ich sehe die glatte Haut, über die einst meine Hände strichen. Viel zu selten im letzten Jahr. Ich biege ins Wohnzimmer ab und greife zum Hörer. Die Nummer habe ich noch im Kopf. Schon nach dem zweiten Klingeln höre ich Elenis Stimme.

»Ich bin es«, sage ich leise und wickle die Telefonschnur so fest um das Gelenk meiner freien Hand, dass sie mir ins Fleisch drückt. Schweigen am anderen Ende der Leitung, lange Zeit.

»Ja«, antwortet sie knapp und endlich. Auch sie spricht nicht laut.

»Störe ich gerade?«

»Nein, also ... warte mal eben.«

Ich höre das dumpfe Geräusch ihrer Schritte. Dielen knarren. Eine Tür wird geschlossen. Dann holt Eleni tief Luft.

»Martina, schön, dass du anrufst.« Ihr Tonfall passt nicht zu dem, was sie sagt. Sie spricht mit mir in geschäftiger Höflichkeit. Mir wird schwindlig. Ich suche nach Worten, die vermögen, jene Kluft zu überbrücken, die sich zwischen uns aufgetan hat. Alles, was mir einfällt, wirkt schon unbeholfen, bevor ich es ausgesprochen habe.

»Frauke hat mir erzählt, dass du wieder in Berlin bist«, sage ich schließlich.

»Ach so. Ja, das bin ich. Aber schon eine ganze Weile. Seit Ende April.«

Meine Finger krampfen sich um den Hörer. »Aha. Und mochtest dich nicht mal melden?«

Sie seufzt und antwortet nicht.

»Wie geht es deinem Vater?«, frage ich in das Schweigen hinein, das bedrohlich wirkt.

»Besser. Der Bypass gibt ihm Zeit. Trotzdem muss er sich schonen. Sein Herz bleibt schwach. Die Zeit auf Samos hat ihm gutgetan, aber er war auch oft wehmütig.«

»Kann ich mir vorstellen.« Man sagt, die Menschen sähen im Sterben ihre Vergangenheit noch einmal vor sich wie in einem Film. Aber auch im Überleben ist das so. Verwirrt bin ich aus dem Koma erwacht. Wie frisch gestrichen tauchten vergangene Ereignisse vor mir auf und weckten all die Gefühle, die untrennbar mit ihnen verbunden sind.

»Tatsächlich?« Eleni klingt ironisch. Und sie klingt bitter. Immer noch.

»Sei nicht so«, sage ich und schließe die Augen. Ich will jetzt keine Tränen.

»Wie geht es denn dir?«, fragt sie mich, nun weicher.

»Es wird langsam.«

»In der Zeitung stand, du bist wieder gesund.«

»Ja, das stimmt. Im Prinzip. Ich brauche noch ein bisschen Zeit.« So viel möchte ich ihr erzählen. Ich möchte von der Panik sprechen, die kommt und geht, wie sie will, und von den Zweifeln, die mich hindern, an die Arbeit zurückzukehren.

Ich möchte ihr all die Bilder des Frühlings malen, die ich so lange schon nicht mehr gesehen habe. *Das Parlament* zu lesen war stets wichtiger. Seine Leitartikel zu kommentieren beschäftigte mich mehr als die Rückkehr der Zugvögel, auf die Eleni mich aufmerksam zu machen versuchte, wenn die Abende länger wurden. Sie stand auf dem Balkon, zeigte zum Himmel und rief mich, aber ich ging nicht zu ihr hin, sondern sann über Winkelzüge nach, wenn ein Sitzungstag bevorstand. Ich wollte gut sein in meiner Arbeit, und das Taktieren gehört zur Politik wie das Glockengeläut zur Kirche. Ein wohlplatzierter Zwischenruf im Plenarsaal ließ mich einen ganzen Tag lang glücklich sein. Aber wo endet die Verhandlung, und wo beginnt die Phrase? Meine Überzeugungen sind im Laufe der Jahre so spröde geworden wie die Haut meiner Hände von der Gartenarbeit. Jedes Tun hat Nebenwirkungen. In meinem Beruf ist es die Besessenheit. Und der Verlust des Kontaktes mit der Außenwelt. Eleni hat es aufgegeben, mich erreichen zu wollen. Jetzt will ich ihr sagen, ich habe verstanden. Aber zu viele Worte bilden einen Stau in meinem Hals. Ich bleibe stumm.

»Bist du noch dran?«, fragt Eleni.

»Was? Ja, natürlich.«

»Ich wollte wissen, ob du zu Hause bist.« Sie spricht im Stakkato. Wieder habe ich sie nicht gehört, und das ist das Letzte, was ich will.

»Entschuldige. Nein, ich bin bei Frauke und Carsten. Ich meine, in ihrem Haus. Du weißt schon.« Eleni hat mich oft ins Dorf begleitet. Beim letzten Mal ist sie schwimmen gegangen, obwohl das Wasser im See schon eiskalt war, während ich mit Frauke arbeitete. Und sie hat für uns gekocht. Rotbarschfilet mit Bohnen und Kürbis in einer leichten Zitronensoße im Ofen gebacken. Reisnudeln dazu. Estragon darüber. Es hat wunderbar geschmeckt im letzten Oktober. Ich ahnte nicht, dass es eine Henkersmahlzeit war. Das jüngste Gericht an einem goldenen Tag im Herbst. Wir gingen im Wald spazieren. Sie sprach von ihrem Vater. Er sei in seinem ganzen Leben noch nie operiert worden, sagte sie. Neunundneunzig von hundert Patienten überlebten den Eingriff. Einer nicht. Es könne zu Infarkten und Schlaganfällen kommen, zu Herzrhythmusstörungen und zu Infektionen. Eleni wollte bei ihm sein. Komm mit, bat sie leise. Begleite mich. Ich musste nicht im Kalender nachsehen, um zu wissen, dass der Tag der Operation mit dem Termin der konstituierenden Sitzung des neuen Bundestages zusammenfiel. Ich sagte nicht nein, aber ich zögerte zu lange. Vergiss es, flüsterte sie. Ich ziehe die Frage zurück.

Eleni ist allein nach München gefahren. Ihr Vater hat den Eingriff gut überstanden. Sie kam zurück nach Berlin und trennte sich von mir.

»Kommst du zum Sommerfest?«

Mir stockt der Atem. Ich denke an die Einladung. Eleni hat sie an Frauke geschickt, nicht an mich. Oder liegt doch eine in meiner Wohnung? Ich kenne nicht einmal das Datum, aber darauf kommt es nicht an. Diesmal will ich es einrichten, nichts anderes könnte wichtiger sein. Wenn sie es will.

»Möchtest du das denn?«, frage ich zaghaft.

Sie lässt sich Zeit mit der Antwort. »Das ist eine gute Frage. Weißt du, auch mir ging es gut, als ich in Griechenland war. So weit weg von allem hier.«

»Was willst du damit sagen?«

»Dass es anders ist, seit ich wieder in Berlin bin.« Ein kleines bisschen Wärme dringt durch ihre Sachlichkeit.

Ich bekomme wieder Luft und kann sprechen. »Eleni, du fehlst mir«, stoße ich hervor, bevor der Mut mich verlässt.

Kaum habe ich es ausgesprochen, lässt ein durchdringendes Schrillen mich zusammenfahren.

»Ich glaube, es klingelt bei dir«, sagt sie.

»Was?«

»Das Geräusch. Hast du es nicht gehört?«

»Das ist egal.«

Sie lacht leise. Fröhlich vielleicht. »Geh ruhig hin und mach auf. Ich habe sowieso gleich einen Termin. Da kommt jeden Moment eine Frau, die bei uns einen Kurs über griechische Mythologie anbieten will. Ausnahmsweise habe *ich* keine Zeit mehr.«

Ich spüre ihren Triumph. Sie will mich fühlen lassen, was ich ihr viel zu oft angetan habe, indem ich nicht erreichbar war. Jetzt will sie entscheiden. Und ich stehe in einem Zimmer weit weg vom *Jassou* und doch vor ihr wie eine reuige Sünderin.

»Ich verstehe«, sage ich. »Bis bald.«

Sie sagt. »Tschüss.«

Noch eingenommen von dem Gespräch trotte ich zur Haustür und gucke durch den Spion. Es ist Stefan. Er ist schon im Begriff zu gehen, als ich ihm öffne. Nun sieht er mich unsicher an und schiebt die Daumen in die vorderen Taschen seiner Jeans.

»Hallo, komme ich ungelegen?«, fragt er förmlich.

Ich schüttele den Kopf. »Willst du reinkommen?«

»Nee, nee, ich muss gleich zur Arbeit. Und ich wollte auch bloß mal was fragen.«

»Ja?«

»Also, Lauras Mutter kommt übers Wochenende raus zu uns. Wir wollen am Samstag grillen. Das Wetter soll schön werden, aber wir haben keine richtigen Gartenstühle. Bloß solche kleinen, die mit Stoff bespannt sind. Hast du bestimmt schon gesehen. Jedenfalls sind die nicht besonders bequem. Und sie hat's doch so mit dem Rücken. Und deshalb – könnten wir vielleicht, also bloß für ein paar Stunden, einen von dir ausleihen?«, stammelt er. »Wenn du einverstanden bist. Und auch deine Freunde, es sind ja schließlich ihre.«

»Natürlich. Ich bin sicher, dass sie nichts dagegen haben.«

»Super. Wir wollten schon solche kaufen, aber im Moment ist es ein bisschen knapp bei uns mit der Kohle. Die Sachen für die Kindersicherung sind gekommen, und die Rechnung ist ganz schön happig.«

»Kein Problem. Hol dir die Stühle, wenn deine Schwiegermutter kommt. Und behaltet sie, solange ihr wollt.«

»Klasse. Aber wir brauchen bloß einen«, sagt er. Für einen Moment sehen wir uns schweigend an, dann blickt Stefan hinüber zu seiner Frau. »Laura sagt, sie hat dich im Laden getroffen.«

»Ja, das stimmt. Aber ich glaube, es war ihr nicht angenehm.«

Er nickt leise und wendet sich wieder mir zu. »Hm, sie wollte auch gar nicht, dass ich wegen dem Stuhl frage. Wenn's nach ihr gegangen wäre, hätten wir einen aus der Gärtnerei geholt. Da kann sie den Preis mit ihren Rosen verrechnen. Aber dann kriegt sie eben für die Blumen kein Geld mehr.«

»Das wäre wirklich unnötig gewesen.«

»Also, meistens ist sie ja stur, aber diesmal habe ich nicht nachgegeben. Ich sag zu ihr: Mensch, Laura, fragen kostet doch nix. Da meckert sie, ich hätte wohl keinen Stolz. Genau wie mein Alter. Hat der auch immer gesagt. Stefan, du bist ein Weichei. Aber ich denke immer, man kann alles bequatschen, oder?« Der Ausdruck seiner Augen ist freundlich und ein bisschen fordernd. Ich sehe ihn an irgendeiner Straßenecke stehen, während seine Kameraden die Vietnamesen schlagen.

»Man kann es versuchen«, antworte ich zögernd.

Er bemerkt mein Unbehagen und tritt einen Schritt zurück. Unsensibel ist er nicht. »Also, ich geh dann mal«, sagt er. »Ist viel zu tun am Bootsverleih.« Schon läuft er davon.

»Schönen Gruß an Laura«, rufe ich ihm nach. »Und bis Samstag.«

Er wird langsamer, bleibt stehen und kehrt dann noch einmal zu mir zurück. »Willst du auch zum Grillen kommen?«, fragt er so plötzlich, dass er selbst erstaunt zu sein scheint.

Ich runzele die Stirn. »Ich weiß nicht recht.«

»Überleg's dir. Du musst ja kein Fleisch essen. Lauras Mutter macht leckeren Kartoffelsalat. Und ich habe immer noch die Barsche von neulich im Eisfach.«

»Was sagt denn deine Frau dazu, dass du mich einlädst?«

»Sie wird mir die Hölle heißmachen.«

»Ja, das glaube ich auch.«

Er winkt ab. »Wenn sie sich aufregt, sage ich ihr einfach, sie soll an das Baby denken. Das zieht bestimmt.«

Ich muss schmunzeln, aber was ich über ihn erfahren habe, steht wie eine Wand zwischen uns. »Vielleicht schaue ich mal kurz vorbei.«

»Dann taue ich die Fische auf, ja?«

Stefan ist hartnäckig. Wenn es schlecht läuft, kann ich nach zehn Minuten wieder gehen. »Also gut. In Ordnung.«

Jetzt ist er sichtlich zufrieden. Er deutet ein lässiges Salutieren an, schlendert zum Gartentor hinaus und fährt mit seinem Moped davon.

12

Noch einmal lese ich den Brief, dann schiebe ich ihn in das Kuvert und klebe es zu. Es tut weh, die Anschrift zu schreiben. Eleni Konstantinidou. Viel-zu-weit-Weg in Nicht-mehr-bei-mir. Sie wohnt jetzt in einer WG, und ihr Zimmer dort habe ich nie gesehen. Als wir uns in der Auguststraße trafen, um unsere Fotos zu kopieren, sagte sie, es sei sonnig. Während ich auf einen USB-Stick verschob, was wir gemeinsam erlebt hatten, schwärmte sie von Parkettfußböden, vom Ausblick in einen begrünten Hof und vom Kaminofen im Gemeinschaftszimmer. Die beiden Frauen, mit denen sie davor zusammensitzen mag, kenne ich nicht. Und ich will nicht, dass Eleni es mit ihnen warm hat. In meinem Brief steht etwas von dem Glück, das ich ihr wünsche. Das ist fair. Aber es ist nur die halbe Wahrheit. Und so schreibe ich ihr von meiner Sehnsucht, von meiner Liebe und von dem Schock, der mich traf, als sie ging. Meine Worte sind wie ein Kniefall. Ich will sie wieder beim Frühstück beobachten, wenn sie noch müde den Kopf in die Hand legt und zusieht, wie der Honig zäh vom Löffel auf ihr Sesambrötchen tropft. Ich will, dass sie wieder den Schaum von ihrer Handfläche in meine Richtung pustet, während wir zusammen in der Badewanne liegen. Ich würde sie bei jeder Radtour die Karte lesen lassen. Es würde mich nie mehr stören, wenn sie uns in die verkehrte Richtung lotst. Entschuldige, soll sie sagen und mich ansehen mit diesem Blick, der voll ist von Gram und Charme und Augenzwinkern. Ich will die richtigen Wege mit ihr nehmen und die falschen, solange es nur wieder gemeinsame Wege sind.

Meine Zeilen entblößen mich. Ich muss sie auf den Weg bringen, bevor ich es mir anders überlege. Briefmarken bekomme ich bei der Post in Templin. Dort wird es auch einen Kasten geben, der samstags geleert wird. Eilig ziehe ich mich an, schnappe mir die Autoschlüssel und fahre los. Es herrscht ein reger Ausflugsverkehr, aber ich komme trotzdem schnell voran, nur die Suche nach einem Parkplatz im Zentrum der Stadt kostet mich Zeit und Nerven. Das Kleingeld, das ich für die Marken ausgeben wollte, schluckt der Parkscheinautomat, und so muss ich mich bei der Post anstellen. Ich lese die Aufschriften auf den Werbetafeln, die mich umzingeln. Ein kostenloses Girokonto kann ich haben oder ein Wertpapierdepot, Schmuckumschläge im Zehnerpack, Druckerpapier zum Sonderpreis oder eine Gutscheinkarte für den Media Markt. Fünf Angebote drängen in einer Minute an mich heran. Wenn ich mich weiter umsehe, werden es zehn sein, fünfzehn, zwanzig, bis ich an der Reihe bin. Dabei will ich bloß das winzige selbstklebende Läppchen für fünfundfünfzig Cent. Endlich darf ich an den Schalter treten. Die Frau dahinter gibt mir die Briefmarke und den Rat, meinen Stromanbieter zu wechseln. Sparen könne ich. Clever solle ich sein. Ich verneine freundlich, während ich bezahle, dann sehe ich mich nach einem gelben Kasten um. Noch einmal wiege ich den Umschlag in der Hand, bevor ich ihn durch den Schlitz schiebe. Abends um zehn wird er auf einem altmodischen Weg auf die Reise gehen. Das wird Eleni gefallen. Ich weiß, dass sie sentimental ist. Eigentlich sind wir es beide.

Auf dem Platz vor der Kirche ist ein Markt. Ich schlendere zwischen den Ständen entlang und halte Ausschau nach etwas, das ich mitnehmen kann, wenn ich zum Grillabend gehe. Mir ist nicht wohl bei dieser Einladung. Ich stelle mich ein auf belangloses Geplauder, eine beleidigte Laura und den Geruch nach verbranntem Fleisch. Nicht länger als eine halbe Stunde werde ich bleiben. Am Gemüsestand kaufe ich eine Aubergine. In Scheiben geschnitten und mit Zitrone beträufelt passt sie gut zu Fisch und Fleisch. Zufrieden verstaue ich sie in meinem Rucksack und will mich schon auf den Heimweg machen, als mir mein kaputtes Handy einfällt.

In der Einkaufszeile ist ein Mobilfunkladen. Der Verkäufer darin trägt einen marineblauen Anzug, braune Schuhe und ein Namensschild, das ihn als Herrn Otto vorstellt. Er spricht mit niederdeutschem Einschlag, hat keine Haare auf dem Kopf, aber borstige, die ihm aus den Nasenlöchern wachsen. Er sagt, er wisse genau, was ich suche, und zeigt mir ein nagelneues Modell – UMTS und HSDPA, Quadband und Geo-Tagging, Offline-Modus, Fake-Anruf und Social-Hub-Funktion. Ich verstehe kein Wort und sehe ihn entsprechend an. Er lächelt gönnerhaft und wippt auf den Zehenspitzen, während ich den Touchscreen ausprobiere und dabei an den Tag denke, an dem der Handwerker von der Post das orange Telefon mit den quadratischen Tasten im Wohnzimmer der Eltern anschloss. Aber ich bin zu jung, um Vergangenes zu verklären. Und ich bin auch nicht von gestern, und so erkundige ich mich nach dem SAR-Wert des Handys. Jetzt ist es der Verkäufer, der entgeistert dreinblickt. Ich kann mir denken, dass sich niemand sonst dafür interessiert. Web und Walk und Push und Talk. Wer schon so viel Mist im Kopf hat, fragt auch nicht mehr nach einer Strahlung, die das Hirn erst im Laufe von Jahren weichkocht. Herr Otto sieht im Computer nach. Als er gefunden hat, was ich wissen will, hellt sich seine Miene auf. Niedrig, sagt er zufrieden. Ich hole mein Portemonnaie aus dem Rucksack, auch wenn ich mit Grausen daran denke, wie lange es dauern wird, bis ich das neue Gerät beherrsche. Aber *Bangemachen gilt nicht*, und *Übung macht die Meisterin*. Ich werde mir die Technik schon aneignen, irgendwie.

Als ich zurück im Dorf bin, ist es bereits früher Nachmittag. Ich tausche meine Bluse gegen ein Top, nehme das Tagebuch mit in den Garten und ziehe mir eine Liege in die Sonne. Dann lege ich mich auf den Bauch und setze den Kugelschreiber an.

Ich werde in diesem Jahr nicht in den Urlaub fahren. Das hier sind meine Ferien. Es war eine lange Reise von dem Podium, auf dem ich niedergestochen wurde, bis zu diesem Au-

genblick auf der Sommerwiese. Es war eine Flugreise. Mein Geist ist abgehoben und hat meinen Körper auf der Erde zurückgelassen, erschrocken von seiner Verletzbarkeit und fortan auf der Hut. Er hat Asyl gesucht im Argwohn. Das Pfefferspray in der vorderen Tasche meiner Shorts drückt gegen meine Hüfte. Ich brauche es. Die Angst hat sich eingerichtet in mir. Vielleicht werde ich sie nie mehr los.

Das Henna verblasst, mein natürliches Dunkelblond verdrängt die fremde Farbe, nur die silbernen Fäden sind zahlreicher geworden in den letzten Monaten. Trotzdem werde ich die Tönung nicht erneuern. Mein Eigenes kommt wieder durch und das nicht nur im Äußerlichen. Es ist mir nicht egal, was in diesem Land geschieht. Ich habe Ideen für eine Rede auf der Tagung des Bundesfrauenrats. Und ich bekomme Lust, einen Essay über Lohngerechtigkeit zu schreiben. Die taz *wird ihn drucken. Es wäre ein guter Einstieg nach der Sommerpause. Aber die Politik ist wie ein schwarzes Loch. Wie kann ich in Zukunft verhindern, dass sie mich wieder schluckt und für alles andere unempfänglich macht? Auch für Eleni. Falls sie mich überhaupt noch will.*

Ich schließe das Tagebuch, lege es ins Gras und drehe mich auf den Rücken. Schon nach wenigen Minuten spüre ich das Brennen auf den Wangenknochen. Als ich mich aufsetze, um mich mit Sonnenmilch einzureiben, erblicke ich einen alten Toyota, der nebenan hält. Eine vollschlanke Frau mit rostrotem Haar steigt auf der Beifahrerseite aus. Es wirkt etwas mühsam, wie sie sich bewegt. Sie spricht noch einmal ins Innere des Wagens hinein, dann schlägt sie die Tür zu. Das Auto wendet und fährt davon. Laura kommt aus dem Anbau und geht der Besucherin entgegen, öffnet das Gartentor, umarmt sie, küsst sie. Ich kann hören, dass beide Frauen lachen. Gemeinsam begutachten sie die Gemüsebeete und die Rosen, dann kommt Laura zu mir herüber. Sie wählt den Weg über die heruntergedrückte Hecke.

»Hallo«, begrüßt sie mich knapp. »Also, meine Mutter wäre dann jetzt da. Stefan hat gesagt, dass wir uns einen Stuhl ausleihen können?« Sie spricht sehr abgehackt und sieht mich trotzig an.

»Hallo, Laura«, begrüße ich sie und stehe auf. »Wie geht es dir?«

Sie tritt von einem Bein aufs andere und reibt mit der rechten Hand über ihren linken Unterarm. »Tja, gut.«

»Du bist jetzt im Mutterschutz, nicht wahr?«

»Klar.«

Nicht einmal das Thema ihrer Schwangerschaft vermag es, ihre Einsilbigkeit zu knacken. Unwillig denke ich an meine bevorstehende Stippvisite zum Essen und nehme das Kissen von einem der Gartenstühle, die am Tisch unter dem Apfelbaum stehen. »Willst du wirklich nicht mehrere?« frage ich und klappe ihn zusammen.

»Also, wenn du auch kommst, dann vielleicht doch besser zwei. Kannst ja einen wieder mitnehmen, wenn du gehst.«

Ich kann auch gleich wegbleiben, denke ich und verkneife mir, es auszusprechen. »Wann fangt ihr denn an?«, frage ich stattdessen.

»Wenn Stefan kommt. Vor sechs lässt sein Chef ihn aber auf keinen Fall weg. Am Bootsverleih ist der Teufel los.«

»Okay. Ich trage dir die Stühle rüber.«

»Nein, das mach ich schon!« Laura protestiert und will mir einen aus der Hand reißen, aber ich kann es verhindern.

»Kommt nicht in Frage. Denk mal an Viktoria.«

Sie lässt los, schnappt sich die Kissen und folgt mir schweigend. Als wir drüben sind, stelle ich die Stühle im hinteren Bereich des Gartens ab, wo der Grill schon aufgebaut ist.

»Ey, das sieht ja vielversprechend aus«, freut sich die ältere Frau, und Laura stellt uns vor. »Meine Mutter, Ingrid Burmeister – Martina Wernicke, du weißt schon, Mutti, hab ich dir erzählt.«

Ingrid Burmeister gibt mir mit laschem Druck die Hand und mustert mich aus einem Augenpaar, das dem ihrer Tochter frappierend ähnlich sieht; die gleiche blassblaue Farbe, die gleichen langen Wimpern. Ihr Gesicht ist rund, aber die Schultern sind schmal, und sie ist auch nicht groß. Ich habe Mühe, mir vorzustellen, dass sie schlaffe Körper gewendet und Matratzen angehoben hat, um die Bettwäsche zu wechseln – Tag für Tag, von früh bis spät und in der Nacht. Sie trägt goldenen Modeschmuck an den Fingern, den Ohren und am Handgelenk. Um ihren Hals hängt eine Brille mit goldenem Gestell an einer goldenen Kette. Bis auf den Lippenstift ist sie ungeschminkt. Ihr BH scheint durch das dünne weiße T-Shirt, das ihr ebenso zu weit ist wie der Rock, dessen Bund auf ihre Hüfte gerutscht ist. Sie lächelt freundlich, aber müde. Wir wechseln ein paar Worte über das Wetter und den Garten. Laura bietet mir Kaffee an. Ich spüre, dass sie es nicht gerne tut, will zurück auf das sichere Terrain der anderen Seite und lehne ab. Es war wirklich keine gute Idee, die Einladung anzunehmen.

Die Stunden mit Margaret Atwood vergehen wie im Flug. Als ich sehe, dass Stefan kommt, gehe ich in die Küche und wasche die Aubergine. Das Fenster ist offen. Mit dem Wind wehen leise Schlagermusik und der Geruch von entzündeter Grillkohle zu mir herein. Ich drehe gerade den Wasserhahn zu, als draußen Reifen quietschen. Fritz beginnt zu bellen wie verrückt. Erschrocken blicke ich auf.

Der schwarze Geländewagen ist wieder da. Diesmal fährt er nicht vorbei, sondern ist zum Stehen gekommen, aber nicht bei mir, sondern bei meinen Nachbarn. Vier Körper schnellen aus seinem Inneren hervor, und Männerstimmen brüllen durcheinander. Ich sehe Jeans, Bomberjacken und Springerstiefel. Alle vier haben Sturmhauben über ihre Köpfe gezogen. Die Fahrertür bleibt zu, und der Motor läuft weiter, während die Kerle sich über den Gartenzaun schwingen. Der letzte hat Mühe, das Hindernis zu überwinden. Er trägt einen ausgedehnten Bauch vor sich her und einen Rucksack auf dem Rücken. Der erste hält etwas in der Hand. Fritz jagt auf ihn zu und springt ihn an, aber dann jault er auf, fällt zu Boden und rührt sich nicht mehr. Stefan stellt sich den Eindringlingen entgegen und schreit: »Laura, hau ab!«

Ich kann mich nicht bewegen. Durch das offene Fenster verfolge ich das Geschehen und bekomme kaum Luft. Meine Hände haben die Aubergine fallengelassen, und meine Finger krampfen sich um den Rand der Arbeitsplatte. Der Mann mit dem Rucksack hält Lauras Mutter fest, die klagt und weint und dazwischengehen will, als die drei anderen auf Stefan einschlagen, der sich nach Kräften wehrt. Laura hält sich im Hintergrund, tritt auf der Stelle und fuchtelt mit den Armen.

Mein Herz schlägt bis zum Hals. Ich kann nicht denken. Die Finger lösen sich wie von selbst von der Arbeitsplatte und graben sich in meine Oberarme, fahren über die Haut, kratzen, schaben. Ich will zum Telefon, aber meine Beine bewegen sich nicht. Ich will nach draußen rufen, aber ich bringe keinen Laut heraus. Stefan geht zu Boden. Einer der Männer, die sich mit ihm prügeln, lässt von ihm ab und besprüht die Fassade des Hauses mit weißer Farbe. *Verräter*, schreibt er und malt ein Hakenkreuz. Dann geht er durch die offene Tür hinein, während die beiden anderen auf den auf der Erde Liegenden eintreten. Laura fasst den Grill an den Beinen und schleudert die Kohle in ihre Richtung. Die Schläger lassen von Stefan ab und halten sich die Arme schützend vor die vermummten Köpfe. Laura rammt einem von ihnen das Gestell in den Bauch. Er krümmt sich und wankt, aber dann reißt er Laura den Grill aus den Händen, schleudert ihn fort und trifft sie mit der Faust mitten im Gesicht. Sie fällt nach hinten und bleibt liegen.

Bruder Jacob. Meine Starre löst sich von einer Sekunde zur anderen. Ich klettere auf die Arbeitsplatte und springe aus dem Fenster ins Freie. Barfuß laufe ich so schnell ich kann, ohne meinen Blick von dem abzuwenden, was drüben geschieht. Der Dicke lässt Lauras Mutter los. Sie kniet sich neben ihre Tochter, und er schwingt seinen Rucksack vom Rücken, öffnet ihn und greift hinein. Der Sprayer kommt aus dem Haus zurück. Ich bin schon fast bei der Hecke, als er ruft: »Okay, kann losgehen, das Gas strömt.«

Ich höre die Worte. Und dann höre ich nichts anderes mehr als meinen eigenen Atem. Mein Blickfeld verengt sich auf den Garten. Alles geschieht mit einem Mal wie in Zeitlupe. Der Dicke zieht eine Flasche aus dem Rucksack, aus deren Hals ein Lappen hängt. Dann fummelt er in seiner Hosentasche. Die Schläger lassen von Stefan ab und weichen vom Haus zurück. Lauras Mutter drückt das Gesicht ihrer Tochter gegen ihre Brust, und während der Mann mit der Flasche den Lappen anzündet, blitzen Bilder in mir auf. Ich sehe Laura zwischen den Beeten und die Farbeimer vor dem Anbau. Stefan sitzt in dem alten Sessel im Wohnzimmer, und die Fotos hängen an den Wänden. Ich sehe sogar Stefans T-Shirt. *Hansa Rostock – Wir sind wieder da.*

Der Dicke holt zum Wurf aus. Ich nehme die Hecke mit dem ersten Satz, und mit dem zweiten springe ich ihm ins Kreuz, bevor er die Flasche losgelassen hat. Sie fällt mit uns ins Gras und bleibt heil. Ich liege auf dem Rücken des Mannes und beobachte, wie die Flüssigkeit in ihrem Inneren durch den Lappen sickert und Feuer fängt. Der Körper unter mir bäumt sich auf und wirft mich ab. Wir kugeln uns im Gras, halten uns gegenseitig fest und rollen über die Kohlestücke. Es brennt irgendwo an meinem Schulterblatt. Der Kerl überwältigt mich und ist über mir. Durch die ausgeschnittenen Augenlöcher erkenne ich den Hass in seinem Blick. Durch die Öffnung für den Mund sehe ich seine wulstigen Lippen.

»Wer bist du denn, du Schlampe?«, schreit er mich an. Sein Speichel spritzt auf meine Wangen. Ich stoße meine Stirn gegen seine Nase. Überrascht lockert er seinen Griff um meine Handgelenke. Ich kann mich befreien und taste nach dem Pfefferspray in meiner Hosentasche. Aber der Dicke erholt sich schnell. Er ist schwer, er ist kräftig und er schiebt mich Stück für Stück in Richtung der im Gras lodernden Flammen. Schon spüre ich die Hitze an meinem Oberarm. Es dauert eine Ewigkeit, bis meine Finger das kalte Metall endlich umschließen. Aber dann geht alles ganz schnell. Mit dem Daumen schnipse ich den Deckel ab und sprühe dem Fettwanst direkt in die Augen. Er brüllt wie ein wildes Tier, lässt von mir ab und schlägt die Hände vors Gesicht. Ein paar Tropfen rieseln auf mich selbst nieder, aber ich lasse mich nicht beirren, stoße ihn von mir weg und reiße ihm die Sturmhaube herunter. Er schlingt die Arme um seinen Kopf. Benommen versuche ich aufzustehen. Gerade noch sehe ich, dass Stefan wieder auf den Beinen ist, als eine Faust mich an der Schläfe trifft. Ich sinke wieder zu Boden.

Eine Stimme befiehlt: »Abhauen!«

Die Schläger rennen voraus, der Sprayer wirft die Sprühdose weg und stützt den Dicken, der taumelt und sich noch immer krümmt. Auf seinen Hinterkopf ist in zackigen Buchstaben SS tätowiert. Die Kerle schlüpfen ins Auto wie Ratten ins Loch. Der Wagen braust los, noch bevor sie die Türen zugeschlagen haben. Wieder quietschen die Reifen. Und dann ist es plötzlich ganz still.

Erst jetzt beginne ich zu zittern. Erst jetzt spüre ich die Schmerzen. Meine Augen tränen. Die Schläfe pocht. An meiner Schulter muss eine Brandwunde sein. Das Schlimmste aber ist die Spucke auf meinen Wangen. Ich setze mich auf, zupfe an meinem Top und reibe mit dem Stoff mein Gesicht trocken. Stefan tritt die Flammen aus. Das Blut rinnt ihm aus der Nase und tropft auf sein T-Shirt, das am Kragen eingerissen ist. Sein linkes Auge ist zugeschwollen. Er kann kaum aufrecht stehen und hält den Blick noch immer zur Straße gerichtet, tritt weiter auf der Erde herum, als schon längst nichts mehr brennt. Dann humpelt er ins Haus und öffnet alle Fenster. Ich schaue mich nach Laura um. Sie weint in den Armen ihrer Mutter, die neben ihr auf dem Boden hockt. In Richtung des Gartenzauns höre ich ein schwaches Wimmern. Ich drehe mich um. Fritz hebt den Kopf und lässt ihn sinken, hebt ihn noch einmal, rappelt sich auf und fällt wieder um. Auch Stefan bemerkt es, als er zurückkommt, aber er geht zu seiner Frau.

Ich will aufstehen, aber mir ist schwindlig, und so krieche ich auf allen Vieren auf den Hund zu. Er liegt auf der Seite und röchelt. Ich suche nach einer Wunde, aber ich kann keine finden. Da ist auch kein Blut. Erst als ich Fritz umdrehe, begreife ich, was geschehen ist. Zwei rote Punkte leuchten aus dem schwarzen Fell hervor, die Haare drum herum sind versengt. Die Ungläubigkeit im Blick des Tieres treibt mir neue Tränen in die Augen, und diese kommen nicht vom Pfefferspray. Er wurde mit einem Elektroschocker niedergestreckt. Ich erinnere mich an eine Diskussion über Waffen, bei der auch über diese Geräte gesprochen wurde, aber ich weiß nicht, mit wie viel Volt sie ihn außer Gefecht gesetzt haben. Vielleicht wird er wieder gesund. Vielleicht wird er sterben. Er kann Herzrhythmusstörungen bekommen und Lähmungen zurückbehalten. Auf jeden Fall muss er untersucht werden. Wie wir alle.

Jetzt schaffe ich es aufzustehen. Als ich mich zu den anderen umdrehe, sehe ich, dass Ingrid Burmeister und Stefan gemeinsam versuchen, Laura auf die Füße helfen. Sie schaut an sich hinunter und schreit: »Nein! Nein! O nein!«

»Um Gottes Willen!«, ruft ihre Mutter aufgeregt. Laura presst die Beine zusammen. Ich eile zu ihr hin, und erst als ich fast bei ihr bin, erblicke ich die helle Flüssigkeit, die an den Innenseiten ihrer Schenkel hinunterläuft. Stefans Gesicht hat alle Farbe verloren.

»Nicht doch, leg dich wieder hin!«, ruft er, dann sieht er mich an. »Martina, Feuerwehr! Schnell!«

Ich laufe ins Haus. Drinnen riecht es noch nach Gas. Ich sehe mich im Wohnzimmer nach einem Telefon um, finde es und wähle die Notrufnummer. Als ich zurückkomme, liegt Laura flach auf dem Boden. Stefan blutet noch immer, aber er achtet nicht darauf, sondern hält die Hand seiner Frau und streicht ihr übers Haar.

»Keine Angst«, sagt er. »Ganz ruhig.« Es ist gut, dass Laura die Augen zusammenkneift, so kann sie die Panik nicht sehen, die in seinem zerschundenen Gesicht geschrieben steht.

»Mein Baby«, wimmert sie, immer wieder. »Mein Baby.«

Ihre Mutter ringt die Hände und richtet den Blick zur Straße. Ich laufe vor zum Gartenzaun und halte ebenfalls Ausschau. Mit dem Polo brauche ich fast eine halbe Stunde bis nach Templin, ein Rettungswagen sollte schneller sein. Mit Schrecken fällt mir die Bahnschranke ein, aber ich glaube, am Samstagabend fahren die Züge nicht mehr.

Warten.

Kein Auto ist auf der Straße. Wo bleiben sie denn nur?

Warten.

Vielleicht hätten wir Laura selbst in die Klinik bringen sollen. Alles ist besser als diese Untätigkeit.

Warten.

Ich trage keine Uhr, und so zähle ich im Geist die Sekunden, komme bis sechzig und fange wieder von vorne an. Ich recke den Hals und klopfe mit der Faust auf die Latten des Zauns.

»Komm, komm, komm«, flehe ich leise.

Endlich höre ich die Sirene und gleich darauf Stefans Stimme.

»Da sind sie, Schatz, da sind sie doch!«

Ich halte den Atem an, als ich das Blaulicht sehe. *Man soll den Tag nicht vor dem Abend loben.* Schon wieder Gewalt. Der Arzt springt vorne aus dem Rettungswagen. Ich deute in Lauras Richtung, bleibe aber am Zaun stehen und halte mich daran fest. Eine Sanitäterin mustert mich.

»Brauchen Sie auch Hilfe?«, fragt sie flüchtig, während sie mit ihrem Kollegen und einer Trage an mir vorbeieilt.

»Nein, nein, später«, antworte ich und winke ab, sehe von weitem zu, wie der Arzt mit Laura spricht, ihren Bauch befühlt und ihn mit einem Stethoskop abhört. Die Sanitäterin wischt Stefan das Blut aus dem Gesicht und schiebt ihm eine Tamponade in die Nase. Dann heben sie Laura auf die Trage. Auf dem Weg zum Rettungswagen geht Stefan auf der einen Seite neben ihr her und ihre Mutter auf der anderen.

»Mutti«, wimmert Laura, und wieder: »Mein Baby.« Stefan steigt mit ein. Er versucht noch immer, seine Frau zu beruhigen. Die Tamponade mitten in seinem blassen Gesicht sieht aus wie ein roter Fleck auf einer weißen Decke.

»Ruf an, sobald du was weißt, ja?«, ruft Ingrid Burmeister in den Rettungswagen hinein. Als die Türen geschlossen werden, legt sie ihre Hand von außen dagegen. Gemeinsam blicken wir dem Fahrzeug nach. Erst als es nicht mehr zu sehen ist, beginnt sie zu schluchzen. Ihre Miene ist verzerrt von Angst und Schmerz, die Tränen laufen ihre Wangen hinunter. Langsam kommt sie zu mir und ringt um Luft.

»Der Arzt sagt, die Herztöne sind da«, stammelt sie schwer verständlich. »Aber die Fruchtblase ist geplatzt. Sie müssen das Baby wohl holen.« Unbeholfen nehme ich sie in die Arme. Ihr Körper ist weich und warm. Ihn zu halten beruhigt auch mich.

»Es wird schon«, flüstere ich ihr zu und will es gleichzeitig beschwören. »Sie werden sehen, alles wird gut.«

Die Frau entspannt sich nur langsam, und während ich sie tröste, kommen allmählich die Gedanken. Wir müssen die Polizei verständigen, damit sie den Überfall zu Protokoll nehmen kann. Womöglich sind die Täter noch in der Nähe. Vielleicht fällt ihr Auto irgendwo auf. Behutsam schiebe ich Lauras Mutter von mir weg, will noch einmal ins Haus, um zu telefonieren. Als ich mich umdrehe, sehe ich, dass Fritz wacklig auf seinen Beinen steht. Ich muss mich um ihn kümmern. Und auch um mich selbst.

13

Ich habe auf dem Bauch geschlafen, oder jedenfalls habe ich es versucht, mit zusammengepressten Lidern und dem Vorsatz, das Brennen auf der Haut zu ignorieren. Die Partie unterhalb meines linken Schulterblattes hat es böse erwischt. Das Top war an zwei Stellen durchgebrannt. Jetzt stehe ich mit dem Rücken zum Spiegel. Umständlich löse ich die beiden Pflaster, finde rote Bläschen darunter.

Es ist verrückt. Diese Wunden kann ich ansehen, obwohl sie frisch sind und noch schmerzen. Den Blick auf die anderen, längst vernarbt, meide ich noch immer. Diesmal bin ich nicht überrumpelt worden. Ich selbst habe mich entschieden einzugreifen. Ich habe Schlimmeres verhindert. Die Bereitschaftsärztin hat mir eine Salbe gegeben. Ich lasse die verletzte Region beim Waschen aus, versorge sie neu und ziehe mich an, dann gehe ich nach unten in die Küche. Ich koche mehr Kaffee als gewöhnlich und gieße ihn in die Warmhaltekanne. Die Kommissarin wollte noch einmal vorbeikommen, obwohl sie mich schon gestern ausgiebig befragt hat. In allen Einzelheiten schilderte ich ihr den Überfall, während ich zusah, wie ein Tierarzt Fritz behandelte. Irgendetwas vergäßen die Zeugen in der ersten Aufregung immer, sagte sie. Und sie hatte recht. Ich habe nicht erwähnt, dass mir der Geländewagen zuvor schon zweimal aufgefallen war. Gestern war das Nummernschild abmontiert gewesen, aber im Dorf vor dem Geldautomat habe ich es gesehen. Ich versuche mich zu erinnern. Mit UM fing es an. Aber wie ging es weiter?

Mein Blick fällt auf das neue Handy, das auf dem Küchenschrank neben der Steckdose liegt. Den Akku habe ich über Nacht aufgeladen. Jetzt lege ich meine SIM-Karte ein und öffne das Adressbuch. Alle Einträge sind vorhanden. Ich rufe mich von Fraukes Festnetzanschluss selbst an und höre erleichtert den voreingestellten Klingelton. Es funktioniert. Ich sperre die Tasten und schiebe das empfindliche Stück Technik in meine Hosentasche. Vorne links. Rechts steckt wieder das Pfefferspray. Ich habe nicht alles verbraucht.

Obwohl ich keinen Hunger habe, verteile ich ein bisschen Marmelade auf dem halben Brötchen von gestern und knabbere daran herum. Ich nippe an meinem Kaffee und lasse das Haus nebenan nicht aus den Augen. Alle Fenster sind geöffnet, aber niemand ist zu sehen. Die Ungeduld wühlt in mir. Ich muss wissen, wie es Laura geht und Stefan und dem Baby. Über dem Kühlschrank tickt eine Uhr an der Wand. Es ist erst kurz nach acht, viel zu früh, um zu klingeln. Ich schalte das Radio ein, um mich abzulenken. *Missing You,* singt Tina Turner. *I'm still standing here, and you're miles away, and I'm wondering, why you left.* Das ist auch nicht besser. Ich habe Eleni geschrieben, dass die Zeit im Dorf mir hilft, meine Gedanken zu ordnen, dass ich hier Ruhe finde. Mein Brief ist jetzt schon unterwegs. Was für eine Ironie.

Die Brandwunden lodern, das Lied klingt aus, und der Radiosprecher müht sich in beschwingtem Ton, gute Laune zu verbreiten. Er spricht über Deutschland und England, den angesetzten Schiedsrichter und die voraussichtlichen Aufstellungen. Die Fieberkurve steige, sagt er. Ich staune darüber, was die Menschen umtreibt, und mir fällt das Torwarttrikot ein, das ich Regine für Enrique schicken sollte. Sie wird sich wundern, dass ich mich noch nicht gemeldet habe. Vielleicht ist sie ärgerlich. In einer anderen Zeit hätte ich die Bestellung sofort aufgegeben, hätte Süßigkeiten dazugelegt und das Paket als Expressgut verschickt. Die Frau mit dem Messer hat meine Reflexe blockiert und einen Schlusspunkt gesetzt. Ein *kannst du mal* meiner kleinen Schwester war für mich stets wie ein Hammer auf dem Knie. Aber mit der Zeit klopfte nicht nur Regine. Das Klopfen pflanzte sich fort und wurde zum Trommelfeuer. Kannst du mich mal bei der Delegiertenkonferenz vertreten? Kannst du mal diese Bürgeranfrage beantworten? Dich für unsere Fraktion mit den Linken über den Antrag der Regierung zur Gesundheitsreform abstimmen? Die Partei in dieser Talkshow repräsentieren? Am Sonntag? Kein Problem. In der Nacht? Gerne. Frühmorgens schon wieder? Na klar. Reiz und Reaktion bis zu einer Podiumsdiskussion im März. Der erste Stich hat die Lunge getroffen, der zweite die Bauchschlagader nur um Zentimeter verfehlt. Jetzt können sie mich alle mal. Und das, immerhin, ist ein Gewinn.

Gerade als ich noch einmal abbeißen will, geht drüben die Tür auf. Lauras Mutter tritt aus dem Haus. Sie trägt einen Eimer und geht auf die Schmierereien an der Fassade zu. Sofort lege ich das Brötchen aus der Hand und eile hinaus. Als ich die Hecke überwinde, fällt mein Blick auf das versengte Rasenstück. Die Polizei hat Fotos davon gemacht. Sie hat auch die Flasche mitgenommen, nur die Holzkohle liegt noch weit über den Boden verstreut. Erst jetzt bemerke ich, dass die meisten Brocken noch schwarz und ungenutzt aussehen. Sie können noch nicht geglüht haben. Ich nehme einen auf, drehe ihn zwischen den Fingern und bedanke mich bei den höheren Sphären. Zwei Brandblasen auf meinem Rücken sind mehr als genug.

Ingrid Burmeister steht stocksteif vor dem *Verräter* und kratzt mit einer Drahtbürste die weiße Farbe fort.

»Guten Morgen«, begrüße ich sie, als ich bei ihr bin. »Haben Sie was aus dem Krankenhaus gehört?«

Sie dreht sich langsam zu mir um, wirft die Bürste in den Eimer, den sie auf das Fensterblech gestellt hat, und wischt sich die Finger an ihrem Rock trocken. Dann gibt sie mir die Hand.

»Ja«, sagt sie. »Stefan hat heute Nacht um kurz nach zwei angerufen. Das Baby ist da.«

Sie lächelt ein bisschen und bleibt trotzdem ernst.

»Und? Ist alles gutgegangen?«

Sie nickt. »Dem Himmel sei Dank. Kommen Sie mal mit rein. Mir tut der Rücken weh. Wenn wir reden wollen, muss ich mich hinsetzen.«

Wir gehen ins Haus. »Stinkt immer noch nach Gas, oder?«, fragt Ingrid Burmeister und schlurft ins Wohnzimmer voraus.

»Ich rieche nichts mehr«, antworte ich. Nicht nur alle Fenster sind offen, sondern auch die Türen zwischen den Räumen. Es zieht gewaltig.

»Doch, doch. Es stinkt noch. Das kriegt man so schnell nicht raus.« Sie verzieht vor Schmerzen das Gesicht und sinkt vorsichtig auf einen Stuhl, der neben dem Sofa steht und den ich bisher dort nicht gesehen habe. Ich spüre etwas Feuchtes an meiner Hand und zucke zusammen, aber dann sehe ich die Hundeschnauze. Fritz trottet hinter mir her. Er humpelt, und ich bücke mich, um ihn zu streicheln, aber er weicht zurück.

»Setzen Sie sich doch«, sagt Lauras Mutter und deutet auf den Sessel am Tisch, auf dem in der Gewitternacht Stefan saß. Ich nehme Platz und blicke sie erwartungsvoll an.

»Also, sie haben einen Kaiserschnitt gemacht«, sagt Ingrid Burmeister. »Möchten Sie was trinken?«

»Nein, nein«, antworte ich. »Nur weiter.«

»Nu bin ich Oma, und meine Tochter hat selbst ein kleines Mädchen. Sie haben Stefan bloß kurz zu dem Baby gelassen. Er hat erzählt, dass es so winzig ist wie der Stoffpinguin, den ich letzte Woche gekauft habe. 42 Zentimeter. 2260 Gramm.« Sie misst die Länge mit ihren Händen ab und blickt gerührt in den Raum dazwischen.

»Und – ist sie gesund? Ich meine, sie ist doch viel zu früh ...«

Lauras Mutter nickt. »Ja, zu früh. Aber Stefan sagt, sie haben sie genau untersucht. Die Lunge ist voll entwickelt. Sie muss nicht beatmet werden, aber sie bekommt erst mal künstliche Nahrung. Das Saugen klappt wohl noch nicht so gut. Und sie haben sie in ein Wärmebettchen gelegt.«

»Was ist mit Laura?«

»Hat alles gut überstanden. Und dann hat sie geschlafen. Ich fahre nachher hin. Mein Bekannter kommt um halb elf und holt mich ab.«

»Wie geht es Stefan? Muss er im Krankenhaus bleiben?«

Sie zuckt mit den Schultern. »Letzte Nacht haben sie ihn dabehalten. Er hat eine schlimme Rippenprellung. Kann kaum Luftholen vor Schmerzen, sagt er. Aber zum Glück keine inneren Blutungen. Das Gesicht ist natürlich völlig zugeschwollen. Vielleicht kommt er heute nach Hause.«

Ich schüttele den Kopf, obwohl ich erleichtert bin. »Da hatten die beiden alles so genau vorbereitet und geplant.«

Ingrid Burmeister nickt. »Ich hab's geahnt. Solche Schweine wird man nicht los. Als Laura mir den Brief gezeigt hat, wusste ich sofort, dass da noch was kommt.«

Ich runzle die Stirn. »Welchen Brief?«

»Den anonymen. Wir kriegen dich, stand da. So ausgeschnitten aus der Zeitung, wie im Krimi. Haben sie hierhergeschickt. Laura hat ihn aus dem Kasten geholt. Ich glaube, sie hat Stefan bis heute nichts davon erzählt. Was meinen Sie, warum sie den Hund wollte?«

Daher also Lauras Hartnäckigkeit. Aber das Tier hat sie nicht schützen können. Mir fällt ein, wie der Geländewagen am Haus vorbeigefahren ist. Die Männer haben alles ausgekundschaftet und waren bestens vorbereitet mit dem Elektroschocker. Aber wie haben sie Stefan überhaupt ausfindig gemacht?

»Woher hatten sie denn die Adresse?«, frage ich und beobachte Fritz, der sich unter den Tisch verkriecht und den Kopf auf die Pfoten legt.

Lauras Mutter blickt auf die Hände in ihrem Schoß und spielt mit den Ringen daran. »Wahrscheinlich von Stefans Vater, das wäre ihm zuzutrauen. Ich habe Laura gleich gesagt, es wird ihnen nichts nützen, dass sie wegziehen. Aber Stefan hat seine Tante so sehr bequatscht, damit sie ihnen das Haus überlässt. Denn in Prenzlau konnten sie nicht bleiben, da haben sie ihm ständig gedroht. Haben ihn immer wieder angerufen, sogar nachts. Nee, nee, das ging nicht mehr.«

Ich spüre, wie meine Muskeln sich anspannen. In Deutschland fliehen wieder Menschen vor den Nazis.

»Ich hätte nicht gedacht, dass sie jemanden so hartnäckig verfolgen, nur weil er nicht mehr mitmachen will«, wundere ich mich.

Jetzt lächelt Ingrid Burmeister mich seltsam an. Sie mustert mich lange, bevor sie ausspricht, was sie denkt. »Laura hat mir von dem Essen bei Ihnen erzählt. Und auch, wie es ausgegangen ist.«

»Ich wollte noch einmal mit ihr darüber reden. Sie hat sich dem entzogen.«

»Ja, das kann ich mir vorstellen. War immer ein Dickkopf. Und nu kennen Sie nicht die ganze Geschichte, was?«

»Hm, ja, so ist es wohl«, gebe ich zu.

»Laura hat Ihnen erzählt, dass Stefan für diese Typen Schmiere gestanden hat. Aber Sie wissen noch nicht, dass er sich selbst und die ganze Bande hinterher angezeigt hat, stimmt's?«

Was Ingrid Burmeister sagt, trifft mich wie eine Ohrfeige. Sofort erinnere ich mich an Stefans schuldbewussten Blick. Er saß in dem Sessel, in dem ich jetzt sitze. Seine Reue sickert aus dem Polster in mich ein. Und ich fühle mich getäuscht. Warum hat er mir das nicht erzählt, als er wegen der Gartenstühle bei mir war?

Ingrid Burmeister scheint meine Gedanken zu erahnen. »Er spricht nicht darüber. Er meint, wenn er sich ausschweigt, kann er es ungeschehen machen. Aber das kann er nicht. Hat man ja gestern gesehen. Die werden ihn nie in Ruhe lassen.«

»Was ist denn mit seiner Mutter? Ist die nicht auch manchmal in dieser Kneipe? Kann die nicht auf seinen Vater und auf diese Kerle einwirken?«

Sie winkt ab und steht auf. »Ach, die ist vom gleichen Schlag. Beide Eltern sind nicht mal zu Stefans Hochzeit gekommen. Ehrlich gesagt, ich war nicht böse drum. Jetzt muss ich aber mit der Wand weitermachen. Bevor mein Bekannter kommt und mich ins Krankenhaus fährt, will ich den Dreck runterhaben.«

»Soll ich das machen?«, frage ich und erhebe mich aus dem Sessel. »Sie können sich doch kaum rühren.«

»Nee, lassen Sie mal. Sie haben schon genug getan.«

Noch einmal biete ich ihr meine Hilfe an, aber sie bleibt bei ihrem Nein. Wenigstens die Holzkohle im Gras will ich einsammeln, und damit ist sie einverstanden, denn bücken kann sie sich wirklich nicht. Wir arbeiten schweigend, nur das Kratzen der Borsten auf der Hauswand ist zu hören und das Plätschern des Wassers, wenn Ingrid Burmeister die Bürste im Eimer ausspült. Ich habe schon beide Hände voll mit schwarzen und grauen Stücken, als das neue Handy klingelt. Ich laufe mit meiner schmutzigen Beute zum Fensterblech und lege sie ab. Dann ziehe ich das Telefon mit spitzen Fingern aus der Hosentasche. Im hellen Licht des Tages kann ich auf dem Display nicht erkennen, wer anruft.

»Martina Wernicke«, sage ich deshalb in neutralem Ton.

»Warum so förmlich?«, fragt Frauke und lacht. »Ich bin entzückt. Habe eben im Haus angerufen, und als du da nicht rangegangen bist, dachte ich mir, ich versuche es mal mit deiner Nummer. Hätte aber gar nicht zu hoffen gewagt, dass du wieder auf Empfang bist.«

»Gerade so«, antworte ich.

Wieder spült Lauras Mutter neben mir die Bürste aus.

»Bist du im Bad?«, fragt Frauke. »Oder schon am See?«

»Weder noch. Aber es passt trotzdem gerade schlecht. Kann ich dich zurückrufen?«

»Klar«, antwortet sie. »Wenn es geht, in fünf Minuten. Da ist einiges, was ich mit dir besprechen will. Und ich bin in einer halben Stunde mit Mechthild und Jan verabredet. Lagebesprechung.« Jetzt klingt sie gehetzt.

»Guten Morgen, Martina. Wie geht es dir? Hast du gut geschlafen?«, sage ich gedehnt, um sie aufzuziehen.

»Ja, ja, nun sei nicht so. Du kennst mich doch. Außerdem schläft man immer gut in so einem Nest. Was soll man da auch sonst tun? Ist ja nichts los.«

»Genau«, sage ich. »Bis gleich.«

Ich beende das Gespräch und schiebe das Handy zurück in die Hosentasche. Ingrid Burmeister ist beim vorletzten Buchstaben angekommen. Die Farbe ist blasser geworden, verschwunden ist sie nicht.

»Wichtige Nachrichten, wie es scheint«, erkläre ich ihr rasch. »Ich muss rüber.«

»Gehen Sie nur«, sagt sie, ohne ihre Arbeit zu unterbrechen. »Wenn ich aus dem Krankenhaus zurück bin, komme ich zu Ihnen und berichte. Vielleicht bringe ich Stefan mit. Sind Sie zu Hause oder wollen Sie noch mal weg?«

Ich schüttele den Kopf. »Nein, ich bin hier und warte auf die Kommissarin.«

Jetzt hält sie inne. »Ach ja, die Kommissarin, die habe ich ganz vergessen. Na, sagen Sie ihr, ich melde mich bei ihr. Erst muss ich zu Laura.«

»Grüßen Sie die beiden von mir«, rufe ich ihr zu, als ich schon im Gehen bin. Wieder nehme ich den Weg über die Hecke, der immer bequemer wird. Durch das viele Hin und Her lichtet sie sich an der flachgedrückten Stelle. Die Grenze zwischen den Gärten ist durchlässig geworden.

14

Die Schnur des Telefons reicht bis in den Wintergarten. »Was gibt es denn so Dringendes«, frage ich, als Frauke das Gespräch annimmt, und genieße die Aussicht auf die Rabatten hinter dem Haus.

»Also, erst mal wollte ich dich fragen, ob du schon einen Blick in die Wochenendausgabe der *Berliner Zeitung* geworfen hast?«

»Nein, wieso?«

»Nun, im Mittelteil steht ein Dossier über die Vereinbarkeit von wirtschaftlichem Handeln und ökologischer Verantwortung. Und das alles wird dargestellt am Beispiel unseres speziellen Freundes. Wusstest du, dass Hendrik diese Möbelfabrik, bei der er Manager war, vor dem Bankrott gerettet hat?«

»Nein, das wusste ich nicht. Und das hätte ich ihm auch gar nicht zugetraut.«

»O doch, hier steht, *Wellwood* war praktisch pleite. Und nur zwei Jahre, nachdem Hendrik da anfing, schrieb das Unternehmen wieder schwarze Zahlen.«

»Tatsächlich? Nun, vielleicht hat er ja als Manager Qualitäten, von denen wir nichts wissen. Wäre er bloß dabei geblieben.«

Frauke lacht. »Ist er leider nicht. Aber der Artikel ist natürlich Wasser auf seine Mühlen. Erst berichtet der Journalist darüber, dass Hendrik diese Firma zum Erfolg zurückgeführt hat, und dann gibt er Chicken George in einem Interview auch noch den Raum, gleich mal gegen uns zu krähen. Lang und breit erklärt unser feiner Kollege, warum wir mit unserem Politikverständnis und mit unserem Antrag sowieso Fossilien sind.«

»Fossilien? Noch sind wir nicht ausgestorben.«

»Oh, das sieht Hendrik aber ganz anders. Ich lese dir vor, was er so von sich gibt.« Am anderen Ende der Leitung raschelt Papier. »›Frauke Jensen-Pahl hat große Erfahrung, vor der man Respekt haben muss. Aber es lässt sich nun mal nicht leugnen, dass ein Fünf-Parteien-System andere Anforderungen mit sich bringt als die politische Landschaft der Vorwendezeit.‹ Also, du siehst, ich bin ein Auslaufmodell. Und andere sind ihm nun wieder zu grün hinter den Ohren. Über Mechthild sagt er: ›Mechthild Sonntag ist noch nicht lange im Wirtschaftsressort. Sie kommt von der Gleichstellungspolitik, ist das Denken in Quoten und Regulierung gewöhnt. Sie wird bald merken, dass unternehmerisches Handeln mehr Flexibilität erfordert. Wenn wir als Partei mitgestalten wollen, müssen wir auch manchmal zu unliebsamen Kompromissen bereit sein.‹«

»Pah, hör auf, mir wird schlecht. Ich verstehe gar nicht, wie du das so ruhig vorlesen kannst. Amüsiert beinahe.«

Frauke grunzt vergnügt. »Nein, das kannst du wirklich nicht verstehen. Soll ich dir auf die Sprünge helfen?«

»Inwiefern?«

»Du sagst kein Wort?«

»Worüber denn bloß?«

»Der ganze Artikel ist von Heinz.«

»Von welchem Heinz?«

»Na, Heinz-Günther Becker.«

»Was? Der muss doch schon über siebzig sein. Der arbeitet doch gar nicht mehr.«

»Stimmt für gewöhnlich.«

»Aber das kapiere ich dann erst recht nicht. Der war doch immer auf unserer Seite. Auf deiner ganz besonders.«

»Jahaaa«, jubelt sie.

»Frauke, was hat das zu bedeuten?«

»Dass Hendrik mir auf die Nerven geht. Und dass er eitel genug ist zu glauben, mein alter Freund Heinz würde sich je auf seine Seite schlagen. Ist nicht meine Schuld, wenn die Aussicht auf eine tolle Schlagzeile ihn um seinen mageren Verstand bringt.«

»Also, ich weiß ja nicht, wohin das alles führen soll, aber das ist nicht meine Art von Auseinandersetzung. Ich will mich nicht mit Hendrik auf eine Stufe stellen. Wenn du ...«

»Jetzt halt mal die Luft an«, unterbricht Frauke mich mitten im Satz. »Bevor du dich aufregst, lese ich dir doch lieber mal vor, was Hendrik noch so gesagt hat. Über dich zum Beispiel.«

Ich stöhne auf. »Will ich das wissen?«

»Wahrscheinlich nicht, aber vielleicht dämpft es deinen Eifer, mir ins Gewissen zu reden.«

Ich spüre, wie meine Hand sich fester um den Hörer legt. Es passt mir nicht, dass Hendrik George das mit mir machen kann. Wieder raschelt das Papier am anderen Ende der Leitung, bevor Frauke liest.

»›Dieses Attentat gegen Martina Wernicke hat mich tief getroffen. Ich war sehr erleichtert, als sie sich so schnell erholt hat. Aber allmählich kann man sich des Eindrucks nicht erwehren, dass das Ereignis sie doch dauerhafter geschädigt hat. Wie dem auch sei, die Partei wird an ihrer Seite stehen, wenn sie mentale Hilfe braucht.‹«

»Soll heißen, ich habe eine Macke.«

»Exakt. Und er redet dich tot. Aber du weißt ja, wie du ihm in die Suppe spucken kannst.«

Ich fasse es nicht. Frauke benutzt tatsächlich Hendriks Interview, um mich anzuschubsen. »Womit?«, frage ich missmutig.

»Na, hast du mal aufs Datum geguckt?«

Das habe ich tatsächlich lange nicht getan. Ich ahne trotzdem, worauf sie anspielt. »Du meinst die Wahl des Bundespräsidenten?«

»Allerdings. Martina, es sind nur noch drei Tage. Und bestimmt wird es eng werden. Macht keinen guten Eindruck, wenn wir nicht vollzählig dabei sind.«

Meine Wut kommt plötzlich. »Soll ich dir mal sagen, was keinen guten Eindruck macht? Es ist jedem klar, dass die Linken Gauck nie und nimmer wählen werden. Das Ganze hat doch nur den Sinn, sie als ewig gestrige Stasi-Ossis vorzuführen. Und wenn die Linken Gauck nicht mitwählen, können die Rechtsausleger in der Regierungskoalition es sich leisten, mit ein paar Stimmen gegen Wulff ein bisschen an Angies Stuhl zu sägen, ohne eine Niederlage zu riskieren. Eben das ist die üble Show, die mich so ankotzt.«

Durch die Leitung höre ich das Klicken ihres Kugelschreibers. »He, jetzt mach mal halblang. Gegen Gauck gibt es nichts einzuwenden. Und wir wissen, was die Alternative ist.«

Frauke weiß nur zu gut, wie sie mich packen kann. »Du meinst den Wulff im Schafspelz«, grummele ich. Sehr wohl habe ich gelesen, dass er im Kuratorium einer missionarisch-evangelikalen Vereinigung sitzt, die ein erzkonservatives Familienbild vertritt und Homosexualität ebenso verurteilt wie Schwangerschaftsabbrüche. Und noch vor wenigen Wochen hat er einen Vortrag beim Arbeitskreis Christlicher Publizisten gehalten, einer Splittergruppe am äußersten rechten Rand des Protestantismus, wie sie der Sektenbeauftragte der Evangelischen Landeskirche Württemberg nennt.

»Ganz genau. Jetzt komm schon. Es geht doch nur um einen einzigen Tag in Berlin. Du könntest Hendrik zeigen, dass du nicht weg vom Fenster bist. Und der Presse auch.«

Die Gelegenheit wäre wirklich nicht schlecht. Bei der Wahl des Bundespräsidenten stehen ganz andere im Zentrum der Aufmerksamkeit. Ich könnte einen Wiedereinstieg finden ohne einen Medienrummel, der sich um mich dreht. »Ich denke drüber nach«, sage ich deshalb.

Frauke scheint das nicht zu genügen. »Tu das«, murmelt sie. »Ich muss jetzt los, ich will Mechthild und Jan nicht warten lassen.«

Wir beenden das Gespräch. Ich kam gar nicht dazu, mich zu fragen, ob ich ihr von dem Überfall der Nazis erzählen will. Im Grunde bin ich froh darüber. Ich spüre einen Graben, der breiter wird. Durch die Scheiben des Wintergartens sehe ich hin zu jenem Tisch unter dem Apfelbaum, an dem meine bundespolitischen Ambitionen ihren Anfang genommen haben. Vielleicht gehen sie hier auch zur Neige. Ich löse mich von dem Blick und suche mein Tagebuch, finde es in der Küche auf dem Tisch.

Frauke, Mechthild und Jan treffen sich zur Lagebesprechung. Ohne mich. Es stört mich nicht. Und es stört mich nicht einmal, dass es mich nicht stört. Trotzdem bin ich wieder erreichbar, und es lässt mich auch nicht kalt, wie die Wahl des Bundespräsidenten am kommenden Mittwoch ausgehen wird. Aber muss ich dabei sein? Es wird Zeit, eine Entscheidung zu treffen. Sehr bald.

Ich räume zuerst das Haus auf, dann mein E-Mail-Konto. Das meiste lässt sich schnell erledigen; Einladungen zu Veranstaltungen, die längst vorbei sind, regelmäßige Newsletter von Bürgerinitiativen und noch immer Genesungswünsche. Unsere Presseerklärungen überfliege ich. Sie sind langweilig geworden und sprachlich ohne jeden Schwung, einige zeigen Fehler. Was immer sie auch beinhalten, eines steht bei ihnen allen zwischen den Zeilen: Anthony hat keine Lust mehr.

Es klingelt an der Tür. Ich blicke auf die Uhr unten rechts auf dem Notebook. Schon kurz nach zwei. Die Zeit ist wie im Flug vergangen, und ich habe bei der Arbeit sogar das Feuer an meiner Schulter nicht mehr gespürt. Jetzt erst merke ich es wieder, doch die Flammen sind kleiner geworden. Ich spähe durch den Spion und erwarte die Frau von der Polizei zu sehen, aber es ist Lauras Mutter. Ein Schwall heißer Luft weht von draußen ins Haus, als ich die Tür öffne.

»War die Kommissarin schon da?«, fragt sie und betupft ihre schweißnasse Stirn mit einem Taschentuch.

»Nein, bisher nicht. Möchten Sie reinkommen?«

»Danke, aber das geht nicht. Ich muss rüber und Stefan helfen. Er ist mitgekommen, aber er will sich gleich hinlegen. Hat nicht viel geschlafen letzte Nacht. Und ist ganz benebelt von den Schmerztabletten.«

»Kann ich ihn sehen?«

Sie wiegt den Kopf hin und her und blickt nach drüben. »Ich weiß nicht recht. Er sieht ziemlich übel aus. Aber vielleicht freut er sich auch, wenn ...« Sie lässt ihren Satz in der Luft hängen.

Ich schlüpfe in meine Crocs und schnappe mir den Haustürschlüssel vom Brett. »Okay, ich will bloß kurz hallo sagen, dann lasse ich ihn schlafen.«

Wir gehen gemeinsam durch die Gartenpforte und über den Bürgersteig. Ingrid Burmeister hebt kaum die Füße und hält sich sehr gerade. Sie erzählt mir von ihrem Besuch im Krankenhaus. So süß sei das Baby; die winzigen Fingerchen, die Augen fast noch zu wie bei einer jungen Katze, das Näschen nicht größer als ein Maiskorn. Als wir nebenan sind, klopft sie an die Haustür, obwohl sie offen steht.

»Stefan?«, ruft sie in den Flur hinein. »Ich bringe Frau Wernicke mit. Hast du 'ne Büx an?«

»Ja«, höre ich die Antwort von drinnen. Die Stimme klingt nicht sehr kräftig. Wir finden ihn im Schlafzimmer. Er sitzt auf der Bettkante, trägt Boxershorts und sonst nichts. Auf seiner linken Brust klebt ein großes Pflaster, ein kleines sitzt auf dem Kinn und ein drittes über der rechten Braue. Sein linkes Auge ist grün und blau und so verquollen, dass man nicht mehr sieht, dass es gewöhnlich ein bisschen schielt.

»Hallo, Martina«, murmelt er kurzatmig, sieht mich an und lächelt gequält, den Mund gerade so weit geöffnet, dass ich eine Lücke ahnen kann, wo einmal ein Eckzahn gewesen ist. »War 'ne tolle Grillparty, was?«

Ich runzele die Stirn. »Wärst du nicht besser noch im Krankenhaus geblieben?«

»Ha. Die haben heute Nacht schon kaum gewusst, wohin mit mir. Keine Betten. Kannst du gleich mal reklamieren da oben. Mit mir zusammen hat eine Frau in der Notaufnahme gewartet. Sie war segeln. Plötzlich ist der Wind umgeschlagen und ihr ist der Mast gegen den Kopp gedonnert. Hat mich alle fünf Minuten gefragt, wie spät es ist, und kotzen musste sie auch. Nach drei Stunden kam sie ran. Gehirnerschütterung, haben sie festgestellt und sie dann nach Hause geschickt. Ausruhen soll sie sich, haben sie gesagt. Und wiederkommen, wenn es ihr schlechter geht.«

Über sechshundert Abgeordnete sind wir im Bundestag. Wir alle kennen diese Geschichten aus den Briefen und Mails der Bürgerinnen und Bürger. Aber wir reden über Kosteneinsparungen und die Wirtschaftlichkeit der Kliniken. Wir kürzen und streichen und diskutieren weg. Dabei wäre es so einfach. Mehr Betten, mehr Personal, mehr Gehälter, die gezahlt werden, mehr Sozialabgaben von diesen Gehältern, mehr Geld in den Töpfen der Versicherungen. Aber nur ein angespannter Arbeitsmarkt ermöglicht das Löhnedrücken.

Ich reiße mich selbst aus meinen Gedanken. »Es tut mir leid, was passiert ist«, sage ich zu Stefan und meine es so. Er schiebt die Decke vorsichtig beiseite und gleitet ins Bett. Ingrid Burmeister springt ihm zu Hilfe. Als er liegt, sieht er nach oben ins Nichts.

»Es wird schon wieder. Meine Rippen und Lauras Narbe am Bauch. Ich kann mir sogar einen neuen Zahn machen lassen. Zahl ich eben langsam ab. Aber weißt du, was das Schlimmste ist?«, fragt er leise.

»Was?« Ich trete näher ans Bett.

»Wenn unsere Kleine alt genug ist, wird sie uns Fragen stellen. Wie war das eigentlich, als ich auf die Welt gekommen bin, Papa?« Er seufzt. »Das habe ich schon den ganzen Tag in der Birne.«

»Ich hole dir ein Glas Wasser«, sagt Lauras Mutter und geht hinaus. Sie hat Tränen in den Augen.

»Erst mal ist eure Tochter da, das ist doch das Wichtigste«, antworte ich ihm. »Es geht ihr doch gut, oder?«

Jetzt nickt er schwach und sieht mich an. »Zum Glück. Und sie hat ein Dach über dem Kopf, wenn sie aus dem Krankenhaus kommt.«

Sein Blick ist so dankbar, dass ich es kaum aushalten kann. »Darüber bin ich sehr froh«, versichere ich ihm mit Nachdruck. Wir schweigen beide, bis Ingrid Burmeister wiederkommt. Sie will Stefan das Glas geben, aber er schüttelt den Kopf.

»Aber du musst was trinken«, sagt sie mütterlich. »Es ist so heiß heute.«

Er legt eine Hand über seine Augen. »Ja, es ist heiß. Am Bootsverleih werden die Leute Schlange stehen. War gestern schon so. Überstunden. Trinkgeld. Ich hätte jede Menge Kohle machen können.«

»Denk jetzt nicht daran. Du bist müde, schlaf dich aus. Ihr beide habt hier doch gut angefangen, ihr schafft das auch weiterhin.« Mein Trost ist nicht bloß eine Floskel. Ich glaube, was ich sage, ohne erklären zu können, weshalb.

»Ja, irgendwie. Ging ja immer. Aber was ist, wenn sie wiederkommen? Meine Tante hat mir diese Bude geschenkt. Wo sollen wir denn sonst hin?« Er nimmt die Hand von den Augen, sein rechtes sieht mich ratlos an.

»Stefan, weißt du, wer die Männer waren?«, frage ich ihn.

»Klar. Das waren dieselben Arschlöcher, die damals die Fitschis verprügelt haben.«

»Hast du schon mit der Polizei gesprochen? War die Kommissarin bei dir in der Klinik?«

»Ja, heute morgen. Aber ich habe ihr nichts gesagt. Ich kann's doch nicht beweisen.«

»Was ist mit dem Kerl, der den Molotow-Cocktail werfen wollte? Ich habe ihm die Sturmhaube runtergezogen. Er hatte das SS-Symbol auf seinem Hinterkopf.«

Stefan verzieht das Gesicht. »Das war Olli. Oliver Lehmann. Der macht die Ansagen, ohne den läuft nix. Aber die Tätowierung hat bei denen jeder Zweite.«

»Die Figur nicht. Ich könnte ihn beschreiben. Und er wird noch gereizte Augen haben vom Pfefferspray. Wenn man ihn schnell untersucht, reicht es vielleicht für einen Indizienbeweis. Das wäre dann versuchte Brandstiftung. Und wenn er die Ansagen macht, wie du es nennst, dann ist es auch Anstiftung zur Körperverletzung. Dafür geht er ins Gefängnis.« Auch wenn Strafrecht nie zu meinem Fachgebiet gehörte, erwacht die Anwältin in mir, aber Stefans Blick wird ängstlich.

»Und wenn er nicht verknackt wird? Dann sitzen wir hier wie auf dem Präsentierteller.« Er will sich erheben, stöhnt auf und sinkt sofort zurück aufs Kissen.

»Jetzt ist Schluss«, sagt Ingrid Burmeister, die unser Gespräch wortlos verfolgt hat. »Das könnt ihr später besprechen. Jetzt wird geschlafen.« Sie holt eine Tablette aus der Schachtel, die auf dem Nachttisch neben dem Bett liegt, und hält sie Stefan hin. »Hier, nimm die!«, befiehlt sie. »Sonst wachst du bei der kleinsten Bewegung wieder auf.«

Er gehorcht, und ich verabschiede mich, aber das Gespräch geht mir nicht aus dem Kopf. Es darf nicht sein, dass die Angreifer ungestraft davonkommen. Sie sollen die Erfahrung machen, dass sie selbst etwas riskieren, wenn sie Laura und Stefan überfallen. Aber Stefan hat recht: die Tätowierung, ein paar rote Augen, Bierbauch – das reicht nicht. Wir brauchen etwas Handfestes, das kein Strafverteidiger wegdiskutieren kann. Die Männer hatten allesamt Handschuhe an. Es wird weder auf dem Molotow-Cocktail noch auf der Sprühdose Fingerabdrücke geben. Und das komplette Nummernschild des Geländewagens will mir einfach nicht einfallen.

Zurück in Fraukes Garten, gehe ich auf und ab, während ich versuche, mich zu erinnern. Ich bemerke, wie trocken die Erde ist. Das Grün des Rasens wird matt. Der Sonnenhut leuchtet tatsächlich golden, aber die ersten Blüten welken. Wenn es bis morgen nicht regnet, werde ich gießen müssen, bei mir und auch nebenan. Lauras Rosen. Das Gemüse. Ich blicke hoch in den Himmel und halte Ausschau nach Wolken, aber über mir sehe ich nichts als Blau. Und dann plötzlich wieder den vermummten Kopf mit dem hasserfüllten Blick und den wulstigen Lippen. *Wer bist du denn, du Schlampe?*

Noch einmal spüre ich, wie der Speichel auf meine Wangen trifft, und wieder empfinde ich Ekel. Dann begreife ich: das Top! Ich habe es getragen, als ich befragt wurde, aber die Polizei hat es nicht mitgenommen. Als ich die Brandlöcher auf dem Rücken sah, habe ich es in den Müll geworfen. Nur in der

Aufregung konnte mir das passieren. Aber der Fehler lässt sich wiedergutmachen. Ich laufe ins Haus, werde schneller mit jedem Schritt, trete mit dem Fuß auf den Hebel, um den Deckel des Eimers in der Küche zu öffnen. Was ich suche, liegt unter der benutzten Filtertüte. Langsam ziehe ich das Top hervor. An den Trägern zeigt es Kaffeeflecken, aber das ist nicht schlimm, denn das, worauf es ankommt, befindet sich unten am Saum auf der Vorderseite. Die fremde DNA wird sich dort nachweisen lassen. Ich halte den Stoff hoch wie eine Trophäe. Das war es dann wohl, Oliver Lehmann. Ich bin schon auf dem Weg zum Telefon, als ich höre, dass vor dem Haus ein Auto hält. Zufrieden gehe ich der Kommissarin entgegen. Sie kommt wie gerufen.

15

Der gestrige Montag ist vergangen wie im Flug. Ich habe beide Gärten bewässert, meine Kräuter geerntet, kleingehackt und eingefroren und Lauras letzte Erdbeeren gepflückt. Jetzt hocke ich schon wieder zwischen dem Gemüse, ohne genau zu wissen, was es eigentlich braucht. Ich rupfe an dem herum, was ich für Unkraut halte, ziehe ein paar Möhren aus der Erde, lockere den Boden auf und prüfe, ob Schädlinge die Pflanzen befallen. Es scheint alles in Ordnung zu sein. Auch mein Körper beschwert sich trotz der stundenlangen Arbeit nicht. Ich habe wieder Kraft, sollte mich darüber freuen und kann es nicht.

Keine Antwort von Eleni. Mein Tun lenkt mich nicht ab vom Grübeln und Denken und Warten. Warten worauf? Sie hat mich gefragt, ob ich zum Sommerfest komme. Ich habe auf der Homepage des *Jassou* nachgesehen, es findet am zweiten

Sonntag im Juli statt. Sie hat nicht gesagt, dass sie mich dort sehen will. Und nun auch kein Wort zu meinem Brief. Vielleicht ist es besser, ich halte mich fern von der Veranstaltung und auch von ihr. *Kalten Kaffee soll man nicht aufwärmen*. Aber das müsste ich ja nicht. Was mich betrifft, ist er nie kalt geworden. Aber wie ist es bei ihr?

Die Sonne steht senkrecht am Himmel, das Dorf verwandelt sich in einen Glutofen, und die Urlaubsgäste zieht es zum See. Sie biegen mit dem Auto zum Strandbad ab oder radeln schon in Badekleidung in die gleiche Richtung. Wieder andere gehen zu Fuß, tragen sperrige Kühltaschen und Luftmatratzen, die schon aufgeblasen sind, ziehen ihre Kinder hinter sich her, die mit kleckerndem Softeis kämpfen. Manche lesen die verblasste Schrift auf der Fassade nebenan. Lauras Mutter kann es nicht sehen, denn ihr Bekannter hat sie heute Morgen abgeholt. Sie habe einen Arzttermin in Prenzlau, sagte sie. Sie wolle sich um ihren Sohn kümmern, ihm Bouletten braten und seinen Blaumann waschen. Und sie brauche die wenigen genehmigten Tage der Ortsabwesenheit, wenn das Baby nach Hause kommt. Vorher müsse sie verfügbar sein. Für das Jobcenter.

Stefan kommt aus dem Haus geschlichen. So vorsichtig und steif wie er geht, scheint er noch immer Schmerzen zu haben.

»Schönen Gruß von Laura«, sagt er, als er bei mir ist. »Wir haben eben telefoniert.« Seine Stimme ist schon ein bisschen kräftiger geworden. Fritz trottet hinter ihm her.

Ich komme aus der Hocke hoch und bedanke mich für den Gruß. »Wie geht es ihr?«, frage ich und mustere sein Gesicht. Die Schwellung des linken Auges ist ein wenig zurückgegangen, der Silberblick lässt sich schon wieder erkennen, und die Farben drum herum haben gewechselt von blau und grün zu gelb und violett.

»Ganz okay. Ich glaube, sie hat sich noch nicht damit abgefunden, wie das gelaufen ist, aber sie ist dauernd bei der Kleinen. Morgen besuche ich sie, heute kriege ich es noch nicht gebacken.«

»Soll ich dich hinfahren?«, frage ich und weiß sehr wohl, welcher Tag morgen ist. Ich hoffe auf ein Ja von seiner Seite. Auch ich würde Laura gerne sehen, und außerdem käme mir jede Ausrede, nicht nach Berlin fahren zu müssen, wie gerufen.

»Nee, lass mal. Ich nehme das Moped.«

»Aber Stefan, du kannst dich doch gar nicht darauf halten. Und mit den Schmerztabletten darfst du nicht …«

»Dann fresse ich eben keine«, sagt er energisch und fährt dann ruhiger fort. »Es wird schon gehen. Bestimmt.«

Also keine Stippvisite bei Laura für mich. Und auch kein Vorwand. »Na gut, wie du willst«, sage ich. »Brauchst du sonst irgendwas?«

Er tritt von einem Bein auf das andere. »Ich nicht. Aber ich glaube, der Hund sollte ein bisschen laufen.« Er dreht sich zu Fritz um, der hinter ihm sitzt. »Er scheint irgendwie deprimiert zu sein. Und ich kann noch nicht mit ihm los.«

Ich nicke. »Kein Problem. Ich wollte sowieso gleich baden gehen. Er kann mitkommen.«

Stefan lächelt mich an. »Super. Aber nimm ihn besser an die Leine. Er ist so verschreckt. Ich habe keine Ahnung, wie er tickt, wenn er Fremden begegnet.«

»Kein dummer Gedanke.« Sofort fällt mir das Baby ein. Wenn Stefan bewusst ist, dass das Verhalten des Tieres jetzt unberechenbar ist, wird er sich fragen müssen, ob sie ihn behalten können, wenn ihre kleine Tochter nach Hause kommt. Selbst Laura wird das Risiko nicht länger leugnen können. Sie wollte Fritz als Wachhund. Wann hat sie den anonymen Brief bekommen, von dem ihre Mutter sprach? Wie lange hat sie die Sorge vor der Bedrohung mit sich selbst ausgemacht? Ich schüttele den Sand von den geernteten Möhren und behalte meine Überlegungen für mich. »Ich muss mich nur umziehen und meinen Rucksack packen, dann hole ich Fritz ab«, sage ich stattdessen.

Stefan zeigt auf die Gemüsebeete. »Wie können wir das je wiedergutmachen?«, fragt er.

»Mach dir darüber keine Gedanken«, antworte ich ihm. »Ich bin froh, dass ich was zu tun habe.«

Das ist nicht ganz die Wahrheit. Es ist viel zu heiß für Gartenarbeit, und ich merke, wie sie von Tag zu Tag ein wenig von ihrem Reiz verliert, obwohl alles in voller Blüte steht. Das Staunen über die Pracht der Farben nimmt ab. Die Schönheit dessen, was mich umgibt, wird allmählich wieder selbstverständlich. Das ist schade. Und trotzdem ist es gut.

Stefan hat Fritz schon angeleint, als ich mit dem Rucksack zurückkomme. Er erklärt mir den Weg zu einer Badewiese, auf der auch Hunde erlaubt sind. Eigentlich wollte ich mit dem Rad zum See fahren, aber dabei käme das noch angeschlagene Tier nicht mit. So gehe ich zu Fuß, und Fritz humpelt dicht neben mir her. Hie und da hebt er das Bein vor einem Baumstamm. Es sieht mühevoll aus. Als zwei Männer uns entgegenkommen, bleibt er stehen und zieht den Schwanz ein. Er zittert am ganzen Leib. Und er knurrt.

Die Badewiese liegt auf der Ostseite des Sees und ist gut besucht. Der Parkplatz ist voller Autos, die von überallher gekommen sind. Am Imbisswagen hat sich eine Schlange gebildet, daneben glänzen ein Dutzend abgestellte Fahrräder im Sonnenlicht. Eines ist umgefallen und liegt quer über dem Weg. Ich weiche ihm aus, suche mir eine freie Stelle am Rande der Lichtung und breite mein Handtuch im Schatten einer Buche aus. Fritz legt sich neben mich, als ich mich setze. Um mich herum herrscht buntes Treiben. Eine Gruppe Halbwüchsiger spielt Volleyball an einem löchrigen Netz. Eine junge Frau im String-Tanga wirft ein Stöckchen ins Wasser, und ihr frischgeschorener Pudel hastet ihm kläffend hinterher, vorbei an einer Dreijährigen, die eine Sandburg baut. Neben mir sitzt ein alter Mann auf einem Campinghocker. Er trägt Bermudashorts und ein weißes Feinrippunterhemd. Seine Haut ist braungebrannt und runzelig. Mit ausgebreiteten Armen hält er die *Bild* weit von sich, in der er liest. *Kampf um Schloss Bellevue* steht in fetten Lettern auf der rechten Seite innen, darunter sind die Fotos der Kandidierenden zu sehen; strahlende Mienen in Schwarzweiß. Ich wende mich ab und hole das Tagebuch aus dem Rucksack.

Es gibt morgen keinen Kampf. Absprachen hier, Versicherungen dort, Rechenspiele. Die Wahl ist längst entschieden, wenn der Vorhang im Reichstagsgebäude aufgezogen wird. Es gehe um die Vollzähligkeit der Fraktion, hat Frauke gesagt. In Wirklichkeit geht es um den Chorgesang, während die Hauptdarsteller in ihrer Eitelkeit das Spiel auf der Bühne nicht zu durchschauen vermögen. O ich bin klug und weise, und mich betrügt man nicht. *Ich bin es Frauke schuldig, ein bisschen mitzusingen. Sie hat mir nicht nur das Haus zur Verfügung gestellt, sondern mir auch den Rücken freigehalten. Wenn ich morgen nicht zur Wahl gehe, fällt es auch auf sie zurück. Also werde ich dort sein. Und es wird sicher kein Einakter werden.*

Ich schließe das Tagebuch und blicke über den See. Zum ersten Mal seit vielen Wochen werde ich mir wieder einen Wecker stellen. Schon sehe ich das Gedränge vor der Wahlurne, höre die Fragen und das große Hallo. Es wird ein heilloses Durcheinander geben an einem langen Tag. Viele der Anwesenden werde ich kennen, andere nicht. Das Pfefferspray werde ich nicht bei mir haben. Ein Kloß formt sich in meinem Magen zu einem Stein.

Ob ich von dem Anschlag geträumt habe, hat mich der Therapeut in der Reha-Klinik gefragt. Ich habe es verneint, und er hat es sich notiert, war sichtlich enttäuscht über meine Antwort. Das tapfere Schneiderlein hätte es gerne anders gehabt. Aber nicht jede Fliege lässt sich mit einem Schlag erwischen. Manch eine ist aufgeregt und wild und will sich nicht setzen. Sie summt um den Kopf und in den Ohren, bei Tag und bei Nacht. Dann ist sie still. Dann fliegt sie wieder. Vielleicht sollte man auch mir eine Leine um den Hals legen. Auch ich bin unberechenbar geworden, für andere wie für mich selbst. Und ich vermeide noch immer. Bis jetzt.

Ich vergewissere mich, dass niemand mich beobachtet, dann streife ich mir das T-Shirt über den Kopf. Ich habe den Bikini noch im Haus angezogen, nackt bin ich nicht vor den anderen, sondern nur vor mir selbst. Denn jetzt muss ich hinsehen. Ich halte die Luft an und richte den Blick auf die rötlichen Striche, die sich um meinen rechten Rippenbogen ziehen, zeichne sie nach und fühle, dass sie erhaben sind. Aber die Finger auf meiner Haut spüre ich nicht. Taub ist das Fleisch, wo sie geschnitten haben. Mit voller Wucht trifft mich der Schreck ein zweites Mal. Und das ungläubige Staunen – jetzt ist es aus. Wie damals wird mir schwarz vor Augen, und kalter Schweiß tritt mir auf die Stirn. Ich presse die Hände aufs Gesicht, atme flach und hastig hinein, lege mich auf den Rücken. Trockenes Gras piekt mich durch die Decke wie winzige Nadeln. Wieder Stiche. Nie mehr arglos sein. Ich reiße die Hände weg und die Augen auf, sehe über mir die Krone der Buche, ihre Blätter tanzen in der Sommerbrise. Kein Messer. Kein hasserfüllter Blick. Kein feiner Riss in der Decke über dem Krankenhausbett. Ich lasse die Arme sinken. Das Blut stockt nicht mehr in den Adern, es fließt wieder, mein Blut und fremdes Blut, mit dem sie mich gerettet haben. Notoperiert. Ich liege am See an einem Sommertag.

Und es geht weiter. Langsam setze ich mich auf und betrachte die rötlichen Linien noch einmal genau, erkenne winzige Punkte drum herum. Sieht gut aus, sagte der Pfleger, als er die Fäden zog. Die Narben werden verblassen und bleiben doch für immer ein Teil von mir wie auch die Frage: warum ich?

Die Frau mit dem Messer hat etwas geschrien, kurz bevor sie zustach. *Das ist für Ihre Lügen!* Mit den Lügen hatte sie es. Schon als sie das erste Mal in meinem Büro gewesen war, hatte sie davon angefangen und mir die Kopie eines Interviews auf den Tisch geknallt, in dem ich mich für eine Grundsicherung ausgesprochen hatte, die ohne Sanktionen auskam. Und dann Hartz IV, schimpfte sie und tippte auf den Zeitungsausschnitt. Lüge! Lüge!

Was sie mir vorwarf, stimmte. Aber trotzdem hatte sie nicht recht. Ich lüge nicht. Wie die meisten von uns meine ich, was ich sage. Aber durch alle Schichten der Bevölkerung zieht sich die Ansicht, wer in der Politik arbeite, nehme es mit der Wahrheit nicht so genau. Ich habe lange darüber nachgedacht, nachdem die Frau mein Büro verlassen hatte. Noch am selben Abend habe ich Eleni nach ihrer Meinung gefragt. Wir waren beide in der Küche. Ich deckte den Tisch, und sie schmorte in Scheiben geschnittene Zucchini in einer Tomaten-Paprika-Soße. Ein Kochbuch lag aufgeschlagen neben dem Herd. Ich erzählte ihr von den Vorwürfen meiner verwirrten Besucherin. Ich verteidigte mich und behielt doch Zweifel. Vielleicht pflegten wir eine Art von Augenblicksehrlichkeit, die so flüchtig war wie Luft in Wasser, rätselte ich. Das Tagesgeschäft erfordere Kompromissbereitschaft. Dogmatismus führe nur in die Selbstgerechtigkeit, und das sei schließlich auch nicht besser. Natürlich gebe es die Kungelei auch bei uns und die Gier nach einer Form von Macht, die nur dem eigenen Vorteil diene. Die

Hendrik Georges umschwirrten die Aussicht auf Ämter wie die Motten das Licht. Sie seien lästig. Sie seien käuflich und anstrengend. Aber die überwiegende Zahl der Abgeordneten folge ihrem Gewissen. Wir hätten uns nichts vorzuwerfen.

Eleni hörte nur zu. Als ich nichts mehr zu sagen wusste, hielt sie mir einen Löffel dessen unter die Nase, was sie gekocht hatte.

»Hier, probier mal«, bat sie mich freundlich.

Ich nahm ihr den Löffel aus der Hand und leckte ihn ab. Sofort schmeckte ich es: Chili, jede Menge.

»Huh«, keuchte ich und wedelte mit der Hand vor meinem Mund, während mir die Tränen in die Augen traten. »Das ist viel zu scharf.« Ich gab ihr den Löffel zurück, goss Wasser in ein Glas und trank es in kleinen Schlucken, bis das Brennen in Mund und Rachen nachließ.

Eleni warf einen raschen Blick ins Kochbuch, dann schaute sie mich nachdenklich an. »Womöglich ist das die Lösung des Problems.«

»Was?«, fragte ich irritiert. »Das Gemüse?«

Sie lachte, als ich im Spaß ratsuchend in die Pfanne sah. »Ich habe es genau nach Rezept gemacht«, sagte sie. »Und vielleicht ist es bei euch genauso. Ihr glaubt, den Leuten etwas Gutes zu tun mit euren Gesetzen, aber ihr probiert nicht selbst aus, was ihr da so anrichtet. Und manchmal ist es eben ungenießbar.«

»Halt mal kurz beide«, höre ich eine weibliche Stimme. Ich drehe mich zu dem Mann auf dem Campinghocker um, neben dem jetzt eine Frau seines Alters steht. Sie sieht aus wie eines der Kastanienmännchen, die Regine und ich gebastelt haben, als wir noch klein waren; zwei runde braune Kugeln auf Streichholzbeinen, die Fußnägel so rot wie die Zündköpfe. Sie balanciert zwei Pappteller mit Pommes frites und Currywurst, während er seine Zeitung zusammenfaltet und auf den Boden legt. Er nimmt ihr das Essen ab. Sie holt eine Flasche Cola aus der Badetasche und füllt zwei Plastikbecher, bevor sie sich in den Liegestuhl an seiner Seite fallen lässt. Gesättigte Fettsäuren, billiges Fleisch und Zucker, denke ich. Adipositas. Diabetes. Arteriosklerose. Herzinfarkt. Der Mann gibt der Frau eine der Schalen zurück. Sie spießt das erste Stückchen Wurst auf ihren Piekser, zieht es durch den Ketchup und schiebt es sich in den Mund. »Lecker«, sagt sie, nachdem sie geschluckt hat.

Er nickt zustimmend und nuschelt. »Aber heiß.«

Das ist genau, was Eleni meinte. Der Reichstag steht im Regierungsviertel und nicht im Kiez um die Ecke. Ich pendele zwischen meinem eigenen und dem Fraktionsbüro, reise durchs Land, eröffne Kindertagesstätten, taufe Schiffe, lebe von reich garnierten Häppchen auf Jubiläumsbuffets und habe keine Ahnung, was die Leute wollen. Ich jongliere mit Zahlen – Umfragewerte hier, Steuermilliarden dort, Statistiken überall. Zehn glückliche Menschen und zehn unglückliche ergeben durchschnittlich zwanzig, die halbwegs zufrieden sind. Das ist Unsinn. Aber dieser Art sind die Daten, mit denen ich täglich gefüttert werde, die ich lese und auswendig lerne. Sie sind die Basis für meine Entscheidungen. Ich wollte gewählt werden. Ich wollte gut sein. Aber die Krux mit dem Ehrgeiz ist, dass man irgendwann aufhört, sich zu fragen, womit man da eigentlich erfolgreich ist. Es ist ein Fehler im System. Ich bin umgeben von selbsternannten Expertinnen und schlechten Beratern und ich bin wohlgebettet inmitten eines artigen Volkes. In Frankreich gehen die Menschen zu Hunderttausenden auf die Straße, wenn ihnen eine Reform nicht passt. Aber die Franzosen trinken Wein. Die Deutschen trinken Bier, und Hopfen macht müde. Es dauert lange, bis jemand sich rührt.

Ich habe mich gerührt. Und ich muss es wieder tun, aber alles hat eine Grenze. Die Klarheit kommt plötzlich. Ich werde mein Mandat behalten. Bis zum Ende der Legislaturperiode werde ich mit Frauke und Mechthild und Jan zusammen unbequem sein. Danach ist Schluss mit dieser Art von Politik. Ich habe noch einen anderen Beruf. Und ich will diese Stunden des Müßiggangs an einem Sommertag. Die Narben sollen mich daran erinnern, wenn ich es wieder einmal vergesse. Ich schließe einen Bund mit ihnen, der mich lächeln lässt. Die Kraft kommt zurück. Und mir wird heiß. Ich springe auf und gehe hinunter zum See, wate hinein, bis das Wasser mir bis kurz unter die Schulterblätter reicht, auf denen noch immer die Pflaster kleben. Mit den Händen betupfe ich Kopf und Hals, wasche den Schweiß fort und benetze mein Haar. Ich rufe Fritz, der mich von weitem beobachtet und nur langsam näher kommt. Ich schaufele ihm eine Welle entgegen. Als sie an seinen Vorderpfoten leckt, weicht er zurück und jault. Ich stake zurück ans Ufer und setze mich neben ihn in den Sand.

»Ganz ruhig«, flüstere ich und streichle ihn. »Es ist ja alles in Ordnung.«

16

Am Freitagnachmittag kehre ich ins Dorf zurück, um die Gärten zu wässern. Die Quecksilbersäule auf dem Thermometer steht bei dreiunddreißig Grad. Ich schließe den Schlauch an und drehe den Wasserhahn auf. Mit dem ersten Strahl sprühe ich den staubigen Weg ab, der von der Pforte zur Haustür führt, dann trete ich auf den Rasen, der inzwischen bunt geworden ist, wo ich die Wildblumenmischung gestreut habe. Ich mache Klatschmohn aus und Disteln, Kornblumen und Heidenelken. Die anderen Arten kenne ich nicht. Ich denke an Laura, die noch immer im Krankenhaus ist. Sie wird mir sagen können, was sonst noch auf der Wiese wächst. Ich werde bleiben, bis sie nach Hause kommt. Noch fährt Frauke nicht nach Afrika. Noch bleibt mir Zeit für mein Tagebuch. Und für meine Gedanken.

Die Wahl des Bundespräsidenten war das erwartete Spektakel. Drei Abstimmungsrunden lang hat es gedauert, bis wir dem Kandidaten gratulieren konnten, der von Anfang an als Sieger feststand. Die Kanzlerin wurde von ihren eigenen Leuten geohrfeigt, und wir haben zusammen mit den Sozialdemokraten die Linken als untragbaren politischen Partner vorgeführt, die sich ihrerseits einmal mehr als Querdenker profilieren konnten. Zufriedenheit im ganzen Hause. Die Rechnungen sind allesamt aufgegangen.

Auch meine. Ich wurde freundlich aufgenommen, und doch ging meine Rückkehr im Trubel des historisch bedeutsamen Augenblicks unter. Frauke war sichtlich zufrieden, mich zu sehen. Sie nahm mich länger in die Arme als gewöhnlich, um mich willkommen zu heißen, zwinkerte mir nach dem ersten Wahlgang zu, streichelte meinen Arm nach dem zweiten, hakte sich nach dem dritten bei mir ein. Es war offenkundig, dass sie glaubte, mich bei Laune halten zu müssen. Während der Stimmenauszählungen saß sie neben mir und ließ den Kugelschreiber klicken, klopfte mit seiner Spitze auf die Ablage vor ihrem Sitz, drehte ihn zwischen den Fingern, bis er schlussendlich herunterfiel und durch die Bankreihen kullerte. Ihre Aufregung war greifbar, aber sie prallte an mir ab wie auch das Getöse der anderen Abgeordneten. Ich war zurück und hatte dennoch Abstand, war drinnen und draußen, wie man es ist, wenn man nach einem langen Urlaub zurück an die Arbeit geht. Mein Platz bei Tisch war kalt geworden, und die Gespräche gingen an mir vorbei. In den Sitzungspausen beobachtete ich das Geschehen um mich herum wie aus weiter Ferne. Ich musterte Hendrik, als er kam, um mich zu begrüßen. Er lächelte zuckersüß, als er mir die Hand gab. Martina, wie schön, dass du wieder da bist. Ich tauschte ein paar Höflichkeiten mit ihm aus, dann drückte ich heimlich die Taste an meinem neuen Handy. Fake-Anruf. Im Geschäft hatte ich nicht begriffen, wofür das gut sein sollte, aber in Hendriks Gegenwart verstand ich es sofort. Es klingelte, und ich entschuldigte mich – ein dringendes Telefonat.

Hendrik trottete mit gesenktem Kopf davon. Ich sah ihm nach und wunderte mich. Irgendetwas an ihm war anders geworden, seit ich ihn das letzte Mal gesehen hatte. Er schritt nicht so raumgreifend durch den Saal wie gewöhnlich, sondern tippelte durch das Gedränge, in dem Frauen und Männer mit gewichtigen Mienen die Köpfe zusammensteckten. Irgendwo in der Menge blieb er alleine stehen, verschränkte die Arme vor der Brust und klemmte die Finger in die Achselhöhlen. Er wirkte auf mich wie ein Schuljunge, der von der Lehrerin verdonnert worden war, in der Ecke zu stehen. Ich konnte mir seine Veränderung nicht erklären. Als ich wieder an meinem Platz saß, sprach ich Frauke darauf an. Ihre Antwort war ebenso knapp wie geheimnisvoll. »Tja, wer weiß«, tat sie ahnungslos und schmunzelte so zufrieden wie immer dann, wenn die Dinge sich ganz nach ihrem Willen entwickelten. Ich begriff, dass etwas im Gange war, erinnerte mich an den Artikel von Heinz-Günther Becker und ihre unpassende Freude darüber. Auch unser letztes Telefonat fiel mir ein, die Rede von der Lagebesprechung mit Mechthild und Jan. Irgendetwas hatten sie ausgeheckt. Und das wusste Frauke ganz genau.

Als ich abends in die Auguststraße kam, war die Luft in meiner Wohnung muffig und sauerstoffarm. Ich öffnete alle Fenster und ließ die warme Abendluft herein, goss die Zimmerpflanzen, die meine Putzfrau am Leben gehalten hatte, trat auf den Balkon und inspizierte die Blumenkästen mit der trockenen Erde aus dem letzten Jahr. Ein Elfensporn hatte sich selbst darin gesät und dürstete nach Wasser. Das Regenbogenwindspiel schwang in einer leichten Brise, und auf dem Spielplatz tobten nur noch die älteren Kinder im Dämmerlicht. Die Fenster der gegenüberliegenden Häuser waren erleuchtet, und die Giebel zeichneten sich vor dem Horizont der blauen Stunde ab wie auf den Gemälden von René Magritte. Hell und Dunkel umschlangen einander im Übergang vom Tag zur Nacht. Sogar der Mond zeigte sich über einer schneeweißen Wolke. Ich richtete meinen Blick nach Westen. Auch die Venus sandte ihre Strahlen aus. Ich zwang mich, ihren Anblick zu ertragen, entschied, dass ich fähig sein würde zurückzukehren, auch wenn das eine Zimmer leer bleiben würde. Eleni hatte sich noch immer nicht gemeldet. Ich verließ den Balkon, trat in den verlassenen Raum und blickte auf das Stromkabel, das aus der Decke ragte. Bald musste ich eine neue Lampe kaufen, einen Hochflorteppich vielleicht und ein Gästebett. In Brasilien gingen die Paare am Wochenende ins Motel für ein paar Stunden der Intimität fernab der Großfamilie. Ich hatte viel zu viel Platz.

»Und – wie war es in Berlin?«, fragt Stefan über die Hecke hinweg. Ich habe ihn nicht kommen sehen, aber nun drehe ich das Wasser ab, lege den Schlauch weg und gehe auf ihn zu. Die Schwellung an seinem Auge ist weiter zurückgegangen, die Pflaster im Gesicht sind fort. Wo sie geklebt haben, zeigen sich verschorfte Wunden.

»Stickig«, antworte ich ihm und finde, dass dieses eine Wort die Stunden in der Stadt wie auch im Reichstag ganz treffend zusammenfasst.

»Ich meine doch die Wahlen. Spannende Sache, was?«

Wie zu erwarten war, hatte die Presse die Abstimmung als Kopf-an-Kopf-Rennen verkauft. Es ist unmöglich, Stefan in wenigen Worten vom Gegenteil zu überzeugen, also lächle ich und nicke. »Ja, es hat lange gedauert, bis der Rauch weiß war.«

Er sieht mich verständnislos an. »Welcher Rauch?«, fragt er, aber noch ehe ich antworten kann, hellt seine Miene sich auf. »Ist ja auch schnuppe. Es gibt nämlich gute Nachrichten. Erstens haben sie Olli eingebuchtet. Wegen deinem T-Shirt. Und Laura kommt Montag aus dem Krankenhaus!«

»Oh, das ist klasse«, freue ich mich. »Dann geht es ihr gut?«

Er wiegt den Kopf. »So lala. Die Narben verheilen prima, aber der Überfall wühlt noch. Kein Wunder, bei wem nicht. Na, wenigstens ist Viktoria putzmunter. Laura kann sie jetzt stillen.«

»Kommt das Baby auch schon mit?«

»Ja. Und ich geh ab morgen wieder arbeiten. Hab ich dem Chef versprochen.«

»Geht denn das schon?« Ich kann mir nicht vorstellen, dass seine Rippenprellung in einer Woche bereits so weit auskuriert ist.

»Muss eben, einer alleine schafft's jetzt am Wochenende nicht. Und bevor Horst sich noch jemand anders holt, mach ich's lieber selber. Das Konto schreit sowieso nach Futter. Na, wenigstens kriegt Laura ihre Kohle wegen dem Mutterschutz.«

»Ich könnte euch was borgen, bis ihr wieder auf den Beinen seid. Ist vielleicht besser, als zu früh anzufangen.«

Er schüttelt den Kopf. »Nee, lass mal. Schulden machen andre schon genug. Wir sind ja nicht die Hüüpo Riel Estet. Wird schon schiefgehen. Wie sagt man: immer langsam und denn mit 'm Ruck.«

Wenn er schon von mir nichts annimmt, will ich ihm wenigstens andere Möglichkeiten aufzeigen. Ich trete dichter an die Hecke heran, der süße Duft der Rosenblüten steigt daraus hervor in die heiße Luft. »Stefan, wenn sie diesen Olli vor Gericht bringen, könnt ihr als Nebenkläger auftreten. Und ihr könnt ihn auch zivilrechtlich verklagen. Zum Beispiel auf Schmerzensgeld.«

Er runzelt die Stirn. »Wenn der wegen uns in den Knast wandert, schäumt der sowieso schon. Und wenn wir dem jetzt noch mehr Ärger machen, dann schreit er doch nach Rache. Wir brauchen hier echt keinen Stress mehr.«

Ich erinnere mich, dass ich diese Art von Bedenken während meiner Arbeit als Anwältin oft gehört habe. Damals waren es meistens Frauen, die ich davon überzeugen musste, dass es für sie besser sein würde, sich zu wehren.

»Er geht nicht wegen euch ins Gefängnis, sondern wegen seines Verhaltens«, sage ich zu ihm. »Und viele Täter schrecken zurück, wenn sie merken, dass sie bei ihrem Tun auch selbst was auf die Nase bekommen können.«

»Meinst du wirklich?«

»Das besagen jedenfalls die Erfahrungen von Polizei und Justiz.«

»Hm, ich kann das ja mal mit Laura besprechen«, murmelt er, ohne ganz bei der Sache zu sein. Etwas in meinem Rücken erregt seine Aufmerksamkeit. Er reckt sich und sieht an mir vorbei auf die Straße. Ich drehe mich um und folge seinem Blick. Ein Motorrad hält vor Fraukes Haus. Die Fahrerin stellt die Zündung ab, nimmt den Helm vom Kopf und schüttelt ihr schwarzes Haar. Sie guckt in meine Richtung und löst den Nierengurt. Sehr langsam steigt sie von der Maschine.

»Wer ist das?«, fragt Stefan.

Ich fasse mir an den Hals. Mein Mund ist staubtrocken, als ich ihm antworte. »Das ist Eleni.«

»Oh, dann mache ich mich mal vom Acker.« Noch während er spricht, eilt er davon. Gerade so höre ich seine Schritte im Gras, aber meine Aufmerksamkeit bleibt auf die Straße gerichtet. Eleni öffnet die Pforte, legt Helm und Gurt bei der Haustür ab und kommt auf mich zu. Ich gehe ihr entgegen.

»Hey«, sagt sie, als wir voreinander stehen, dann zeigt sie auf meinen Kopf. »Hast du was mit deinen Haaren gemacht?« Sie bleibt auf Abstand, aber sie sieht mir in die Augen. Ihre Lider flackern. Vielleicht ist das ein gutes Zeichen. Sie ist aufgeregt.

Ich schüttele sachte den Kopf und lächle sie an. »Du hast vielleicht Nerven.«

Sie zuckt mit den Brauen. »Ja, das stimmt zweifellos. War ein spontaner Entschluss. Ist das in Ordnung?«

»Natürlich«, antworte ich leise und mustere sie wie ein Bild, das gestohlen war. Sie trägt ein weißes T-Shirt und schwarze Jeans. Ihr linkes Ohr schmückt ein silberner Stecker mit einem in Grüntönen marmorierten Stein. Vermutlich ist es Jade, ich weiß es nicht, ich habe ihn noch nie an ihr gesehen. Als sie sich eine feuchte Locke aus der Stirn streicht, sehe ich das kleine runde Muttermal am Haaransatz. Ich hatte es fast vergessen. Jetzt möchte ich es berühren, aber ich spüre eine unsichtbare Wand zwischen uns. Kein Zustand ist so drückend wie Befangenheit. So hinderlich. So fies.

»Komm, lass uns reingehen«, bitte ich sie und deute in Richtung des Hauses. »Es ist zu heiß, um im Garten zu sitzen.«

Sie läuft voran und ich hinter ihr her. Ich atme ihren Duft, nehme Witterung auf wie ein Tier, das einer lange gesuchten Fährte folgt. Ihr T-Shirt ist verschwitzt, wo der Nierengurt gesessen hat, zwei dunkle Flecken links und rechts auf dem Rücken, durch die ihre Haut scheint. Ich verschränke die Arme vor der Brust und presse sie fest an mich. Eleni ist hier, aber was bedeutet das? *Hoffen und Harren hält manchen zum Narren.* Vielleicht guckt sie nur mal herein wie eine freundliche Ex-Geliebte, hat längst genug Abstand dafür. Der Schnee lag meterhoch, als wir uns das letzte Mal gesehen haben. Womöglich sitzt die buntkarierte Kappe mit den Glöckchen schon fest auf meinem Schädel.

Als wir an der Tür sind, hebt sie ihre Schutzkleidung auf und gibt den Weg für mich frei. Sie steht dicht bei mir und spricht kein Wort. Ich fingere in meiner Gesäßtasche nach dem Schlüssel, brauche lange, bis ich es schaffe, das Schloss aufschnappen zu lassen.

»Wasser?«, frage ich auf dem Weg in die Küche und hole für sie ein Glas aus dem Schrank.

»Gerne«, antwortet sie und wartet. Helm und Gurt hat sie im Flur gelassen.

Ich versuche meine Hand ruhig zu halten, während ich ihr einschenke, versuche mich zu erinnern, was ich ihr geschrieben habe. Keine Zeile meines Briefes fällt mir ein. Stattdessen beobachte ich sie beim Trinken, große Schlucke zuerst, dann kleine, und schließlich legt sie den Kopf zurück, um die letzten Tropfen zu erwischen. Mein Blick heftet sich auf ihre Kehle. Ich kann nicht sagen, dass er ruht.

»Mehr?«, frage ich, als sie ausgetrunken hat.

»Nein, danke.« Sie stellt das leere Glas auf dem Küchentisch ab. Wir setzen und belauern uns. Sie spricht von der vollen Autobahn und von ihrem Motorrad, mit dem sie sich überall durchschlängeln konnte. Ich erzähle ihr von den Urlaubsgästen im Dorf, vom Betrieb in den Gasthöfen und an den Badestellen. Sie fragt mich, ob der See warm und klar ist, und ich antworte ihr, nicht so warm und klar wie auf Samos in unserer Bucht bei Koumeika. Sie lächelt und legt die Finger um das leere Glas, dreht es zwischen den Handflächen, sieht mich an. Ihre Lider flackern jetzt weniger als noch eben im Garten. Wir waren immer offen zueinander. Mir wird angst und bange vor der Frage, die ich ihr stellen muss.

»Eleni, gibt es uns noch?«

Ihre Züge verhärten sich augenblicklich. Sie lässt das Glas los, steht auf und geht an mir vorbei zum Fenster. Ich blicke ihr nach. Sie verschränkt die Hände hinter dem Kopf und sieht hinaus. »Der Garten sieht schön aus. Hast du das gemacht?«

»Warum antwortest du mir nicht?«

Sie schweigt eine quälend lange Zeit. Als sie endlich spricht, ist es nicht mehr als ein Flüstern. »Ich hätte vielleicht viel früher ausziehen sollen. Es tut nicht gut, in einer gemeinsamen Wohnung alleine zu sein. Diese ewige Zurückweisung. All diese hässlichen Worte. Keine Zeit. Es geht nicht. Ich würde ja gerne, aber. Jetzt schreibst du mir von Liebe, aber wo ist die gewesen, als ich noch bei dir war? Immer das Nein. Immer das Spüren, dass ich chancenlos bin gegen diese Droge.«

»Welche Droge?« Mir wird kalt. Will sie mich bloß zappeln sehen, um selbst von dem zu heilen, was ich ihr angetan habe?

»Dein verdammter Job.«

»Wirfst du mir vor, dass ich meine Arbeit wichtig nehme?«

Sie schnaubt und dreht sich zu mir um. »Wichtig?«

Sie muss nicht wiederholen, was sie sagte, als sie mich verlassen hat. Ich stehe auf und gehe zu ihr. »Und wenn ich dir sage, dass ich es kapiert habe?«

Ihr Blick wird eindringlich. »Dann hast du ziemlich lange dafür gebraucht.«

Wir stehen voreinander wie zwei begossene Pudel. Ich schlinge meine Arme um ihren Hals, nicht fest, nur ganz leicht, lege meine Stirn auf ihre Schulter, als wolle ich mit ihr tanzen, einen ganz langsamen Blues ohne Musik.

»Dafür bin ich nicht gekommen«, flüstert sie mir ins Ohr, schiebt mich nicht weg, drängt sich nicht gegen mich.

»Warum dann?« Ich streichle ihren Hals. Jetzt ist sie meine Droge, und meine Finger zittern wie die der Süchtigen, als sie ihre Schultern berühren, ihren Rücken, ihre Taille. Sie lässt es geschehen, aber sie erwidert meine Zärtlichkeiten noch immer nicht. Stattdessen redet sie wie ein Wasserfall.

»Ich konnte nicht da sein, als du im Koma lagst. Ich habe mir Sorgen gemacht, wirklich. Aber ich dachte, wenn ich jetzt nach Berlin fahre und dich besuche, dann kippt alles wieder um. Ich kippe um. Ich war froh, dass ich endlich weit weg war von diesem ganzen Schmerz. Meinem. Und deinem. Vielleicht hätte ein Besuch von mir dir auch gar nicht gutgetan.«

»O doch, das hätte er. Oder wenigstens ein einziges nettes Wort auf deiner Karte. Ein Anruf. Irgendwas.« Ich umarme sie fester und will sie küssen, aber sie dreht das Gesicht weg, greift nach meinen Handgelenken und löst sie von ihrem Körper.

»Es ging eben nicht. Es geht nicht. Lass es sein.« Sie drückt sich an mir vorbei in den Flur. Ich eile ihr nach, sehe, dass sie ihren Nierengurt von der Garderobe nimmt.

»Du willst jetzt nicht schon wieder gehen?«

»Doch. War keine gute Idee.«

»Warum?«

»Martina, es läuft genau so, wie ich es befürchtet habe.«

»Und was ist so schlimm daran?«

»Alles.« Sie schließt die Schnallen.

»Gibt es eine andere? Ist es das?«

Jetzt lacht sie bitter.

»Ist meine Frage falsch?«

»Nein, ganz und gar nicht. Es gab sogar zwei.« Sie sieht mich an, um zu prüfen, wie ihre Worte mich treffen. »Erst eine in Berlin und dann eine auf Samos. Zwei nette Ladies, die alles stehen und liegen gelassen haben, sobald ich sie anrief.«

Mir stockt der Atem. Sprachlos sehe ich zu, wie sie sich den Helm schnappt, aber plötzlich hält sie inne und lässt ihn sinken.

»Ich habe sie aber nicht mehr angerufen. Ist das nicht verrückt?«

Sie kommt auf mich zu und nimmt mein Gesicht in die Hände. Erleichtert begreife ich. Nur so kann es gehen. Sie will entscheiden und nicht meinen Launen ausgeliefert sein. Sie will das alte Programm mit einem neuen überspielen, das ihres ist. Ihre Lippen sind härter als sonst, als sie meine berühren, ihr Kuss schmeckt nach Trotz und Stolz. Ich spüre ihr Begehren, aber ich merke auch, dass ihre Hände nicht sicher sind, ob sie das Richtige tun. Ich will sie ermuntern und halte mich dennoch zurück. Sie soll den Rhythmus finden, auf den sie sich einlassen kann, den ganz langsamen Blues ohne Musik oder Soul oder vielleicht wieder Rock irgendwann. Wir werden Geduld brauchen und Zeit und neuen Mut. Ich weiß nicht, ob es gutgehen wird, aber ich schließe die Augen. In diesem Moment ist Eleni bei mir.

17

Vom offenen Fenster her weht die Nachtluft auf unsere nackte Haut. Es ist noch immer mild, wir brauchen keine Decke. Das Bett knarrt unter uns, als wir uns lieben. Wir amüsieren uns mehr darüber als es komisch ist, wollen ausgelassen sein im Miteinander, kugeln uns förmlich und schnappen nach Luft. Ich bin aus der Übung, was die Lust betrifft. Mein Zwerchfell schmerzt vom Lachen, und auch der Sex strengt mich an auf eine wohlige Weise. Sicher werde ich Muskelkater bekommen. Mein Körper hat seinen eigenen Weg, sich zu erinnern. Wenn Eleni längst fort sein wird, werde ich mich strecken und sie spüren in einem leisen Ziehen unter meinen Rippen, im Bauch und in den Beinen.

Wir ruhen uns aus und nicken ein, wachen auf und reden. Eleni spricht von ihrem Vater, und ich stelle mir vor, was sie erzählt, sehe ihn gebeugt und langsam durch die engen Gassen seines Dorfes schreiten, das Haar gelichtet bis auf einen schmalen Kranz, die Hände auf dem Rücken gekreuzt. Er hat mich freundlich aufgenommen, wann immer wir ihre Eltern in München besuchten. Ich habe mit ihm Weihnachten gefeiert und Silvester, das griechische Osterfest und die Geburt der kleinen Chrysoula, deren Patin Eleni ist. Von Anfang an hat er mich in die große Familie aufgenommen, anders als ihre Mutter, die lange Zeit auf Abstand zu mir geblieben ist. Ich denke an ihn und verstehe mich nicht. Warum hat seine Krankheit mich so wenig berührt? Wie konnte es mich kaltlassen, was da mit seinem Herzen vor sich ging? Nicht ein einziges Mal habe ich mit ihm selbst darüber gesprochen. Und auch ich habe nicht mehr als Blumen geschickt nach seiner Bypass-Operation. Womöglich hat Eleni sie für ihn in einer Vase arrangiert, enttäuscht und bitter, dass ich nicht bei ihnen war. Meine Gedanken werden zu einem Spiegel, und ich sehe Hässliches darin. Ich habe viel wiedergutzumachen. Vielleicht beginnt in diesem Augenblick eine andere Form der Rehabilitation.

Wir liegen einander zugewandt auf der Seite. Ich höre Eleni zu und liebkose ihre schwarzen Locken. Ihre Hand ruht auf meiner Hüfte. Zwischen uns ist kein Platz für Zwistigkeiten, nicht für ihre Klagen und nicht für meine Verteidigung, nicht für alten Ärger oder neuen Streit. Das Schwierige haben wir abgestreift. Wie unsere Kleidung liegt es weit weg auf der Erde verstreut, ist nicht fort, wartet darauf, von uns aufgenommen zu werden. Aber noch ist es nicht so weit. Wir haben verhandelt und gekämpft um unsere Zweisamkeit und sie am Ende trotzdem verloren. Jetzt rekeln wir uns in der Feuerpause wie in einem Lotosblütenbad. Eleni spricht von der Insel, die still war im späten Winter ohne die Urlaubsgäste und ein Naturschauspiel, als der Frühling kam; Wasser in den Bergen, Flamingos auf dem See im Osten dicht bei der Meerenge zur Türkei, die Erde ein Blütenteppich. Es passte nicht, sagt sie, die süßen Düfte überall in der Luft und das Wissen um mich im künstlichen Koma, Frühstück in der Strandtaverne und alte Männer am Nachbartisch, die ihre Perlenketten durch die Finger gleiten ließen, während sie über die Regierung schimpften, über Deutschland und über die Politik. Sie fragt mich auch nach meinen Verletzungen, der Traumatherapie und dem Nachhausekommen. Ich spreche über die Kurzatmigkeit und den feinen Riss in der Decke über dem Krankenhausbett, erzähle ihr vom tapferen Schneiderlein und von meinem Hin- und Hergerissensein mit den silbern schimmernden Kornfeldern im Blick und dem Pfefferspray in der Hosentasche. Vorsichtig fragt sie mich, woher die Brandwunden stammen, und so erfährt sie von Stefans Vergangenheit, von dem Überfall und von Lauras Frühgeburt. Sie weicht ein Stück zurück, um mich besser ansehen zu können, wirkt erschrocken und kann es beinahe nicht glauben. Ich spreche es noch einmal deutlich aus, für sie und genauso für mich. Mit Faschisten habe ich gerungen und sie in die Flucht geschlagen.

Eleni seufzt. Was ist bloß los in diesem Europa, murmelt sie verdrossen, und ich ahne, was sie meint – Schuldenkrise im Großen und Schläger im Kleinen und Schauspielerei in den Parlamenten. Ich will aber nichts davon wissen in diesem Augenblick. Draußen wird es schon hell, und das Denken setzt ein. Die Probleme drängen sich zwischen uns wie ein Kind nach einem schlechten Traum zwischen seine Eltern. Ich schiebe sie weg. Eleni kann bleiben bis zum Nachmittag. Wir haben uns diese Stunden verdient. Ich kuschele mich in ihre Arme und schließe die Augen. Sie streicht mir über den Rücken. Ich atme tief und schlafe ein.

Kein altes Brot zum Frühstück heute. Das Geschäft im Ort hat frische Brötchen im Angebot. Ich stehle mich an Eleni vorbei aus dem Bett, um sie nicht zu wecken, beeile mich im Bad und schlüpfe in Jeans und T-Shirt. Lautlos ziehe ich die Haustür hinter mir zu, summe leise vor mich hin auf dem Weg zum Dorfplatz. Die Sonne steht schon hoch am Himmel, und in den Straßen herrscht rege Betriebsamkeit. Wieder ist es ein heißer Tag. Und wieder gibt es Fußball. *Adios, Diego! Dein Messi kriegt heute auf die Fressi* titelt die *Bild* in riesigen Lettern auf der ersten Seite. *Kassen-Beiträge für alle rauf* steht klein darunter. Ich schnappe mir eine *Berliner Zeitung* und drängle mich an der anderen Kundschaft vorbei zu den Kästen mit den Backwaren durch. Viel Auswahl gibt es nicht mehr, und so klaube ich mit der Gebäckzange zusammen, was noch übrig ist; zwei helle Brötchen und zwei dunkle, dazu eines mit Haferflocken und ein Croissant. Ich kaufe Schafskäse, werde ihn anrichten mit frischen Kräutern aus dem Garten und ein paar Tropfen Olivenöl. Mit einem Lächeln auf den Lippen stehe ich an der Kasse und kann es kaum erwarten, in Fraukes Haus zurückzukehren. Und sogar in die Auguststraße.

Es wird nicht mehr werden, wie es war. Das eine Zimmer wird leer bleiben, aber vielleicht lerne ich ein anderes kennen in ihrer WG, wo wir Frappé trinken im Sommer und zusammen in das Kaminfeuer blicken, das den Gemeinschaftsraum erwärmt, wenn es Winter wird. Einmal mehr bekomme ich eine zweite Chance. Ich bin an der Reihe und bezahle, der Kassierer gibt mir das Wechselgeld in die Hand. Es ist an der Zeit, danke zu sagen.

Nachdem Eleni abgefahren ist, hole ich mir die Zeitung und gehe zurück zum Apfelbaum, in dessen Schatten wir das späte Frühstück eingenommen haben. Als ich mich setze, fällt mein Blick auf ein paar Krümel an ihrem verlassenen Platz. Noch habe ich den Tisch nicht abgewischt. Noch hat kein Spatz sich getraut, die Reste unseres Zusammenseins aufzupicken. Überhaupt sind die Vögel still, singen nicht, fliegen nicht in der brütenden Hitze des Nachmittags, die zwischen den Bäumen steht. Stefan kommt früher von der Arbeit als gewöhnlich, grüßt mich von weitem und macht sich daran, die letzten Reste der Schmiererei mit kürbisgelber Farbe zu beseitigen. Es sieht mühsam aus, wie er sich bewegt. Etwas drängt mich, ihm zu helfen, aber ich gehe nicht zu ihm hin, will die Stimmung halten, die mich umfängt. So spiele ich mit den Füßen im Gras, spüre das Kitzeln der Halme unter den Fußsohlen, lege den Kopf zurück und betrachte die Zweige über mir, an denen schon Früchte wachsen. Erst als der Motor eines Rasenmähers zu schnarren beginnt, trinke ich einen Schluck Wasser und schlage die Zeitung auf.

Der Bundespräsident ist vereidigt worden. In Bayern stimmt das Volk über das Rauchverbot ab, Krake Paul sagt einen Sieg für Deutschland voraus, und ein amerikanisches Forscherteam hat herausgefunden, dass Pavianweibchen länger leben, wenn sie enge Freundschaften mit anderen Weibchen pflegen. Ich schmunzele noch über den Artikel, als ich umblättere.

Schnelles Ende einer politischen Karriere? Abgeordneter unter Verdacht des Datenmissbrauchs.

Das Foto neben der Überschrift reißt mich heraus aus meiner beseelten Gemütlichkeit. Der Artikel ist wieder von Heinz-Günther Becker, und ich muss ihn zweimal lesen, bevor ich begreife, was da geschrieben steht:

Erst kürzlich hatten wir den Grünen-Politiker Hendrik George im Zusammenhang mit einem Dossier über die Vereinbarkeit von wirtschaftlichem Handeln und ökologischer Verantwortung interviewt. Nun stellt sich heraus, dass der Befragte seine zurückliegenden Erfolge als ehemaliger Manager des britischen Möbelherstellers Wellwood *in erster Linie einem Datenmissbrauch in großem Stil zu verdanken hat. Unserer Zeitung liegen gesicherte Informationen vor, wonach George seine Praktika bei namhaften Naturschutzorganisationen vor allen Dingen dazu benutzt haben soll, sich Zugang zu deren Adressdateien zu verschaffen. Offensichtlich hat George schon in seiner Bewerbung um die Stellung im Unternehmen anklingen lassen, dass er in der Lage sei, mithilfe der Anschriften tausender potentieller Kunden eine gezielte Werbekampagne zu starten, die dem Unternehmen dann auch tatsächlich zu besseren Umsätzen verhalf. Auf Nachfrage erklärte George, es müsse sich bei den Anschuldigungen um üble Nachrede handeln. Die uns vorliegenden Beweise und Zeugenaussagen lassen allerdings keinen Zweifel an der Richtigkeit des Sachverhaltes zu.*

Partei und Fraktion halten sich bislang mit Reaktionen zurück. Pressesprecher Anthony Owusu war zu keiner Stellungnahme bereit, und der Abgeordnete Jan Grabowski zeigte sich überrascht, ließ jedoch durchblicken, dass er eine Erklärung des Beschuldigten erwarte. Sollten sich die Vorwürfe als berechtigt erweisen, müsse George sein Mandat niederlegen.

Ich falte die Zeitung zusammen und werfe sie auf den Tisch, springe auf und eile ins Haus. Schon nach dem zweiten Läuten höre ich Fraukes Stimme am anderen Ende der Leitung.

»Jetzt sag mal, was ist denn bei euch los?«, frage ich ohne Begrüßung.

»Hallo, Martina, haben die Trommeln dich erreicht?« Frauke ist ausnehmend gut gelaunt. Ich spüre, dass sie dahintersteckt, ich sehe förmlich, wie sie das Fell des Bären in ihrem Büro an die Wand nagelt.

»Bei mir hat gar nichts getrommelt«, antworte ich wütend. »Ich war völlig ahnungslos, bis ich eben die Zeitung gelesen habe. Was wäre gewesen, wenn mich jemand auf dem Handy angerufen und um einen Kommentar gebeten hätte? Ich wäre total aus dem Mustopf gekommen.«

Der Kugelschreiber klickt. »Ja, das mag stimmen. Aber es war in allen Nachrichten. Und es ist letztlich dein Mustopf, oder nicht?«

Meine Wut fällt in sich zusammen. Die Nachrichten habe ich gestern nun wirklich nicht verfolgt. So spreche ich ruhiger weiter. »Aber du rufst doch sonst sofort an, wenn was Wichtiges los ist. Hast du mich jetzt auch schon abgeschrieben?«

»Das ist doch Unsinn. Ich war gestern gar nicht in Berlin. Manchmal muss auch ich kurz abtauchen.«

Ich nehme das Telefon vom Tisch und gehe in den Wintergarten. »Das ist dein Werk, stimmt's? Deshalb warst du so gelassen und fröhlich, als du mir das Interview mit Hendrik vorgelesen hast. Du hast ihn reingelegt.« Er wird gehen müssen, denke ich. Erfüllt von einer Mischung aus Erleichterung und Scham über diese sehe ich durch das offene Fenster auf den Rittersporn, dessen blaue Blüten von der prallen Sonne ausgeblichen sind.

»Was du immer denkst«, murmelt sie wenig überzeugend.

»Doch, gib es zu. Du hast das mit Heinz-Günther Becker abgekartet, und Jan und Mechthild haben dir irgendwie dabei geholfen.«

»Jetzt lass mal die anderen aus dem Spiel.«

»Na gut. Aber woher weißt du das mit dem Datenklau? Hat seine Ex ...«

»Martina, ich habe keine Ahnung, wovon du sprichst. Aber es ist nie gut, wenn man seine Freundin schlecht behandelt und sie dann später noch nicht mal in Ruhe lässt. Könnte sich irgendwann rächen.«

»Du bist ein Aas, weißt du das? Warum hast du Heinz-Günther Becker nicht gleich die Wahrheit schreiben lassen? Warum das Interview vorher? Wolltest du Hendrik einfach ganz langsam zerlegen? Macht dir so was Spaß?«

Frauke lacht laut auf. »Also bitte. Heinz wollte das Dossier machen. Ist doch auch ein spannendes Thema. Und du weißt, er arbeitet eigentlich nicht mehr. Die Zeitung kennt seine Verbindungen zu mir. Wäre er gleich mit dieser Datengeschichte gekommen, hätte die Chefredaktion geglaubt, dass er das einzig und allein mir zum Gefallen schreibt.«

»Was ja völlig abwegig gewesen wäre. Frauke, ich mag diese Methoden nicht.« Ich gehe auf und ab.

Sie seufzt. »Welche Methoden? Wer in der Politik bestehen will, muss seine Arbeit machen. Und dazu gehört nun mal zu wissen, wer im eigenen Team spielt und wer nicht. Es ist genau wie beim Schach. Er hat Dörte gegen uns benutzt. Ich habe nur seine Angriffe pariert. Ist nicht meine Schuld, wenn die Aussicht auf ein Interview in einer großen Zeitung ihn blind und taub macht. Dass Heinz ein alter Freund von mir ist, weiß jeder. Was kann ich dafür, wenn der weiße König so sehr von sich eingenommen ist, dass er glaubt, das schwarze Pferd käme nur auf sein Feld, um ihn reiten zu lassen? Er hatte seine

Chance, misstrauisch zu werden. Stattdessen hat er rumgeprahlt mit seinem Sachverstand und sogar selbst noch was erzählt über Marketing und darüber, wie wichtig es gewesen sei, den Kreis der Kundschaft zu erweitern. Da kommt er jetzt nicht wieder raus. Was er getan hat, ist schließlich kein Kavaliersdelikt.«

Zurück im Wohnzimmer, stelle ich das Telefon wieder auf den Tisch. »Und – bist du zufrieden, wenn er sein Mandat niederlegt?«

»Hand aufs Herz: du nicht?«

Ich setze mich, wickle die Schnur um meinen Finger und schweige.

»Du musst nicht antworten«, sagt Frauke schließlich. »Aber ich fahre bald zu Felix. Und vor einer langen Reise sollte man das Wasser abstellen. Man muss den Haupthahn abdrehen, dann kann nichts überlaufen.«

»Was willst du damit sagen?« Ich bin schon wieder mittendrin in diesem konspirativen Getue, und das behagt mir nicht.

»Denk einfach drüber nach«, antwortet Frauke verschwörerisch.

Das Wasser abstellen. Den Haupthahn abdrehen. Den Hahn. Chicken George.

»Ich hab's. Du denkst wirklich um die Ecke, nicht?«

»Das ist mein Geschäft.« Eine Spur beteuerte Unschuld liegt in ihrem Ton.

Ich nicke ihr zu, als könnte sie mich sehen. »Vermutlich gehe ich ab Dienstag wieder in mein Büro. Komm doch einfach vorbei. Dann reden wir noch mal über alles. Und stimmen uns ab, bevor du fliegst.«

Frauke pfeift anerkennend. »Na, das nenne ich doch mal eine gute Idee.«

Wir verabschieden uns. Ich lege auf und gehe wieder hinaus

in den Garten. Es ist kaum Verkehr auf der Straße. Stefan ist nicht mehr da. Die Buchstaben sind wie das Hakenkreuz unter dem neuen Anstrich verschwunden. Ich blicke auf meine Armbanduhr. Es ist kurz vor vier, vermutlich wieder Fußballzeit. Ich schlendere zu den Rabatten am Zaun, reibe ein Salbeiblatt zwischen Daumen und Zeigefinger, rieche den würzigen Duft. Bald lasse ich ihn hinter mir. Bald wieder Berlin. Ich denke zurück an den Tag der Wahl des Bundespräsidenten und an Hendriks Hände in seinen Achselhöhlen. Vermutlich ahnte er schon, was auf ihn zukommt. Woher? Wer kann das sagen. Die Informationen fließen durch dunkle Kanäle. Frauke hat ihre benutzt, um Hendrik kaltzustellen. Mit seinen Interviews ist er der Echse zu nahe getreten, und so hat sie ihn sich geschnappt. *Wer anderen eine Grube gräbt, fällt selbst hinein.* Es ist unappetitlich. Und es ist eine Form von Denunziation. Mir wird kalt bei dreiunddreißig Grad. Ein Torschrei schallt durch das Dorf. Messi kriegt auf die Fressi. Kollektives Gebrüll.

18

Die Klänge überlappen und vermischen sich, eine Jahrmarktsorgel durchbricht das Stakkato der Diskorhythmen, eine Sirene heult, und als sie verstummt, ertönt eine Männerstimme elektronisch verstärkt aus den Boxen beim Kettenkarussell. Gleich geht es wieder los. Kommen Sie jetzt. Steigen Sie zu und bezahlen Sie an ihrem Platz. Rechts neben mir donnert die Achterbahn vorbei. Im ersten Wagen sitzt Frauke allein. Sie hat die Arme hoch über den Kopf gehoben und kneift die Augen zusammen. Ihr langes Haar flattert im Fahrtwind. Hinter ihr erblicke ich Carsten neben zwei dunkelhäutigen Kindern.

Alle juchzen, als der Zug den Abhang hinuntersaust. Ich sehe ihm nach, bis er die nächste Steigung nimmt und in die Dunkelheit des Abendhimmels taucht. Von allen Seiten erhellen blinkende Lichter in rot und gelb und grün die Wege zwischen den Buden, ein übergroßes Monster fletscht die Zähne über dem Eingang zur Geisterbahn, seine Augen sind blutunterlaufen, in seiner Pranke hält es eine zappelnde Blondine mit angststarrem Ausdruck im Gesicht. Ich schiebe mich an der Traube vor der Kasse vorbei und ziehe weiter. Bei der Losbude steht Hendrik George. Versuchen Sie Ihr Glück, ermuntert er die Frauen, Männer und Kinder, die sich von den möglichen Gewinnen locken lassen. Er stellt sich mir in den Weg, schwenkt den Eimer in seiner Hand und grinst mich an. Ich ziehe ein Los und öffne es. Es ist eine Niete, und Hendrik lacht schallend. Eilig laufe ich weiter, bis ich vor einer Gruppe Demonstrierender stehe, die Fahnen schwenken und Transparente halten. Ich kann die Parolen auf dem Stoff nicht lesen und ich kann auch nicht verstehen, was sie rufen. Polizisten im Kampfanzug umzingeln sie, einer von ihnen dreht sich zu mir um und öffnet das Visier seines Helmes. Ich erkenne die Augen meines Vaters. Er schüttelt den Kopf, und sein Blick ist tadelnd. Als ich auf ihn zugehe, löst er sich auf. Dörte tritt an seine Stelle. Sie steht hinter einer Trommel und hält zwei Holzstäbchen hinein, um die sich Zuckerwatte sammelt. Die fertigen süßen Wolken verschenkt sie an die Protestierenden. Ich schubse sie aus dem Weg und beginne zu rennen, bis ich zu einem Irrgarten komme. Der Eintritt kostet sieben Euro fünfzig. Ich bezahle meine Karte und gehe hinein, schlängle mich durch die engen Gänge. Plötzlich sehe ich die Frau. Sie trägt ein schneeweißes ärmelloses Kleid. Ihre Zähne sind tadellos in Ordnung, das Haar ist gut frisiert, und ihre Arme weisen keinerlei Narben auf. Sie lächelt freundlich und winkt mich zu sich. Hier, ruft sie. Hier geht es wieder hinaus. Ich glaube ihr und taste mich an den Plexiglaswänden entlang zu ihr durch. Sie nimmt mich in die Arme, küsst mich auf die linke Wange und auf die rechte, dann hält sie mir kandierte Weintrauben hin. Ich bedanke mich überschwänglich und will sie entgegennehmen, aber als ich danach greife, ist es plötzlich ein Messer. Die Schneide ist scharfgeschliffen. Die Klinge blitzt. Und sie ist blutig. Entsetzt starre ich der Frau ins Gesicht, das zur Fratze geworden ist. Sie holt aus. Und ich erwache.

Ich atme flach und schlucke Luft, meine Muskeln sind angespannt. Viel zu schnell schlägt mein Herz, und viel zu dunkel ist es im Zimmer. Ich taste nach dem Schalter der Lampe neben dem Bett und finde ihn, lasse mich stöhnend auf das Kissen sinken, als das Licht angeht. Es war heiß, als ich schlafen gegangen bin. Jetzt fröstelt es mich. Das dünne T-Shirt, das ich trage, ist klitschnass, und kalter Schweiß verklebt mein Haar an Stirn und Schläfen. Ich schiebe es mit den Fingern zurück und lausche. Im Haus ist es mucksmäuschenstill. Irgendwo draußen jaulen Katzen, die sich kabbeln oder paaren oder beides zugleich.

Der Traum also. Ich lasse ihn an mir vorüberziehen wie ein Video, das ich am Computer bearbeiten will – Zeitlupe und Standbild, doppelte Geschwindigkeit, Zoom an, Zoom aus. Das tapfere Schneiderlein wäre vermutlich zufrieden. Ich bin es nicht. Mein Körper fühlt sich an wie plattgewalzter Mürbeteig, und in all meinen Zellen herrscht Großalarm. Endlich habe ich wieder schnell in den Schlaf gefunden. Wenn es etwas gibt, das ich nicht gebrauchen kann, dann ist es die Wiederholung des Schreckens in der Nacht. Meine Atmung findet nur langsam in ihren gewohnten Rhythmus zurück. Und die Frau mit dem Messer war nicht Graf Dracula. Nicht einmal Regine könnte sie vertreiben mit einem ihrer Tricks. Oder doch?

Ich stehe auf und schließe das gekippte Fenster, um die Mücken auszusperren, die durch das Licht im Zimmer angezogen werden. Vermutlich ist es schon zu spät, und die lästigen Biester warten bloß darauf, dass ich mich wieder hinlege. Sie werden sich gedulden müssen, bis ich nicht mehr zittere. Ich ziehe das Rollo ein wenig hoch. Das Dorf liegt im Tiefschlaf. Die Kirchturmspitze ist nicht mehr als ein Schatten vor einem blauschwarzen Himmel. Ich halte meinen Blick darauf gerichtet und denke nach.

Die Täterin braucht einen Namen, wenn ich mich mit ihr anfreunden will. Schwungvoll muss er klingen und harmlos, ein bisschen albern wie Paulchen Panther oder Daniel Düsentrieb oder Liesa Liebreiz aus dem Überraschungsei. Eine Alliteration. Sie könnte Wilma Weiß heißen, wenn ich an ihr Haar denke, aber das hätte keinen Bezug zu ihrer Tat. Karoline Klinge. Das ist pure Ironie, aber viel zu plump. Dorothea Dolch. Ich muss schmunzeln, also weiter. Selma Säbel. Flora Florett. Stefanie Stich oder Anita Attentat. Hört sich alles nicht richtig an, aber meine Muskeln lockern sich. Unter dem rechten Rippenbogen beginnt es zu jucken. Ich kratze mich und fühle die Erhebungen auf der Haut. Natalie Narbenmacherin.

Immerhin eine Möglichkeit. Der Nachname verweist auf das, was sie mir hinterlassen hat. Und aus dem Vornamen lässt sich eine Koseform bilden. Nat ist viel zu kurz, um gefährlich zu sein. Nat kann bei mir bleiben. Danke, Regine, du hast etwas gut bei mir. Ich streife das T-Shirt ab und nehme eine lauwarme Dusche, dann ziehe ich frische Kleidung an und tapse barfuß nach unten ins Wohnzimmer, wo mein Notebook auf dem Esstisch liegt. Während es hochfährt, gucke ich in meinem neuen Handy nach, ob auch Regines Nachricht über den Torwart auf meiner SIM-Karte erhalten geblieben ist. Ich habe Glück. *Manuel Neuer. Deutsche Nationalmannschaft.*

Der Computer ist bereit und teilt mir mit, es sei kein Scherz, ich wurde auserwählt, ein Auto zu gewinnen. Mit einem Klick verschwindet die Werbung, mit ein paar weiteren habe ich Größe 140 im Warenkorb. Da ist ein gelbes Schloss in der Adresszeile. Ich bin auf einer sicheren Seite und glaube es ausnahmsweise, bezahle mit meiner Kreditkarte und gehe wieder ins Bett.

Keine bösen Träume mehr. Bloß Mücken.

19

Das Packen ist schnell erledigt. Ich verstaue die prallgefüllte Tasche in meinem Polo und stelle die Kiste mit den Büchern daneben. Als ich den Kofferraum schließe, geht mein Blick zu den Nachbarn hin, aber noch sind sie nicht da. So gehe ich ins Haus, um die Küche zu putzen. Das Radio muss ausgeschaltet bleiben, damit ich durch das geöffnete Fenster hören kann, was draußen vor sich geht. Als ich die Krümel neben dem Mülleimer zusammenfege, ertönt endlich das Geräusch eines haltenden Dieselmotors. Achtlos lege ich Kehrschaufel und Handfeger weg, gehe in den Garten und auf die Heckenrosen zu. Dicht neben dem Blumenbeet bleibe ich stehen. Es duftet nach Salbei, und Schmetterlinge umschwirren die Rabatten. Stefan springt auf der Beifahrerseite aus dem Taxi. Er öffnet die hintere Tür, kriecht noch einmal halb ins Auto zurück und zieht ein Bündel heraus, das er behutsam in den Armen hält. Kurz darauf steigt Laura aus. Das Kleid, das sie trägt, erscheint viel zu weit über dem nun flachen Bauch, dafür spannt es über dem Busen, der voller geworden ist. Ihre Füße stecken in Flipflops, es ist das silberne Paar. Sie stemmt die Hände in die Seiten und mustert die erst halb gestrichene Fassade. Der Taxifahrer stellt das Gepäck neben ihr auf den Bürgersteig und verabschiedet sich. Ich muss kaum den Fuß heben, um die Hecke zu überwinden, wo sie licht geworden ist. Endgültig ist ein Durchgang entstanden. Ich frage mich, ob er wieder zuwachsen wird, wenn ich abgereist bin, und öffne das Gartentor. Stefan tritt hindurch und hält mir das Baby zur Begutachtung hin.

»Na, Martina, jetzt schau sie dir an. So was Geiles hast du noch nie gesehen«, jubelt er und grinst.

»Ganz erstaunlich«, sage ich und meine es ernst. Ein winziges bisschen Mensch blinzelt mir entgegen. Es sieht aus, als hätte Laura das Wasserblau ihrer Augen in ein neues Gesicht gekleckst. Die Nase ist nicht größer als der Radiergummi am Ende eines Bleistiftes, ein Ratzefummel mit zwei Löchern in der Mitte. Purpurne Wollfäden die Lippen, ein Tropfen Speichel quillt dazwischen hervor und wirft eine Blase. Der Flaum über der faltigen Stirn hat die Farbe von Weidebutter, die Ohren sind nur kleine Schupfnudeln, aber sie stehen ein bisschen ab. Ganz sicher ist Stefan der Vater.

»Ja, staune ruhig. Mach ich ja auch die ganze Zeit. Guck, guck, jetzt!« Stefan tritt noch dichter neben mich, als das Baby die Lider zusammenkneift und gähnt. Die Kleckse verschwinden, die Wollfäden formen sich zu einem O und geben den Blick in eine Höhle frei, in der sich die Zunge ahnen lässt wie Muschelfleisch in einer halb geöffneten Schale.

»Gut, dass es so heiß ist«, sage ich. »Für den Wurm ist das Wetter wahrscheinlich ideal.«

Er lacht. »Stimmt, ist wie im Brutkasten.«

Laura nimmt ihre Tasche auf. »Na, flippst du schon wieder aus«, fragt sie Stefan amüsiert und sieht mich für den Bruchteil einer Sekunde an, lächelt zu scheu, ist viel zu alt geworden. Während sie an uns vorbei auf das Haus zugeht, lässt sie einen

Blick über das Gemüse schweifen, als nehme sie Bohnen, Kohl und Möhren die Parade ab. Kaum hat sie die Tür aufgeschlossen, springt Fritz an ihr hoch, fiept und bellt und wedelt mit dem Schwanz. Laura stellt die Tasche ab, streichelt ihn und packt seine Pfoten. Ich kann nicht verstehen, was sie ihm zuflüstert.

»Tsiss«, sagt Stefan und schüttelt den Kopf. »Ich füttere ihn. Ich ziehe ihm die Zecken aus dem Fell. Er kaut meine Pantoffeln durch. Ich habe ihn immer mit zum Angeln genommen, ihm ein Stöckchen in den See geworfen und ihn trockengerubbelt, wenn er es zurückgeholt hat. Aber bei mir bläst er Trübsal, und bei Laura kriegt er sich nicht mehr ein.«

»Na, wenigstens ist wieder Leben in dem Tier«, sage ich und schmunzle.

Er seufzt. »Ja, das stimmt. Aber er wird sich trotzdem umstellen müssen. Er kommt zum Bootsverleih.«

»Wie? Ganz und gar?«

Stefan nickt. »Nach und nach, damit er sich dran gewöhnen kann. Laura hat klein beigegeben nach der Nummer neulich. Das mit dem Wachhund war ja irgendwie nischt. Und du siehst ja, wie er auf sie abfährt. Was, wenn er Vicky wegbeißen will? Nee, besser nicht.«

»Armer Kerl. Schon wieder Aufregung. Aber es ist vielleicht besser so.« Es tut mir wirklich leid für den Hund, trotzdem merke ich, dass ich froh über die Entscheidung bin.

»Jedenfalls ist es nu beschlossen.« Stefan guckt auf das Baby hinunter, das seine Arme freistrampelt und anfängt zu quengeln. Er wiegt es ein wenig. »Na, Madame, wohl Hunger, was?« Er sieht mich an und zuckt mit den Schultern. »Nun ja, das ist nicht mein Job. Also, wir gehen dann mal rein. Wann fährst du?«

»Ich will noch mit Laura sprechen. Aber meine Sachen sind

schon im Auto.« Ich sage ihm nicht, dass es mir um mehr als eine Verabschiedung geht. Wir haben uns seit dem Überfall der Faschisten nicht gesehen. Ich will wissen, was in ihr vorgeht.

»Okay, ich muss auch gleich weg.« Er bringt das Baby ins Haus, und ich schließe das Gartentor. Kurz darauf kommt er mit Fritz an der Leine zurück. Der Hund läuft unwillig hinter ihm her und dreht sich immer wieder um. Stefan kratzt sich am Kopf, als er wieder bei mir ist.

»Äh, also, können wir dich mal anrufen? Ich meine, wegen Nebenklage und Schmerzensgeld und so. Laura meint, wir sollten das vielleicht machen.«

»Ja, sicher, gute Idee. Ich gebe ihr gleich meine Nummer. Und ich denke mal drüber nach, wen ich euch als Rechtsbeistand empfehlen kann.«

»Klasse«, sagt er und strahlt. Einen kurzen Moment lang zögert er, aber dann nimmt er mich in die Arme. »Also, komm mal wieder rum, wenn sie Gewitter ansagen. Ich leg dann schon die Jogginghosen raus.« Er feixt, als wir uns voneinander lösen.

Ich drohe ihm spielerisch mit dem Finger. »Mach dich ja nicht lustig. Leg lieber ein paar frische Fische raus. Wir müssen ja noch das Grillen nachholen, oder?«

»Oje, ich habe keinen Schimmer, wann ich wieder zum Angeln komme. Muss die ausgefallenen Stunden reinholen. Und dann Vicky.«

»Also, leg los.« Ich klopfe ihm auf die Schulter.

Er nickt. »Hast du gehört, Fritz«, sagt er und zupft an der Leine. »Wir gehen heute mal zu Fuß. Ich will ihn noch nicht frei laufen lassen. Sonst rennt er womöglich zurück.« Wieder deutet er ein lässiges Salutieren an, dann macht er sich mit dem Hund auf den Weg. Ich sehe den beiden eine Weile nach, dann blicke ich zum Himmel. Laut Wetterbericht soll es Schauer geben, aber noch ist nichts davon zu erahnen. Harmlose Schönwetterwolken lösen sich vor der Sonne auf. Sicher steht die Quecksilbersäule schon wieder bei dreißig Grad. Ich beschließe, noch einmal den Garten zu wässern, bis Laura das Baby gestillt und sich eingerichtet hat, und ich tue es nicht nur aus Sorge um die Pflanzen. Meine Hände sind rau vom Graben und Jäten und Pflücken. Sie brauchen ihr ganz eigenes Ritual des Abschieds von den Wochen einer Arbeit, die sie nicht gewohnt waren. Bald schon werden sie wieder in Gesetzesvorlagen blättern und Abstimmungskarten halten, werden Anträge unterschreiben und mit ein paar Mausklicks den Terminkalender im Computer öffnen. Die kleinen Risse in der Haut werden schnell verschwinden, und die ölige Geschmeidigkeit des politischen Kalküls wird an ihre Stelle treten; eine Hand wäscht die andere.

Ich nehme den Schlauch und drehe das Wasser auf. Ein feiner Strahl rieselt über die Sommerwiese. Ich sehe zu, bis sich ein Regenbogen andeuten will, dann gehe ich weiter zu den Obstbäumen und zu den Kräutern auf der anderen Seite, komme zurück zu den Rabatten. Einzelne Tropfen schimmern wie Tau auf Halmen und Blättern. Ein Wurm kriecht aus der Erde ans Tageslicht. Als ich eben eine zweite Runde beginnen will, kommt Laura aus dem Haus. Nur unwillig beende ich mein Werk.

Wir setzen uns in den hinteren Teil des Gartens, wo der Grill gestanden hat. Laura spannt einen Sonnenschirm auf. Ihre Stühle sind wirklich unbequem, und so frage ich sie, ob sie sich für ihre Mutter noch einmal Fraukes Gartenmöbel ausborgen will. Ihr Blick ruht auf dem Babyphone, das neben ihr auf einem Holzblock liegt, der als Beistelltisch dient. Sie nickt.

»Wär toll. Mutti kommt um vier. Nächsten Sommer kaufen wir selber neue. Aber jetzt ist so viel anderes.«

Ich versichere ihr noch einmal, dass es kein Problem ist. Wir trinken eiskaltes Wasser, reden über die lästigen Formalitäten bei ihrer Entlassung aus dem Krankenhaus, über die Farbe meiner Haare, die ein einziges Mischmasch ist von falsch und echt, und über die Zukunft des Hundes. Ich spüre meine Ungeduld. Das Haus ist geputzt, das Bett ist abgezogen, der Müll herausgebracht und der Wagen aufgetankt. Jetzt will ich nach Hause.

»Warum hast du nichts von Stefans Selbstanzeige gesagt, als wir uns im Dorfladen getroffen haben?«, frage ich endlich.

Sie sieht mich trotzig an. »Weil ich sauer war. Wollte ich dir ja beim Essen erzählen. Hast ja nicht mehr zugehört. Und überhaupt hab ich dir gesagt, er hat das hinter sich. Was können wir dafür, wenn du es nicht glaubst.«

»Darum ging es doch gar nicht. Ich hätte ihm das mit dem Überfall eben nicht zugetraut.« Ich hätte es auch der Narbenmacherin nicht zugetraut. Wie hätte ich am Abend des Spargelessens klar denken sollen? Wieder ein Schock.

»Er ist ja auch total gutmütig.« Laura sieht mich immer noch böse an.

»Ja, ich weiß«, antworte ich meinerseits voller Unmut. Stefan ist gutmütig und naiv und verführbar wie Millionen andere auch. Vielleicht sogar wie wir alle. Die Vietnamesen hätten tot sein können.

Ich hätte tot sein können.

Laura löst ihren Blick von mir, senkt ihn auf das Glas in ihrer Hand und schwenkt das Wasser darin. »Als ich noch schwanger war, habe ich mir vorgestellt, wie ich die Möhren für Vicky zu Brei koche. Danke, dass sie nicht vertrocknet sind«, flüstert sie.

»Keine Ursache.« Vielleicht sollte ich für immer hierbleiben. Ich habe das Gefühl, in den letzten anderthalb Wochen mehr für diese Familie getan zu haben als in all den Jahren im Bundestag.

»Willst du welche mitnehmen?«, fragt sie.

»Nein, behalte sie besser für das Baby.«

Sie deutet mit dem Glas in der Hand zum Haus hinüber. »Wie findest du die neue Farbe?«

»Freundlich«, antworte ich. »Warm.«

Sie nickt. »Ich hab Stefan oft gesagt, dass ich die irgendwann haben will. Aber jetzt kann ich kaum hingucken. Weiß ja, was drunter ist.«

Ich verstehe, was sie meint, und suche nach einem Weg, ihr das Kürbisgelb zurückzugeben. »Sieh es mal so: Wir haben sie vertrieben. Und wir haben das Haus zusammen beschützt. Daran kannst du dich erinnern, wenn du die Farbe anguckst.«

»Pss«, macht sie. »Netter Versuch.«

»Das meine ich ganz ernst.« Einen Moment lang frage ich mich, ob ich ihr von Nat erzählen soll, die für immer bei mir sein wird. Ich entscheide mich dagegen, es wäre zu kompliziert. Laura wird ihre eigenen Tricks finden müssen. Und ihr Fall liegt immerhin anders.

Sie nimmt ihren Pferdeschwanz zwischen die Finger ihrer freien Hand. »Ich will, dass wir diese Schweine drankriegen«, sagt sie hart. »Das hier ist meins, das lass ich mir nicht kaputtmachen.«

»Ich habe schon mit Stefan gesprochen. Wegen des Rechtsbeistands, meine ich.«

»Gut. Die sollen echt bluten. Die sollen es ja nicht noch mal wagen.«

»Ruft an, wenn ihr Hilfe braucht. Ich werde tun, was ich kann.«

Sie lässt den Pferdeschwanz los. »Okay«, sagt sie und sieht mich herausfordernd an. »Tu das. Die Gärten kannst du jetzt wieder mir überlassen. Denk du nur an uns hier draußen, wenn ihr mal wieder Gesetze macht. Im Fernsehen zeigen sie jedes Jahr am dritten Oktober die alten Nachrichten. Wir sind das Volk und so. Aber eigentlich gibt es gar kein Volk, sondern nur Stefan und Viktoria und mich und all die anderen. Jeden Einzelnen. Ich geh erst wieder wählen, wenn Mutti nachts schlafen kann.«

Wie konntest du sie aus den Augen lassen. Meine Wange brennt. Die Auszeit ist vorüber, und die Legislaturperiode hat noch drei Jahre. Ich werde sie durchstehen und ich werde sie nutzen. *Totgesagte leben länger*. Tief atme ich durch, einmal, zweimal. Nichts tut mehr weh.

»Darf ich dich um was bitten«, frage ich.

Laura runzelt die Stirn. »Was denn?«

»Kann ich eine von deinen Rosen für meinen Balkon mitnehmen. Dann vergesse ich deine Predigt nicht.«

»Klar«, sagt sie, steht auf und greift nach dem Babyphone. »Komm mit, wir suchen eine aus.«

Ich wähle eine Pflanze, die in sattem Orange reichlich blüht. Laura aber rät mir zu einer anderen in derselben Farbe.

»Die hier hat viel mehr Knospen«, sagt sie. »Man muss ja dran denken, was morgen ist, oder?«

Als ich ihr zustimme, gräbt sie die Rose aus und geht damit ins Haus, um ihr einen Topf zu geben. Ich hole währenddessen eine Visitenkarte und schreibe meine Privatnummer auf die Rückseite. Wir treffen uns am Auto und tauschen aus, was wir in den Händen halten. Ich öffne alle vier Türen meines Wagens, um ihn durchzulüften. Tropische Hitze wabert aus dem Inneren heraus.

»Vicky ist wach, ich muss gleich zurück«, murmelt Laura.

»Ich komme bald gucken, wie sie sich macht.« Wir umarmen uns zum Abschied. Ihre Haut riecht nach Sonnenmilch. Der Stoff ihres Kleides ist glatt und weich.

Der Sitz in meinem Rücken brennt heiß. Mit weit geöffneten Fenstern fahre ich los, blicke in den Rückspiegel, bis ein Wegweiser verlangt, dass ich abbiege. Noch einmal komme ich durch das Dorf. Der Laden hat über die Mittagszeit geschlossen, vor dem Eiscafé daneben sind alle Tische besetzt. An der Straßenlaterne wirbt ein auf Pappe geklebtes Plakat für eine Karaoke-Party am kommenden Freitag. Eintritt fünf Euro, Freigetränk, DJ Rakete. Ich kichere in mich hinein. Die Menschen wollen immer Musik. So schalte auch ich das Autoradio ein. Der automatische Sendersuchlauf findet *Antenne Brandenburg*.

Shame shame shame shame shame shame shame shame on you, if you can't dance too.

Sofort brüte ich in meinem alten Zimmer am Schreibtisch über dem Stoff für die Physikarbeit. Regine wirbelt um mich herum. Sie hat eine glitzernde Maske über den Augen, einen Berliner Pfannkuchen im Mund und bewirft mich mit Konfetti. Es rieselt von meinem Haar auf das Schulbuch. Hör endlich auf, schnauze ich sie an und versuche, mich zu konzentrieren. Arbeit ist gleich Kraft mal Weg. Leistung ist gleich Arbeit durch Zeit. Fasching, mault Regine und wiegt die Hüften. Sie lässt mich allein. Das Lied klingt aus, und eine weibliche Stimme spricht auf die letzten Töne.

»Für alle, die jetzt im Büro schwitzen oder aber im Schwimmbad auf der Decke liegen, habe ich ein kleines Ratespiel. Hören Sie gut zu: Hier wird im Schatten der Fußball-WM ein Abkassieren beschlossen. Na, wer hat das über die Gesundheitsreform gesagt? Peer Steinbrück von der SPD? Falsch! Claudia Roth von den Grünen? Irrtum! Etwa Gregor Gysi? Schon wieder daneben. Es war unser aller Außenminister Guido Westerwelle. Und es ist fast auf den Tag genau vier Jahre her. Damals saß er noch in der Opposition und hat gut aufgepasst. Jetzt macht er nämlich dasselbe.« Ein metallisches Gelächter wird eingespielt, und dann beginnt ein deutscher Schlager. *Wann liegen wir uns wieder in den Armen, Barbara?* Ich drücke so lange auf den Sendersuchlauf, bis ich Mozart höre. Im Kopf notiere ich mir, meinen Mitarbeiter anzuweisen, die Bemerkung der Moderatorin nachzurecherchieren. Meine Gedanken kreisen um das angesprochene Thema. Schleichende Aufkündigung der paritätischen Finanzierung der Gesundheitskosten. Einführung der Kopfpauschale durch die Hintertür über steigende Zusatzbeiträge. Dreiklassenmedizin durch Wahltarife. Das Dorf liegt hinter mir. Ich gebe Gas und überhole einen Mähdrescher. Jetzt will ich eine Rede schreiben, und die Ideen dafür schießen wie Pfeile durch meinen Geist. Etwas drückt gegen meine Hüfte. Ich taste mit der Hand danach. Durch den dünnen Stoff meiner Leinenhose fühle ich das Pfefferspray. Ich werde langsamer, halte das Steuer mit einer Hand und ziehe die Sprühdose hervor. Wieder sehe ich die Narbenmacherin. Sie hält kein Messer mehr in den Händen, sondern einen Stoffball, den sie knetet. Um sie herum sitzen Frauen in einem Stuhlkreis, nur eine von ihnen hat keine geweiteten Pupillen, und es ist diese eine, die Natalie ermuntert zu reden. Und Nat spricht. Zögerlich. Leise. Ich kann sie nicht verstehen, ich kenne ihre Geschichte nicht. Meine Aufmerksamkeit richtet sich wieder allein auf die Straße. Ich bremse am nächsten Ortseingang. An der Bushaltestelle hängt ein Papierkorb. Ich fahre rechts heran, steige aus und werfe das Pfefferspray hinein. Die Narben jucken schon wieder. Ich nehme an, das ist ein gutes Zeichen. Es heilt.

Das Zitat am Anfang des Buches ist entnommen aus: Miriam Meckel, *Brief an mein Leben: Erfahrungen mit einem Burnout,* Rowohlt Verlag, Reinbek bei Hamburg, 2010, S. 159.

Das Zitat von Christa Wolf auf S. 69 stammt aus ihrer Rede »Sprache der Wende«, die sie am 4. November 1989 auf dem Berliner Alexanderplatz gehalten hat, nachzulesen in: Christa Wolf, *Auf dem Weg nach Tabou,* Texte 1990-1994, Verlag Kiepenheuer & Witsch, Köln, 1994, S. 12.

Der Roman ist im Deutschland des Frühsommers 2010 angesiedelt. Die politischen Rahmenbedingungen entsprechen folglich der Realität dieser Zeit. Alle dargestellten Figuren – ihre Biografien, ihre Ansichten und ihr Handeln – sind dagegen frei erfunden. Jede Ähnlichkeit mit lebenden Personen wäre rein zufällig. Auch der im Text erwähnte Antrag »Keine Bündnisse gegen den Mindestlohn« und die darauf erfolgenden Reaktionen sind pure Fiktion.

Danksagung

Für meine literarische Entwicklung im Allgemeinen und das Schreiben an diesem Roman im Besonderen war und ist die fortwährende Zusammenarbeit mit der offenen Regionalgruppe Berlin der Autorinnenvereinigung und mit der Gruppe der »Alphabettinen« eine Bereicherung von unschätzbarem Wert. Allen Mitgliedern dieser Gruppen danke ich für unseren regelmäßigen Austausch und die sich daraus ergebende Inspiration. Ganz besonders danke ich Johanne Jakobian und Maike Stein für die aufmerksame Lektüre des Manuskripts und ihre intensive und hilfreiche Kritik.

Auch Inge Löwe hat sich viel Zeit genommen, das Manuskript zu lesen und ausführlich mit mir zu diskutieren. Die Feinsinnigkeit ihrer Anmerkungen beeindruckt mich immer wieder. Silvia Mangott stand mir einmal mehr mit ihren Einschätzungen aus der Sicht einer Vielleserin zur Seite. Beiden danke ich sehr herzlich. Ihre langjährige Freundschaft ist für mich ein großes Glück.

Meiner Familie und meinen Freundinnen danke ich, dass sie mich mit Zuspruch und Interesse, mit Ernsthaftigkeit und Humor begleiten und mir mit Rat und Tat zur Seite stehen.

Von ganzem Herzen danke ich meiner Frau Anja dafür, dass sie mich auf jede erdenkliche Weise unterstützt, meine Texte liest und kommentiert und das Erlebnis des Schreibens mit mir teilt. Vor allem aber danke ich ihr für ihre Liebe.

Breitsprecher, Claudia: Auszeit / Roman
ISBN 978-3-930041-79-4
Originalausgabe / Alle Rechte vorbehalten

Satz und Gestaltung: Grafikbüro Schadenberg, Berlin
Umschlagfoto: © plainpicture/Folio Images, Carina Gran
Druck: CPI – Clausen & Bosse, Leck

Lesen!

Alexander Iwanow, Ende 60, lernt die Professorengattin Estelle Johnson kennen. Sie bewegt ihn dazu, ihr seine Lebensgeschichte zu erzählen: von seiner Karriere im Russland des Kalten Krieges über seine Flucht in die USA und den geheimnisumwobenen Tod seiner geliebten Frau Katja. Gemeinsam mit Estelles Tochter Melissa schickt sich Alexanders Nichte Lauren an, das Rätsel um Katjas Tod zu ergründen …

Shamim Sarif
Das Leben, von dem sie träumten
368 Seiten, gebunden
ISBN 978-3-930041-69-5

L.A. International Airport: Hier kreuzen sich die Wege von fünf Menschen auf schicksalhafte Weise. In der Abflughalle des Flughafens kommt es zum Showdown …

»Unbedingt lesenswert!«
DeutschlandRadio Kultur

»Larson versteht es, die geradezu atemlose Spannung ihrer vielstimmigen Erzählung bis zur letzten Seite der Lektüre aufrechtzuerhalten.«
Lambda-Nachrichten

Leslie Larson
Turbulenzen
384 Seiten, gebunden
ISBN 978-3-930041-65-7

www.krugschadenberg.de